핸드메이드 라이프

A Handmade Life

윌리엄 코퍼스웨이트 지음 · 피터 포브스 사진 · 이한중 옮김

돌베개

A Handmade Life

01 삶을 디자인하다

02 아름다움, 새로운 시선

sb는 special box의 약자입니다.

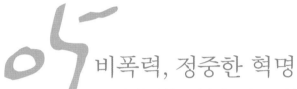

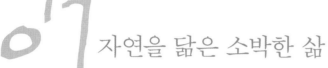

서문
내가 만난 윌리엄 코퍼스웨이트

피터 포브스Peater Forbes

카누를 타고 덕 코브에 있는 수역에 이르러 그와 만나기로 한 지점까지 갔을 때는 이미 자정이 넘어 있었다. 노를 저을 때마다 매번 초록 불빛이 들러붙었다. 만灣은 너무도 잔잔하고 조용하여 멀리 떨어져 있는 기슭에서 너구리 한 쌍이 홍합을 까먹는 소리까지 다 들렸다. 각자 저어 온 카누가 만났을 때, 우리 둘은 단 한 마디도 나누지 않았다. 나지막하고 고요한 밤의 속삼임에 귀를 기울이기 위해서였다. 달빛은 전나무가 늘어서 있는 기슭과 좁은 해협에 기다란 그림자를 드리우고 있었다. 우리는 이 달빛을 따라 거센 조류를 통과한 후에야 마침내 빌월리엄의 애칭-옮긴이의 집에 도착했다. 그날 밤 조류는 우리가 가는 방향으로 흘렀고, 나는 그 물결을 타고서 장차 내 인생을 바꿔놓을 곳으로 더욱 깊이 흘러 들어갔다.

이윽고 '밀Mill 연못' 이라 불리는 조용하고 널따란 얕은 수역으로 흘러 들어갔는데, 그곳은 빌이 사는 농장 지대의 중심부였다. 달의 인력 때문에 '밀 연못' 은 극적이게도 하루에 두 번씩 찼다가 비기를 거듭하고 있었다. 초록 물결, 갯벌, 홍합 서식지, 독수리, 물수리, 왜가리 등이 장관을 이루고 있는 곳이었다. 내가 이곳에 드나든 지도 벌써 10년이 되었다. 내가 이곳에 왔음을 실감나게 해주는 것은 바닷물이 밀려왔다 쓸려 나가기를 반복하는, 언제나 변화하고 있는 이 '밀 연못'이다.

빌은 이 4마일 거리의 해안과 40년 동안 다정하게 지내왔다. 둘 사이의 그치지 않는 보살핌과 관심은 그와 이 오지를 떼려야 뗄 수 없는 사이로 만들었다. 그들은 더불어 산다. 그는 물수리 둥지를 만들어주었고, 손으로 판 샘에서 물을 길어다 썼으며, 홍합을 거두어 먹었다. 숲 속에 오솔길을 만들어야 할 때면 전나무 묘목을 뽑아다가 일일이 다른 곳에 옮겨 심었다. 그런 식으로 그는 자기가 있는 곳을 완벽한 곳으로 만들기 위해서라면 아무리 작은 들꽃 혹은 아무리 큰 바위라도 다른 곳으로 옮겨놓곤 한다. 바위를 깎아 카누 층계참을 만들기도 하고, 나무와 햇빛을 재료로 손수 아름다운 집을 짓기도 한다.

빌과 나는 탁 트인 해역을 몇 마일이나 건너가서 길게 뻗은 해변을 탐사하다가 밧줄이나 고래 뼈를 발견하기도 하고, 풍요와 공정성에 대해 대화를 나누기도 했다. 빌의 삶은 이런 시대 이런 나라에서도 한 개인이 여전히 독창적이고 온전한 삶을 창조할 수 있다는 것과, 그러한 삶의 기술은 사는 장소와 완전히 조화를 이루어야 가능하다는 것을 나에게 소리 없이 증명해 보여주었다. 땅에 대한 빌의 애착을 보면서 나는 땅을 보호하는 본질적인 목적은, 우리 각자가 땅에 사는 모든 생명들과 건강한 관계를 맺으며 살아가는 방법을 찾고, 더불어 그 과정을 통해 인간의 존재 의미를 더 깊이 깨닫는 것이라는 점을 배우게 되었다.

나는 이 책에 실린 사진들을 디킨슨 리치에 있는 모든 생명의 건강을 위해 온갖 노력을 기울이는 '메인 해안 유산 트러스트'와, 공공의 이익을 위해 땅을 보존하고 미래의 세대를 위해 자연과 역사 유적지를 보호하는 데 힘을 쏟는 '공유지를 위한 트러스트'의 동료들에게, 그리고 독창적인 삶을 살기 위한 각자의 여행길에서 땅과 하나가 되고자 하는 모든 사람들에게 바친다.

버몬트 페이스턴에서

추천의 글
삶의 공예술

존 솔트마쉬John Saltmarsh
『스코트 니어링: 한 사람의 농부가 만들어지기까지』Scott Nearing: The Making of a Homesteader의 저자.

내가 중점적으로 추구하는 바는 '소박한 삶'이 아니다. '유르트 디자인'도, '사회 변화'도 아니다. 물론 이런 일들은 모두 중요한 것이어서 내 시간의 상당 부분을 차지한다. 하지만 그것들이 핵심은 아니다. 내가 가장 중시하는 것은 사람들을 '격려'하는 일이다. 사람들이 추구하고, 실험하고, 계획하고, 창조하고, 꿈꾸도록 격려하는 것이다. 많은 사람들이 그런 방식으로 서로를 격려해준다면 우리는 더 나은 사회를 만들 수 있을 것이다.

이것은 빌 코퍼스웨이트가 자신의 작업에 대하여 한 말이다. 이 책은 정의와 아름다움과 희망이 가득한 세상을 창조할 수 있는 삶의 방식을 평생 추구해온 그에 대한 이야기이다.

빌 코퍼스웨이트는 메인 주의 오지에 있는 농가에서 40년 이상을 지내오고 있다. 또 그는 오늘날 실생활에 유용하게 쓸 수 있도록 결합하거나, 변형·발전시킬 수 있는 여러 문화의 기술, 풍속, 디자인을 찾아 세계 각국을 여행하였다. 그는 지어진 집을 통해 볼 수 있는 아름다움만큼이나 짓는 과정에서 맛볼 수 있는 기쁨을 중요하게 여기며 집을 짓는다. 또 최상의 민주주의적 이상 실현을 위해 애쓰는 만큼 자기 손으로 일하는 데 헌신해왔다. 그는 다소 실험적이라 할 수 있는 자기 삶을 지속시키기에 적당한 장소를 찾아, 시장경제에서 가장 멀리 떨어진 오지에서 살고 있다.

그의 생활의 닻이 되는 몇 가지 주제를 살펴보자. 교육, 비폭력, 소박한 삶, 민주주의, 도제徒弟제도가 바로 그것인데, 빌은 이들 각 주제에 대해 자기 생각을 꾸준하고 체계적으로 진전시켜왔다. 그런데 이런 생각들은 서로 얽혀 있으면서 동시에 서로 강화하는 역할을 하고 있으므로, 이해를 돕기 위해 각 분야를 나누어 살펴보려는 나의 의도는 그의 생각을 지나치게 단순화시킬 수 있다는 위험을 안고 있다.

빌의 사상과 행동은 그가 "지적 민감성을 가졌다는 점, 손으로 직접 일을 했다는 점, 더 나은 사회를 위해 헌신했다는 점 때문에 특히 탄복한 사람들"이라고 묘사한 모리스 미첼Morris Mitchell, 리처드 그레그Richard Gregg, 스코트 니어링Scott Nearing에게서 깊은 영향을 받아 이루어진 것이다. 이들은 빌이 선택의 갈림길에 설 때마다 구체적인 방식으로 그에게 영향을 끼쳤다. 그는 추종하지도 않았고 추종받기를 바라지도 않았다. 그러면서 그가 세상을 살아간 방식은 과거와 현재와 미래를 모두 끌어안으면서 변치 않는 희망과 넉넉한 낙관을 보여주고 있다.

교육

메인 주 브런스웍에 있는 보도인 칼리지에서 보낸 빌의 학부 생활은 그다지 인상적이지 않았다. 진정한 배움은 캠퍼스와는 멀리 떨어진 다른 곳에서 이루어졌다. 그는 혼자서 간디를 읽고, 주말이면 '고등교육'을 통해 제공받는 세상보다 더 넓은 세상을 발견하기 위해 버스에 올라타고 매사추세츠 주의 케임브리지에 있는 국제학생센터에 가서 여러 나라의 학생들과 교류했다. 인스부르크 대학에서 보낸 4학년의 한 학기 동안 그에게는 문화와 식견에 대한 지적 열망이 샘솟았다. 그러다 예술사 학위를 마치기 위해 어쩔 수 없이 보도인으로 돌아와야만 하게 되었을 때에는 이방인이 된 느낌마저 들었다고 한다.

케임브리지에서 만난 인연으로 그는 퍼트니 대학원 교원 교육 부서의 학장으로 있던 모리스 미첼의 초청을 받아 대학원 공부를 하게 된다. '느리게 움직이되 대담하게 생각하는' 것으로 유명한 미첼은 철저한 남부 퀘이커 교도이자, 앨라배마와 조지아에 있는 학교를 기반으로 한 시골 협동조합의 상상력 풍부한 기획자로서 명성을 떨치고 있었다. 퀘이커 신앙의 영향과 제1차 세계대전에 참전했던 경험을 통해 그는 결연한 평화주의자가 되어 있었다. 교육자로서 그는 체험 위주의 교육과 지식을 사회적 목적에 적용하는 일에 관심을 쏟았다.

빌은 스승인 미첼에게서 '캐비닛 만들기와 텃밭 가꾸기를 학교에서의 지도적 위치와 혼합할 줄 아는' 면모를 발견했다. 퍼트니 대학원의 학생들은 교육과 교사의 역할에 대한 미첼의 특별한 견해를 도제처럼 체험했다. 미첼은 이렇게 가르쳤다. "교사의 삶은 그 어떠한 사람의 삶보다 중요하다. 크게 보아서 교사는 반목과 혼란이 넘치는 이 세상에서 지도력을 발휘해야 하는 위치에 있다. 교사의 삶이 특별히 인간적인 것은, 늘 인간에 대한 질문에 맞닥뜨리며 인류의 문제에 총체적으로 개입하기 때문이다."

미첼의 학생, 그리고 그들이 가르칠 미래의 학생들은 특정 지식을 습득해야 했다. 하지만 그는 지식만으로는 충분하지 않다고 믿었다. '모두가 고르게 풍요를 누려야만 평화가 가능한 시대에, 서민적으로 사는 기술을 잘 알지 못하는 한' 진정한 교사가 될 수 없다고 생각한 것이다. 미첼은 처음으로 빌에게 이상을 추구하며 그런 이상을 일상생활에 실천하도록 권한 사람이다.

미첼은 또 교사는 '가르치는 동시에 배우는 사람'이라는 모델을 제시한 사람이다. 교사란 특별한 지식의 권위자 혹은 모든 해답을 다 가지고 있어서 '진리'의 일면을 나눠주는 전문가가 아니라, 단지 배움의 과정을 디자인하는 사람이요 발견을 안무하는 사람이라는 것이다. 교사는 타인의 배움의 과정에 기여함으로써 얻어지는 독특한 지식을 존중하며, 지식과 배움에 동참하는 모든 사람들이 서로 책임을 갖도록 만들어야 한다는 것이다. 이러한 교육관은 시민사회에 활발하게 참여하는 데 필요한 선결 조건이며 민주주의를 폭넓게 실천할 수 있는 훈련의 장이 된다. 교육이나 민주주의는 결코 수동적인 체험이나 방관자적 활동이 아닌 것이다.

빌이 보기에 기존의 교육은 아이들을 어린 시절부터 오랫동안 책상 앞에 가만히 앉혀놓고 꼼짝 못하게 한 다음, 아이들이 보기에는 대부분 일상생활과 아무런 관련이 없는 내용을 배우도록 하는 것이었다. 이런 상황을 개선하기 위해서 그는 학교가 일을 통한 자극과 적극적인 신체 활동의 기회를 제공해야 하며, 생활 속에서 자연의 순리를 체득하도록 도와주어야 한다고 생각했다.

빌의 교육적 이상은 비폭력을 숭상하며, 학생들을 따분함과 소극성으로부터 해방시켜주는 것이다. 비폭력을 추구하는 교육 프로그램에서 흔히 부족한 점은 자극과 신체적 도전과 위험, 그리고 그룹의 일원으로서 그런 것들을 경험하다보면 생기는 동료애에 대한 가르침이다. 예전에 빌은 이렇게 설명한 바 있다.

"태풍이나 홍수 같은 자연재해가 닥칠 때처럼, 전쟁도 그런 것들을 느끼게 해주었다. 그리고 축구나 권투, 등산 같은 것도 어느 정도 그런 것들을 제공해주었다. 비폭력적인 삶을 추구하는 사람은 대개 이런 것들을−신체 접촉이 필요 없는 스포츠를 제외하고−없애버리는 대신에, 그 자리에 다른 것들을 채워 넣지는 않으려 하는 경향이 있다. 아이들의 상상력과 관심을 불러일으키려면 교육은 일상생활의 활동과 그에 수반되는 배움의 과정에서 신바람을 불어넣으면서, '보다 도전적이고 자극적이고 의미 있는 것'이 되어야 한다."

이는 빌이 메인에 세우고자 했던 학교의 주된 철학이었다. 1963년 『마나스』 Manas지에 발표한 글에서 그는 자신의 주된 교육 철학을 이렇게 요약했다.

- 우리 학교는 '돈이 더 많이 개입될수록 그만큼 발전하기 힘들다'는 간디의 권고를 충실히 따를 것이다.
- 이 세상 모든 아이들은 교육받을 권리를 가지고 있다. 그러므로 '학교 교육'은 배우고자 하거나 그런 기회를 위해 기꺼이 일하고자 하는 이들이 자유롭게 선택할

수 있는 것이어야 한다.

· 학교에서 가르치는 사람들은 학교를 만들기 위해 마음과 머리뿐만 아니라 손과 몸을 써서 일해야 한다. 또한 금전적인 이득 없이 봉사하면서, 교육 개선과 사회 변화를 위해 힘써야 한다.

· 명상과 혼자 있을 수 있는 기회를 제공함으로써 교육은 더욱 흥미롭고 즐겁고 자극적인 것이 될 것이다.

· 미학은 교과과정의 중심이 된다. 아름다움이야말로 타고난 권리이며, 아름다움의 부재 혹은 결핍은 대단히 위험한 징조이기 때문이다.

· 아이들이 정서적으로 건강하게 성장하도록 하려면 자신이 쓸모 있고 필요한 존재라는 인식을 가질 수 있도록 해주어야 한다.

· 힘든 육체노동에서 기쁨을 맛볼 수 있다.

· 자연과 개인적으로 친밀한 관계를 유지하는 것이 개인의 발전에서 가장 중요한 일이다.

· 모든 사람에게는 잘 북돋워주면 활짝 꽃피울 수 있는 창조적 잠재력이 있다.

· 학생들에게 배움을 권하기는 하되 강제로 하지는 않는다. 최선의 배움이란 학생의 요청에 의해 이루어지는 것이지 권위적으로 요구한다고 해서 되는 것이 아니기 때문이다.

· 정서적으로나 지적으로 충분히 성장하기 위해서는 손을 쓰는 기술을 발전시키는 것이 가장 중요하다.

　한때 빌은 이런 학교를 메인 주 해안에 있는 자신의 농가에 짓겠다는 꿈을 꾸었다. 현재의 유르트원래는 중앙아시아 유목민의 주거로, 펠트 천으로 만든 이 둥근 천막은 지금은 정착 생활자들의 보조 주거로 사용되는 예가 많다.—옮긴이 재단은 우리가 흔히 아는 학문적 체계나 구성 면에서는 부족하지만, 그는 자신의 교육 철학에 가까운 학교를 만든 셈이다. 이 학교에는 입학과 졸업이 없다.

　빌과 함께 유르트를 짓다보면 교육에 대한 그의 생각이 살아 움직인다는 사실

W. Coperthwaite

을 알 수 있다. 유르트 자체가 그의 철학이 구현된 대상이다. 즉, 안정, 비폭력, 소박함, 실험 정신, 활동성, 문화 혼합, 장소에 대한 존중과 아름다움이 실제로 눈에 들어오는 것이다. 그는 사람들을 위해 유르트를 지어주는 것이 아니다. 그는 유르트를 짓기 위해 사람들과 일한다. 집의 모양이 잡히기 시작하면 빌은 지붕 한가운데로 올라가 지붕 널빤지를 다듬고 못질하는 사람들을 가르친다. 농담과 장난과 격려와 시범이 끊이지 않는다. 자신이 직접 하면 훨씬 빠르고 정확하게 할 수 있는 일들이다. 하지만 중요한 것은 유르트를 빨리 지어내는 것이 아니다. 새로운 거처를 창조해내는 사람들이 갖게 되는 배움의 경험이 중요한 것이다. 그렇게 완성된 유르트가 발산하는 기능성과 아름다움을 보면 흐뭇해진다.

또 유르트는 빌의 교육 철학에 깃든 핵심 요소를 드러내준다. 그것은 '최선의 지식이란 다양한 문화권의 지혜들을 한곳에 모으는 것'이라는 생각이다. 이는 세계 곳곳의 지역 문화가 파괴되면서 지식과 기술과 공예와 예술이 위협받는 지금의 현실로 볼 때 더욱 절실한 철학이다. 그는 이렇게 말한다. "문화의 혼합은 최초로 한 부족이 다른 부족과 만난 이래로 인류 역사 발전의 핵심적인 추진력이 되었다.

…… 민속의 지혜가 우리의 기본 재산이며 문화의 가장 중요한 보험이라면 우리는 파산한 것이나 다름없다. 이런 지식은 점점 더 빨리 사라져가고 있다. …… 그런 것들이 모두 잊혀져서 영원히 사라지기 전에 옛 지식과 기술의 표본을 가능하면 많이 모을 필요가 있다."

빌의 시골집에 가보면 그의 실제 삶에 여러 문화가 혼합되어 녹아 있는 것을 볼 수 있다. 그는 이렇게 설명한다.

"내 집의 기원은 중앙아시아의 스텝지대에 있다. 내 펠트양털 등의 섬유를 수축 가공하여 만든 천—옮긴이 부츠는 아시아의 목자들을 통해 핀란드를 거쳐서 온 것이다. 내 오이는 이집트에서, 라일락은 페르시아에서, 보트는 노르웨이에서, 카누는 아메리카 인디언에게서 온 것이다. 노를 만들 때 쓰는 굽은 칼은 베링 해 연안의 에스키모에게서, 도끼는 19세기 메인 주의 디자인에서, 픽업트럭은 20세기 디트로이트에서 온 것이다. 이것은 일종의 문화 혼합체다."

비폭력

1955년 여름 대학원 공부의 연장으로 멕시코 여행을 갔을 때, 학생이던 빌 코퍼스 웨이트가 떠올린 독창적인 아이디어는 그만의 독특한 교육과 생활방식으로 연결 되었다. 빌은 이렇게 회상했다. "맹장이 터지면서 모든 일들이 함께 시작되었다." 멕시코에서 오랫동안 병원 신세를 지면서 그는 자신이 추구하던 바에서 한발 물러 나 그간 배우고 마주친 것들에 대해 반추해볼 여유를 갖게 되었다. 빌은 이렇게 적 고 있다.

"당시 내 눈에는 사회가 대재앙을 피할 길이 없어 보였다. 어디를 둘러봐도 공 기와 물과 마음이 심각하게 오염되어 있었다. 범죄와 빈곤, 정치의 부패, 전쟁, 그 리고 땅과 음식의 오염 문제가 심각했다. 내가 본 인류는 온통 물질적인 이득을 위 해 자신을 기꺼이 내다파는, 어리석고도 편협하고 난폭한 존재였다. 민주주의는 소수에 의해 다수가 조작되는 시스템으로 변질되어가고 있었다. 내 주변에서 본 '민주주의'는 진정한 민주주의가 아니라 왜곡된 것일 뿐이라는 생각이 들었고, 인 류라는 존재의 본바탕은 건전하다는 생각이 확고해졌다. 인류의 개발되지 않은 잠 재력에 대해 알게 되면서 나는 더 낙관할 수 있었고, 우리의 문제를 해결할 수 있 는 숨은 힘에 대한 믿음을 갖게 되었다. 나는 여전히 우리가 가진 잠재력의 일부만 이 개발되었다고 생각한다. 이 자리에서 어떤 경제, 정치, 사회 시스템이 가장 나 은 것인지 논할 생각은 없다. 지금 나의 관심은 교육, 즉 인류의 잠재력을 충분히 개발하는 일에 있다."

한국전쟁 동안 빌은 양심적 병역 거부의 입장을 취했다. 대체 복무 차원에서 그 는 '미국 퀘이커 봉사위원회'의 일원으로 멕시코에 가서 일하게 되었다. 이 기간 동안 빌은 리처드 그레그의 글을 읽게 된다. 미국 평화주의의 핵심 인물인 그레그 는 민주주의를 폭넓게 정의하는 차원에서 비폭력의 삶을 실천하는 일에 무척 공을 들인 사람이다. "나를 자연 속에 사는 삶, 간디의 저작, 비폭력, 소박한 삶으로 이

끌어준 것이 바로 그였다. 내 신념을 뒷받침해줄 무언가를 찾기 힘들 때면 그가 나를 격려해주었다."

빌은 그레그의 저작을 통해 자기만의 철학을 개인 생활에 실천한다는 생각을 키워나갈 수 있었다. 그레그가 『비폭력의 힘』The Power of Non-Violence 그리고 그 책과 함께 나온 소책자인 『평화를 위한 훈련』Training for Peace에 쓴 바와 같이 "비폭력의 저항은 국가나 지역사회에 대한 의무를 기피하는 행위가 아니다. 오히려 의무를 가장 폭넓고 영속적이고 책임 있는 방식으로 이행하려는 시도이다."

리처드 그레그는 20세기 초에 변호사 연수를 받았으며, 하버드 법학 대학원을 졸업했다. 그는 오랫동안 회사법을 가르치고 연구하다가 노사관계로 관심을 돌리게 된다. 1921년 철도노조연합의 전국 파업 때 그레그는 노조를 변호하면서 미국 민주주의의 이상에 대한 자신의 신념이 흔들리는 경험을 하게 된다. 그러면서 그는 노사관계와 계층 문제를 다시 생각하기 시작했으며, 파업 기간 동안 마하트마 간디의 저술과 만나게 되었다. 그레그는 이 순간을 다음과 같이 묘사하였다. "미국 철도 파업이 한창이던 1921년, 격렬하고 날카로운 당시 사회 분위기 속에서 나는 아주 우연히 들른 시카고의 한 서점에서 마하트마 간디의 책 한 권을 접하게 되었다. 간디의 태도나 방법은 너무나 심오하고 역동적이어서 당시의 나와는 대조적이었다. 그러면서 나는 자연스럽게 그의 방식을 배우지 않을 수 없었다."

그레그는 1924년에 미국을 떠나 인도로 가서 4년 동안 머물렀다. 그중 7개월 동안은 간디의 수행 공동체인 아쉬람에서 지내기도 했다. 간디의 철학을 공부한 그는 삶의 모든 면에 그의 철학을 적용하기 시작했다. 그레그는 미국에서 비폭력 저항을 대중화한 최초의 인물이었다. 오늘날에는 그레그의 영향이 크게 간과되고 있으나, 간디의 비폭력 저항을 현대 서구사회에 맞게 개념화하고 용어화하는 데 그레그의 저술이 끼친 영향은 지대하다. 『비폭력의 힘』은 1950~1960년대 민권운동과 평화운동 참가자들에게 일종의 지침서 역할을 했으며, 이런 운동을 이끈 지도자들의 사고에 절대적인 영향을 미쳤다. 1959년, 마틴 루터 킹은 그레그에게 이런 편지를 썼다. "저는 지금까지 이보다 더 비폭력에 대해 현실적이고 심오한 해석을

1950년대 초, 버몬트 자마이카에서 리처드 그레그(왼쪽)와 스코트 니어링.

보여준 글을 본 적이 없습니다. 평생토록 제게 영향을 끼칠 글이라고 확신합니다." 빌 코퍼스웨이트에게 각인된 간디의 영향 역시 그레그를 읽어가는 노정에서 발견된다.

1950년대 초반에 그레그는 버몬트 자마이카로 이주하여 경제학자이자 사회운동가인 스코트 니어링의 절친한 친구가 된다. 스코트는 아내인 헬렌Helen 니어링과 함께 '땅으로 돌아가자'는 전국적인 운동을 벌인 지도자 중 한 사람이었다. 그레그와 스코트 니어링의 관심사와 주장에는 비슷한 점이 많았다. 두 사람이 가지고 있던 근본적인 사상과 정치의식으로 볼 때 둘의 우정은 자연스러운 결과였다. 니어링의 도움을 받아 그레그는 니어링의 농가 뒤편에 있는 사탕수수 밭 비탈에 작은 돌 움막을 지었다.

이때는 스코트와 헬렌 니어링 부부가 『조화로운 삶』 *Living the Good Life*을 출간하기 전이었고, 빌 코퍼스웨이트는 그로부터 몇 년이 지나도록 니어링을 직접 만나거나 그의 저술을 읽어본 일이 없었다.

빌은 이렇게 쓴 바 있다. "나는 어떻게 하면 간디의 비폭력 정신을 이 사회에 적용할 수 있을지 고민하고 있다. 동시에 나는 비폭력에 대한 간디의 말만 붙들고 그의 말에 담긴 참뜻을 알아듣지 못하는 세태 때문에 괴로워하기도 한다. 간디의 주장에 담긴 참뜻은 밥벌이 노동, 탈중심화, 자발적 가난, 한 개인의 온전한 발전 없이는 비폭력의 사회가 불가능하다는 메시지인 것이다." 빌이 읽은 간디의 세계에서 볼 수 있는 비폭력 민주주의적 관점은 우리 모두 미국의 한 시민으로서 전 지구적 책임을 지자는 것이다. 빌은 이렇게 주장한다. "지금 여기에 사는 우리는 다른 세계의 사람들에 대해 어마어마한 책임을 갖고 있다. 좋든 싫든 경우에 따라 사랑을 받든 미움을 받든, 전 세계는 산업화와 도시화와 자동화를 증대시키기 위해, 그리고 그로 인해 삶의 비인간화를 심화시켜가면서 우리의 선례를 따르고 있기 때문이다. 우리는 본보기가 될 만한 다른 삶의 방식을, 사람이 가진 최선의 것을 펼칠 수 있는 방법을 찾아야만 한다."

그레그의 『비폭력의 힘』은 빌의 생각과 너무나 유사하여 빌은 저자에게 편지를 썼고, 그렇게 시작된 두 사람의 우정은 평생 지속됐다. 심지어 빌이 히치하이킹으로 멕시코에서 뉴욕까지 왔을 때 그레그는 그를 태우기 위해 버몬트에서 차를 몰고 나가기도 했다. 빌은 이렇게 회고한다. "우리가 처음 만났을 때 나는 스물다섯이었고, 그는 거의 일흔에 가까웠다. 그의 글에서 나는 일종의 혈족적 동료의식을 느꼈기에 감사를 표시하고자 그를 찾은 것이다. 그러면서 아주 즐거운 일이 벌어졌다. 나이 차이는 아무 문제가 되지 않았다. 세상에 대한 탁월한 식견을 가진 이 정중한 백발의 친구를 만나는 것은 대단히 즐거운 일이었다. 내 나름대로 이 세상에서 찾아낸 귀한 것들—밥벌이의 기쁨, 교육 현장에서 손을 쓰는 일의 중요성, 고대인들의 기술에 대한 경탄, 이런 것들과 비폭력이 갖고 있는 연관성—을 이미 오래전에 발견한 사람을 만났으니 이보다 더 큰 기쁨은 없었다."

대체 복무를 마치고 노스컨트리 스쿨1938년에 월터 클라크가 세운 초·중등학교. 교실 밖에서 실생활에 도움이 되는 다양한 활동을 강조한 것으로 유명하다.—옮긴이에서 2년간 학생들을 가르친 다음 해인 1959년에 빌은 다시 남쪽으로 떠났다. 이번엔 베네수엘라였는데, 베네수엘라 정부를 위한 지역 발전 연구를 위해서였다. 1960년에 미국으로 돌아온 그는 메인 주 마치아스 부근의 해안 북동쪽 끄트머리 일대의 땅을 샀다. 그는 또 뉴햄프셔 린지에 있는 미팅 스쿨에서 2년간 가르치기도 했다. 이어서 스칸디나비아 북부로 가서 그 마을의 문화와 공예술을 공부했다. 라플란드노르웨이·스웨덴·핀란드의 북부, 러시아 연방의 북서부 등 여러 나라에 걸쳐 있는 광대한 지역이다. 원주민은 아시아계의 라프족으로 약 3만 명이고, 그중 2/3는 노르웨이령에 살며, 어업이나 순록 사육으로 생활한다.—옮긴이 사람들 사이에서 2년 동안 살면서 그들의 문화를 배운 것이다.

1966년에는 메인 주에서 알래스카까지 차를 몰고 가서 에스키모 마을을 방문하며 그들의 수공예품과 연장을 연구했다. 이 여행 기간 동안 그는 이 마을 저 마을을 옮겨다닐 수 있는 이동 박물관에 관한 아이디어를 생각해냈다. 그곳 아이들에게 급속도로 사라져가는 그들의 예술과 전통을 자주 접할 수 있도록 해주고 싶었던 것이다. 그는 이 프로젝트를 하버드 교육 대학원의 박사 프로그램에 제출하였고 알래스카에서 벌인 이 활동에 대한 논문을 완성했다.

소박한 삶

빌 코퍼스웨이트에게 있어 소박한 삶을 실천한다는 것은 경제적·사회적·정치적 의미를 갖는 일이다. 빌은 50년 이상 자급적인 농가 생활과 소박한 삶을 실천한 스코트와 헬렌 니어링 부부를 보면서 같은 꿈을 발견한다.

대공황기에 뉴욕 시를 떠나 버몬트로 가기 전 스코트 니어링은 수십 년 동안 뚜렷한 자신의 철학을 발전시켰고 활발한 정치적 이견과 시위를 통해 그것을 표현했다. 그는 소책자를 발간했고 연설을 했으며 시민 불복종 운동에 참여했다. 공직을 얻기 위해 출마하기도 했다. 그는 구속과 법적 박해—1918년에 간첩법으로 기소된

바 있다—와 두 대학으로부터 해직당하는 고통을 견뎌야 했다. 니어링은 깊이 뿌리 내린 도덕적 신념에 따라 살며, 삶의 방식이 근본적으로 정치적 행위라는 입장을 몸소 보여주고, 대정부 비협력 운동의 삶을 극단적이면서도 순수한 형태로 구현한 인물이었다.

소박한 삶에 대한 니어링의 정치학은 일찌감치 펜실베이니아 대학의 경제학 교수로 있을 당시부터—아동 노동 문제를 비난하고 소득의 재분배를 주장하다가 1915년에 해임되었다—깊이 뿌리를 내리고 있었다. 이후 그는 농업인으로서 재정적으로나 물질적으로 자급하기 위해 끊임없는 노력을 기울였다. 니어링이 추구한 바의 핵심은 비착취, 그리고 사회정의에 대한 기여의 원리였다. 『아동 노동 문제의 해법』*The Solution of the Child Labor Problem*에서 어린이 착취에 대해 니어링이 보여준 분노는, 수십 년이 지나 인간과 동물과 땅의 착취를 한사코 피해가며 정성스럽게 발전시킨 소박한 삶에서 적절한 표현을 찾는다.

니어링 부부는 평화주의와 채식주의, 환경주의를 통해 자신들의 윤리적이고 정치적인 논리를 실천할 방법들을 개발해냈다. 『조화로운 삶』에서 스코트와 헬렌은 이렇게 쓴 바 있다. "우리는 더 조잡한 형태의 착취로부터 우리 자신을 해방시키고자 한다. 즉, 지구에 대한 약탈, 인간과 동물을 노예로 만드는 일, 전쟁으로 사람을 도살하는 행위, 음식으로 쓰기 위해 동물을 죽이는 일에서 벗어나려고 한다." 니어링 부부의 반세기에 걸친 시골생활은 미국 문화의 복잡함과 모순에서 벗어나려는 '탈출 전략' 이 아니라 진정한 사회 변화를 촉발하기 위한 적극적인 수단이었다.

빌 코퍼스웨이트는 1963년까지 스코트 니어링을 만나지 못했다. 그는 모리스 미첼과 리처드 그레그에게서 그토록 많이 들었고 그토록 탐독하던 책들의 저자인 니어링을 일부러 만나러 가지 않았다. 찾아오는 사람들이 넘쳐나는 니어링 부부를 더 힘들게 하고 싶지 않았던 것이다. 그러던 중 빌이 쓴 '학교에 대한 대안 디자인' 을 기술한 편지가 『마나스』지에 실린 뒤, 빌은 메인의 하버사이드에 있는 농가를 방문해달라는 니어링의 초청 편지를 받게 된다.

빌 코퍼스웨이트는 소박한 삶에 대한 니어링의 심오한 철학에 끌렸다. 그것은 일상생활에서 공적인 삶과 사적인 삶이, 개인적인 삶과 공동체적 삶이, 사적인 삶과 정치적인 삶이 서로 불일치해서는 곤란하다는 점을 강조하는 것이었다. 빌은 또 모리스 미첼처럼 머리 못지않게 손을 써서 일한 이 스승을 존경했다. 니어링은 이론과 실천, 자연과 문화, 인간과 비인간, 노동과 여가, 지성과 영성, 지식과 윤리가 조화를 이룬 스승이었던 것이다.

빌은 이렇게 설명한다. "더 단순하게 사는 방법을 찾을 때마다 우리는 두 가지 점에서 남을 돕게 된다. 그것은 우리 자신의 삶을 위해 세상의 자원을 소비하는 경우가 줄어든다는 점, 그리고 이웃의 풍족한 삶을 모방하기 위해 안간힘을 쓰는 사람들에게 좋은 역할 모델을 제시해준다는 점이다. 풍족에 대한 갈구가 클수록 가난한 사람들은 더욱 비참해질 것이며, 가진 자와 못 가진 자 사이의 틈은 더 벌어질 것이다. 폭력은 불가피할 것이다. …… 이 세상에 필요한 것들을 더 많이 나누기 위해서 우리는 소박해질 필요가 있을 뿐만 아니라, 권력과 권위와 자유 또한 분배할 필요가 있다. 더 많이 탈중심화될수록 개인적인 의사 결정의 기회는 더 많아질 것이다."

민주주의

빌 코퍼스웨이트는 민주주의를 '활발한 참여이자 활발한 실험'이라고 정의한다. 그는 개인이 각자의 삶에서 주체성을 회복할 수 있다는 가능성 속에서 민주주의의 꽃이 피어날 수 있다는 희망을 갖고 있다. 그렇다면 대체 '무엇을 위한' 주체성이요 실험인가? 민주주의의 전망은 최선의 이상을 비웃는 야만적인 불평등 때문에 좌절될 수 있다. 엉터리 민주주의하에서 개인은 자기 경험에 대하여, 그리고 보다 폭넓은 지적이고 사회적인 삶에 대하여 구경꾼에 불과한 존재가 되고 만다. 빌에 따르면 "새로운 사회를 창조하는 일은 시민의 참여에 의해서만 달성될 수 있는 것이며, 전문가가 아니라 자기 필요를 충족시키려고 하는 사람들 자신에 의해서 가능한 것이다. 모든 사람들이 미래를 디자인하는 권리와 의무를 행사하도록—자신들의 노력이 정말 필요하다는 사실을 발견하여-격려할 때에만 진정한 민주주의가 존재할 수 있다"고 한 것이다.

빌은 자신의 삶을 통하여 은둔 문화에 대해 결연하게 반박하고 있다. 참여와 직접 경험으로부터 도피하여 은둔해버리는 경향으로 인해, 정치적 행위의 의미가 절차적 민주주의, 소위 대의민주주의라는 좁은 의미로 축소된다. 이렇게 사생활 위주의 은둔 문화에 젖어 있다보면 시위나 직접 행동이나 대중적 개입 같은 일들은 점점 이상하고 비효과적으로 보이게 된다.

빌이 생각하는 민주적 행동은 개인 행동이 시민적 파장을 낳는 것으로 인식되는 차원일 때이다. 그는 끊임없이 "어떻게 하면 내 신념대로 살 수 있을까?"라고 질문한다. 웬델 베리Wendell Berry는 이런 종류의 정치에 대해 "보다 복잡하면서 영속적이고, 공적인 효과를 내며 사적인 실천이 중요한" 것이라 묘사한 바 있다. 베리는 이렇게 말한다.

"악덕에 대하여 공적으로는 반대 시위를 하면서도 사적으로는 그런 악덕의 원천이 되는 생활방식에 의존하며 그것을 지지하는 삶을 산다면 그것은 분명 모순이며 위험한 일이다. 우리 사회의 유목주의와 폭력성에 반대하는 사람이라면 마땅히 영구 정착지를 정해놓고 그 안에서 평화와 무해한 삶의 가능성을 일구어야 할 의무가 있다. 산업경제의 파괴성과 낭비성을 통탄하는 사람이라면 마땅히 가능한 한 그러한 경제체제에서 가장 멀리 떨어진 주변부로 가서 살 의무가 있다. 그러면서 착취적인 산업에 대하여 경제적으로 독립적이며, 덜 소비하며 사는 법을 배우고, 오래 쓸 수 있는 것들을 만들며, 무의미한 사치를 포기하며, 영업사원이나 광고 전문가들이 쓰는 언어를 잘 이해하고 거부하며, 솔깃할 만한 패키지 상품의 속성을 꿰뚫어보며, 패션이나 성적 매력이나 특권을 누리기 위해 돈 쓰기를 거부해야 마땅하다. 무의미함 때문에 세상이 위태롭다고 생각하는 사람이라면 마땅히 무의미한 즐거움을 거부하고 무의미한 일에 저항하며, 도덕적 위안에 안주하거나 전문화를 용인하는 사고방식을 포기할 의무가 있다."

농민이었던 할란 허바드Harlan Hubbard와 안나Anna 허바드의 삶에 대한 책에서 베리는 빌 코퍼스웨이트 역시 본보기로 보여준 바 있던 개인적 책임의 정치에 대한 이야기를 한다. 1970년대 중반에 허바드의 농가가 있던 켄터키 주 경계에서 오하이오 강에 걸쳐서 '퍼블릭서비스 인디애나' 인디애나 주에 가스와 전기를 공급하는 대기업—옮긴이는 핵발전소를 건설하기 시작했다. 베리는 이 발전소가 끼칠 환경적 영향을 염려하는 사람들과 함께 연대했다. 그들은 시위를 하고 편지를 쓰고 건설 현장에서 비폭력 연좌 농성을 했다. 핵발전소 건립은 결국 완성되지 못했다.

베리로서는 실망스럽게도 허바드 부부는 시위에 참가하지 않았고 편지에 서명을 하지도 않았고 항의하는 목소리를 내지도 않았다. 하지만 그들의 정치적 영향력을 다시 생각해보면서 베리는 다음과 같은 사실을 깨닫게 되었다. "지금까지 살아온 삶을 통해 할란과 안나는 그 누구보다 핵발전소에 반대해왔다. 그들은 그것과 정반대의 삶을 살았으며 그들의 생활방식은 그것에 반대되는 세상의 모든 것에 참여하는 것이었기에 본질적으로 그들은 핵발전소를 반대한 것이나 다름없었다." 베리는 이렇게 자신에게 질문했다. "전기 없이도 풍족하게 사는 것만큼 핵발전소에 근본적이고 효과적으로 반대하는 일이 또 있을까?" 빌 코퍼스웨이트의 삶을 생각해볼 때 베리의 깨달음은 시사하는 바가 크다.

빌은 메인 주 동부의 해안지대 숲에서 땅과 가깝게 살고 있다. 나무를 때서 난방을 하고, 전기와 배관과 자동차를 멀리 하며, 비폭력적 공예술과 문화를 옹호하는 실험적 삶을 살고 있다. 그가 추구하는 민주주의는 자신만을 위한 것이 아니다. 빌은 보다 진정한 민주주의의 가능성을 제시하면서 다른 사람들에게도 유익할 수 있는 생활방식을 채택하여 살고 있는 것이다.

도제제도

민주적인 삶을 직접적이고 개인적인 경험의 과정으로 정의하려면 실험의 중요성이 특별히 더 커진다. 청사진도 공식도 정해진 해답도 없다. 그런 역동적인 실험은 특정한 장소에서 뿌리를 박고 할 필요가 있다. 빌 코퍼스웨이트의 삶에서 그런 장소는 해안의 숲지대다. 한쪽은 3층짜리 유르트가 서 있는 트인 목초지요, 또 한쪽은 조수가 드나드는 후미가 있는 물가다. 그의 농가는 몇 개의 건물과 오솔길, 밧줄 그네, 나무 위의 집, 카누 몇 개로 이루어져 있다. 이곳에서 오랫동안 힘 쏟은 시간들은 빌의 삶에서 가장 중요한 시기였다.

또 빌은 평생 독립적으로 생각하고 행동하는 데 노력을 기울이는 것을 중요하게 여겼다. 그는 언젠가 친구에게 이런 편지를 쓴 적이 있다. "우리가 단지 위대한 사람들의 추종자로 산다면 결국 우리 사회는 붕괴될 것이며 생태계는 황폐해질 것이다. 우리는 추종자들에게 투자할 여유가 없다. 창조적이고 자상한 사람들만이 지구상에 좋은 사회를 만들 수 있을 것이다. 그런 사람들을 발견하고 격려하는 데 우리가 가진 모든 것을 투자하자. …… 우리에게 필요한 것은 더 이상의 제자가 아니라 도제이다."

제자가 되려고만 애쓰다보면 경쟁하거나 숭배하기가 쉬워서 다른 사람들의 삶을 통해 자신의 삶이 갖고 있는 가능성을 찾아보기 어렵게 된다. 빌 코퍼스웨이트의 삶에서 우리가 얻을 수 있는 것은 실험과 도제제도의 중요성, 생각의 독립성과 앞서 간 사람들에 대한 존경의 중요성, 미래 세대에 대한 기여의 중요성이 주는 교훈이다. "이런 보물들을 진리의 불꽃을 피울 수 있는 연료라고 생각해보면 어떨까? 보물을 밝게 비추어줄 시점에 다다를 수 있는 것인가? 현재 이 땅에 살고 있는 우리들의 창조적인 능력과 지난 세월 동안 발전되어온 지혜를 더한다면 우리는 행복과 성장의 자족적인 불꽃을 피울 수 있을 것이다."

빌 코퍼스웨이트의 작업과 생각을 풍요롭게 수놓은 이 책은 우리에게 그의 삶의 교훈을 가슴속에 간직하라고 권하고 있다. 우리는 저마다 자신의 손으로 자신의 삶을 만들어나갈 잠재력을 가지고 있다. 조상들의 지혜에 다가서면서, 정의를 위해 힘 쏟으면서, 우리의 유산을 물려받을 사람들에 대한 의무를 다하면서, 비폭력적인 방법으로 활발하고 즐겁게 자기만의 삶을 만들어나갈 수 있다.

Wm. Coperthwaite

미래로 뻗어 있는 갈림길에 선 모든 진취적인 영혼은 그 길을 가로막는 숱한 사람들의 반대에 부딪히게 되어 있다. 부디 두려워하지 말지어다. 그래야만 그들이 전에 쌓아놓은 거창한 금자탑을 본의 아니게 보존해주는 일이 없을 터이니. 우리들 중 가장 소심한 자라 할지라도 할 수 있는 최소한의 일이란, 자연이 지금까지 끌고 온 어마어마한 짐에 부담을 주지 않는 것이다.

최선의 진리는 언제나 온건함에 있다고, 근사한 평균에 있다고 우리 스스로를 속이지는 말도록 하자. 오늘의 평균, 근사한 온건함이란 내일에 보면 가장 비인간적인 것이기 십상이다. 스페인 종교재판에서 건전한 양식과 건전한 균형을 갖춘 사람들의 의견은 이단자들을 너무 많이 태워 죽여서는 안된다는 식이었다. 한편 그보다 훨씬 더 극단적이고 상식 밖이라는 평을 받은 사람들의 의견은 사람을 태워 죽여서는 안된다는 것이었다.

인간의 운명을 영원으로 싣고 가는 보이지 않는 거대한 배가 있다고 상상해보자. 한정된 대양을 떠다니는 우리의 배들처럼 이 배에도 돛과 밸러스트배에 실은 짐이 적을 경우 중심을 잡기 위해 채우는 바닥짐—옮긴이가 있다. 배가 정박지를 떠난 뒤 전후좌우로 흔들릴 것이 겁나서 멀쩡한 돛들을 배 밑바닥의 짐칸에 채워 넣어 밸러스트를 늘릴 필요는 없다. 돛은 컴컴한 배 밑바닥의 짐칸에 처박혀 자갈돌 옆에서 썩으라고 만들어놓은 것이 아니다. 밸러스트는 어디서나 구할 수 있다. 어느 항구에 가도 있는 조약돌, 어느 해변에 있는 모래도 밸러스트로 쓸 수 있다. 하지만 돛은 드물고도 귀한 물건이다. 그것이 있어야 할 자리는 배 밑바닥의 컴컴한 창고 속이 아니라 탁 트인 바깥의 바닷바람을 안을 수 있는 햇살 가득한 높다란 돛대 위다.

메테를링크*Maeterlinck*

삶을 디자인하다
이

밑에서—천국을—찾지 못한 자여

그대는 위에서도 실패하리라—

우리가 어디로 가든—

천사들은 우리 옆집에 세를 들 테니까

에밀리 디킨슨Emily Dickinson

우리 사회는 너무 오랫동안 마구잡이로 디자인되어왔다. 그 결과 한마디로 패자들이 너무 많은 사회가 되었다. 어느 모로 봐도 비효율적이며 비경제적인 현상이다.

우리는 모두가 승자가 될 수 있는 사회를 만들어야 한다. 이렇게 패자가 많은 사회에서 드는 비용은 그만큼 행복을 희생시킨다는 관점에서 볼 때 엄청난 손실이다. 실제로 건강 관리나 기아 원조나 감옥에 들어가는 돈, 그리고 고난 극복, 전쟁, 낭비된 인간 잠재력에 드는 비용은 엄청나다.

우리는 우리 모두의 행복을 한 단계 높은 수준으로 끌어올릴 수 있는 지식과 자원을 갖고 있다. 우리는 인간적인 문화를—이 땅과 인류의 마음속에 에덴동산을—활짝 꽃피울 수 있는 잠재력을 우리 손에 쥐고 있다.

우리가 과연 그렇게 할 수 있을까? 그렇게 할 수 있는 의지를 발견할 수 있을까? 내가 보기에 이것은 디자인의 문제다.

디자인에 대한 새로운 정의

어린 시절 나에게 '디자인'이란 단어는 저 멀리 예술가들만 사는 나라의 이야기 같았다. 나이가 들면서 이 단어는 나에게 새로운 어감 하나를 더 각인시켜놓았다. 나는 디자인을 값싸고 겉만 번지르르한 하나의 표면 처리로, 그리하여 무언가를 팔아먹기 위한 속임수로 여기게 되었다. 이 단어에 대한 흠모는 사라지고 경멸만이 남게 된 것이다.

그러다 세상을 더 면밀히 관찰하기 시작하면서 이 단어의 어감이 그렇게 나빠진 것은 디자인이 상업적으로 오용되었기 때문이라는 생각을 하게 되었다. 그러면서 나에게 있어 디자인이란 '멋지게 생긴 스푼 하나에 구현된 어떤 특질'이란 의미로 다가왔다. 또한 나는 어디를 가든 우수한 작품에는 훌륭한 디자인이 존재한다는 사실을 발견할 수 있었다. 핀란드인의 통나무집에서, 네덜란드인의 풍차에서, 에스키모인의 낚싯바늘에서, 인디언의 모카신 신발에서, 매사추세츠 주 스왐스콧의 바닥이 납작한 어선에서 훌륭한 디자인을 발견할 수 있었다.

참으로 경이로운 경험이었다. 삶에서 가장 중요한 특질 중 하나, 즉 '완벽한 모양을 얻기 위한 의식적인 행위' 는 이제 이름을 얻게 된 것이다. 그것이 바로 디자인이다.

그러나 나에게 이 단어의 어감은 그때까지도 디자인이 물건의 세계에만 한정되어 있다는 느낌을 주었다. 그러다 사회에 대한 나의 관심과 사회에서 필요한 것들에 대한 이해가 깊어지면서, 새로운 형태의 교육에 대한 개념을 담을 만한 말을 찾아야 한다는 생각을 하게 되었고, 그러면서 교육 디자인이라는 표현을 쓰기 시작했다. 이 생각이 발전하면서 가족 디자인, 공동체 디자인, 급기야 자기 삶을 논리적으로 만들어나간다는 뜻으로 인생 디자인이라는 말까지 쓰게 되었다. 이런 생각을 하나의 용어로 묶어낸다면 결국 '사회 디자인' 이라고 할 수 있을 것이다.

그리하여 '디자인' 이란 단어가 무언가 아름답고 놀라운 것으로만 여겨지던 어린 시절로부터 시작하여 완전히 한 바퀴를 돈 셈이 되었다. 따라서 이 글에서 말하는 '디자인' 이란 '사용하기 좋은 모양새를 갖춘 아름다운 것' 을 의미할 뿐만 아니라 '긍정적인 목적을 위해 인간이 활발하게 무엇인가를 만들어간다' 는 개념도 포함하는 것이다.

훌륭한 디자인은 현재 인류의 역사에서 가장 절실한 것으로서, 디자이너라고 불리는 사람들뿐만 아니라 사회 전체가 참여해야 하는 활동이다. 우리는 삶의 모든 요소에 훌륭한 디자인이 필요하다는 자각을 더 강하게 가져야 하며, 모든 사람들이 디자인에 참여하도록 격려해주어야 한다. 사회를 위한 최상의 디자인은 전문가들만이 만들어내는 작품이 아니라, 사람들 스스로가 자기 필요를 충족시키기 위해 창조해내는 것이어야 한다. 기획자와 디자이너가 필요하긴 하되, 그들은 새로운 사회를 창조해내는 민주적 작업을 선점하는 것이 아니라 돕는 차원에서 존재해야 한다.

사회의 모든 구성원들이 미래의 세상을 디자인하는 일에 참여할 자신의 권리와 의무를 자각하게 될 때, 그리하여 자신들의 노력이 정말 환영받고 필요한 것이라는 점을 깨달아 누구나 참여해야 한다고 확신하게 될 때 비로소 진정한 민주주의가 자리잡을 수 있는 것이다.

모험의 일상화

많은 사람들에게 사회적 삶은 모험이라고는 조금도 찾아볼 수 없는 따분하고 생기 없는 것을 뜻한다. 그렇다면 우리 아이들의 삶에서 놀랄 줄 아는 감각, 마술적인 아름다움에 대한 감각은 어떻게 길러줄 수 있을까? 아이들에게는 배우고자 하는 열의와 생동감을 자연스럽게 찾아볼 수 있다. 그러나 대부분의 어른들은 아이들의 이런 의욕을 아주 효과적으로 억누르는 방식을 고수해왔다.

우리가 만일 이런 의욕을 질식시켜온 것만큼의 노력을, 아이들의 배우고자 하는 열정을 북돋워주는 데 쏟는다면 삶은 혁명적으로 변화할 것이다.

이는 인간의 복지 증진과 관련하여 가장 핵심적인 문제 중 하나다. 즉, 우리는 어떻게 하면 일상생활 속에서 흥분과 의미를 되찾을 수 있는가? 그것도 오토바이나 테니스나 텔레비전을 통해서가 아니라 사회적으로 의미가 있는 활동을 통해서 말이다.

우리 사회의 아이들은 함께 일하는 기쁨을 맛봄으로써 스스로가 필요한 사람이라고 자각하는 기회를 좀처럼 제공받지 못하고 있다. 아웃워드바운드Outward Bound라는 단체는 테니슨의 시 「율리시스」에서 따온 "추구하고 배려하되 굴하지는 말라"는 구절을 모토로 삼고 있다. 아웃워드바운드는 아이들에게 항해와 등반, 카누 여행과 사막 횡단을 체험할 수 있는 프로그램을 통해 이 문제에 아주 긍정적으로 접근할 수 있다는 것을 보여주었다. 하지만 이런 프로그램에는 일상을 떠나 겨우 3~4주 정도만 예외적으로 지낼 뿐이라는 단점이 있다. 우리는 모험에 대한 감각을 일상적으로, 일 년 내내 키울 필요가 있다. 그렇지 않은 지금의 삶은 다음과 같이 표현할 수 있을 것이다.

추구하고 배려하되

작고 묘한 것의 소중함

아무리 작고 하찮아 보여도 훌륭한 디자인에는 의미가 있다. 나는 아무리 작은 것이라도 응당한 관심을 받고 중요성을 인정받을 수 있는 사회를 추구한다. 필요한 물건을 만들거나 살 때, 작고 묘한 것에도 관심을 기울인다면 우리를 둘러싼 세계는 엄청나게 바뀔 수 있다.

훌륭한 디자인은 연장이나 그릇이나 집에만 국한된 것이 아니다. 그것은 음식, 친구, 우리 아이를 가르치는 사람을 고르는 일 등에 다 적용할 수 있다. 우리는 훌륭한 디자인을 가족, 공동체, 학교와 연관 지어 생각해볼 수 있다.

예컨대 우리 아이들의 행복에 대해 한번 생각해보자. 우리는 끊임없이 '보다 나은' 학교 건물을 짓고 있으면서도 좀처럼 함께 행복을 도모할 생각은 하지 않는다. 더 나은 세상을 만들려면 가장 훌륭한 사람들을 뽑아서 아이들을 가르치도록 하자고 주장해야 한다. 우리는 가장 능력 있는 사람들이 가르치는 일에 종사할 수 있도록 선생의 지위와 급여, 그리고 가르치는 일에 대한 일반의 인식을 높여야 한다.

이때의 훌륭한 디자인이란 우리의 돈과 위신을 건물이나 시설보다는 사람들에게 할애하는 것을 말한다. 그렇게 하면 사회는 보다 건강해지고 행복해질 뿐만 아니라, 더 나은 도구와 의술, 더 나은 정치와 관리체계를 갖출 수 있다.

나는 어린아이들을 돌보는 사람들에게 가장 많은 급여를 주어야 한다고 생각한다. 더 훌륭한 의사들을 바라는가? 그렇다면 유치원을 더 나은 곳으로 만들라.

모든 사람이 성공하는 사회

모든 사람들이 성공하는 사회를 만드는 일이 가능할까? 나는 자신 있게 가능하다고 말할 수 있다. 우리가 성공이라는 것을 경쟁의 관점에서 – 한 사람이 성공하기 위해서는 다른 사람이 실패해야 하는—보지 않고 비폭력적인 맥락에서 본다면, 그리하여 성공이란 것이 모든 사람의 발전과 건강, 성숙을 의미한다면 그것은 가능하다.

현재 우리 사회에서는 협동보다는 경쟁에 더 큰 가치를 두고 있다. 사회란 실제로 경쟁보다는 협동을 기초로 하는 곳임에도 불구하고 왜 이 모양이 되었는지 알 수가 없다.

우리가 집단적으로 보유하고 있는 엄청난 정신적 역량을 이용한다면, 각자 자기 능력을 최대한 개발할 수 있도록 격려해주는 성공의 개념을 발전시킬 수 있지 않을까? 착취하지 않는 방식으로 성공하는 사람들이 많아질수록 우리 모두의 삶의 질이 나아지면서 우리가 사는 사회는 더 성공적이 될 것이다.

지금처럼 극도로 경쟁적인 사회에서도 창조적인 일에 푹 빠져 있는 아이들은 주변 상황에 별 흥미를 갖지 않는 것처럼 보인다. 이런 아이들은 자기 일을 끝낸 뒤라야 다른 사람들이 무얼 했는지 둘러보기 시작한다. 안타깝게도 이 아이들은 매우 쉽게 판단하고 자기 세계에 고립되기 쉽다.

오래전에 나는 베링 해 연안에 있는 여러 에스키모 마을에서 에스키모 문화 순회 박물관을 연 적이 있다. 그곳 아이들이 잘 모르고 있는, 박물관에 갇힌 자기 문화의 아름다운 작품을 조금이나마 접할 수 있기를 바라는 마음에서였다. 1969년 12월부터 1970년 4월까지 20곳의 에스키모 마을을 방문하면서 약 70개의 프로그램을 개최했다. 에스키모 아이들이 자기 민족의 예술품을 더 가까이서 접해보도록 하기 위해 우리는 아이들마다 작품 슬라이드 필름을 하나씩 고른 다음 종이에다 비추어 보라고 했다. 아이들은 짝을 지어 슬라이드를 종이에 비추어 보고는 펜으로 자기 필름의 윤곽을 따라 그린 다음 바닥에 놓고 색칠을 하기 시작했다. 아이들의 협동하는 모습은 참으로 아름다웠으며, 그렇게 만들어진 협동 작품은 정말 사랑스러웠다.

편견 없는 세상

폭력과 편견 없는 세상을 디자인하려면 사람들이 더 신뢰와 자각과 안정을 느낄 수 있는 방법을 개발해야 한다. 우리는 스스로가 불안정하다고 생각할수록 남들을 더 끌어내리려 하고, 그리하여 스스로가 더 우월하다고 느끼고 싶어한다.

남을 끌어내리는 것은 병적이고 맹목적이고 단견적인 태도다. 그리하여 우리 자신에게로 되돌아올 수 있는 가능성을 늘리려는 행위이다. 일상생활에서 신뢰를 쌓으며, 전쟁으로 치닫고 마는 폭력의 소용돌이를 가라앉히도록 하는 방법이 하나 있다면, 그것은 다른 사람들이 주변 환경과 더 긴밀하고 민감한 관계를 유지하도록 돕는 일이다. 그리하여 생기는 이해와 소속감은 불안정에 대항하는 강력한 해독제가 된다.

그러다 보면 사회를 내 자신의 확장으로, 나의 '사회적 몸'으로 상상할 수 있게 된다. 그렇게 되면 사회 속의 어떠한 대상을 해치는 행위는 나 스스로를 해치는 일이 된다. 내 이웃의 가난은 나의 가난이고, 그들에게 필요한 것은 나에게도 필요한 것이다. 또 내가 세상에 내보내는 모든 편견, 폭력, 증오는 내 자신에게로 되돌아온다. 이를 존 던John Donne은 다음과 같이 표현한 바 있다. "그 어떤 이의 죽음이든 나를 의기소침하게 만드는 이유는 내가 인류와 하나로 얽혀 있기 때문이다. 그러니 누구를 위하여 조종弔鐘이 울리는지 알아보려 하지 말라. 바로 그대를 위한 것이다."

친밀감과 독립성의 균형

사람들 사이에는 불필요하거나 피할 수 있는 마찰과 폭력이 아주 빈번하게 일어난다. 이럴 때의 치유법–디자인 문제다–중 하나는 세상을 다르게 바라보는 것이다.

예컨대 "모든 사람을 사랑하라"는 평범한 말을 한번 되새겨보자. 사랑은 가까

"끊임없는 경쟁으로 가장 적합한 개체가 생존할 수 있었다"는 다윈의 생각보다 이제는 "상호 협동을 함으로써 가장 적합한 군집이 생존할 수 있었고, 결국 진화에 성공할 수 있었다"는 의견이 전반적으로 우세하다.

커크패트릭 세일Kirkpatrick Sale

D. Porter

〈영혼에 깜짝 놀란 새들〉.
알래스카 후퍼 만에 사는
루시가 스케치하고 다른
아이들이 색칠한 그림.

이서 지속적으로 접촉하는 것이라고 흔히들 생각한다. 커플은 보통 항상 함께 있기를 원해야 한다고 여겨진다. 그러다 지속적인 친밀감이 싫어지기 시작하면 둘 사이의 관계에 무언가가 빠져버렸다고 두려워하곤 한다.

마찬가지로 일부 '국제 사회' 에서도 구성원들 사이에 서로 일체감을 가지고 완전히 나누며 살자고 하다가 뜻대로 되지 않으면 실패했다고 생각한다.

행복하게 살며 훌륭한 가정을 가꾼 나이 많은 커플들 중에는 둘이 함께 할 시간이 갑자기 더 늘어나자 배우자가 너무 가까이 있다는 사실을 부담스럽게 느끼는 경우가 있다.

그 결과 떨어져 지내면서 화목과 감수성과 보살핌이 부족했던 것을 탓할 수도 있겠지만, 이런 상황에서 혼자만의 시간을 더 많이 갖고 싶다는 욕구는 전적으로 정상적이다. 어떠한 경우든 두 사람 사이의 관계에서는 이상적인 거리가 있는 법이다. 이는 두 별 사이에 작용하는 인력과도 같다. 둘 사이의 거리가 적당할 때에는 계속해서 둘레를 돌지만 서로 너무 가까워지다보면 충돌하고 너무 많이 벌어지면 각자 떨어져 나가기 마련이다. 이는 좋은 일도 나쁜 일도 아니며, 단지 사물의 이치일 뿐이다.

관계 속에서 서로 적당한 거리를 알기 위해서는 상대의 반응에 민감해야 하며 서로 이해하는 마음을 가져야 한다. 또 친밀감과 독립성 사이의 이러한 이상적인 균형은 시간의 흐름에 따라 달라지기도 한다. 어떤 사람은 1년에 한 번을 만나도 함께 유쾌하게 보낼 수 있지만, 1년에 두 번만 만나도 지겨워지는 사람이 있다. 한 편 매주 만나도 서로 자극이 되고 도움이 되는 관계를 맺을 수 있는 사람이 있다. 하지만 그런 사람과도 같은 집에서 함께 살아야 한다면 끔찍한 일이 되어버릴 수 있다. 어떤 사람들끼리는 한평생을 매우 가깝게 지내기도-일하고 먹고 자는 것까지-한다. 반면에 함께 행복하게 살되 일은 따로 해야 하는 사람들도 있다.

이런 점을 이해하는 신혼부부들은 지나치게 가까이 붙어서 사는 것이 위험하다는 사실을 일찌감치 깨달을 것이다. 그러면 파경의 위험을 피해가며 둘 사이의 적절한 거리를 찾아내는 행복을 맛볼 수 있을 것이다.

이런 점을 인정하는 공동체는 마찬가지로 실패의 위험을 피해가며 구성원 간의 관계와 의무 속에서 적절한 거리를 찾아낼 수 있을 것이다. 우선 좀 더 거리를 두고 시작하여 서서히 좁혀가는 것이 더 효과적인 경우가 많다. 반대로 관계를 너무 가깝게 맺기 시작하여 서로 물러섬으로써 간격을 벌리다보면 상처를 받기 쉽고 의심과 불안정한 상황을 불러올 수 있다.

여기에 훌륭한 디자인을 할 수 있는 기회가 있다. 은퇴할 때가 되어 앞으로 여건이 바뀌면서 둘 사이의 친밀감과 거리가 영향받을 수도 있다는 것을 아는 부부라면 잠재적인 위험을 서로에게 언급할 수가 있다. 이들은 함정을 피하여 자기네 삶을 재배치하면서 필요한 균형을 찾아내야 한다. 이러한 인간관계의 다양한 특성들을 이해하게 되면 문제를 감정의 영역으로부터 벗어나게 할 수 있다. 그럼으로써 자책감으로 마음을 다치지 않도록 애쓰며, 서로를 이롭게 하기 위해 거리를 합

허나 함께 있더라도 거리를 두도록 하라 / 그리하여 둘 사이에 천국의 바람이 불도록 하라
함께 노래하고 춤추고 즐거워하라 / 대신 각자가 홀로 서 있도록 하라
같은 음악 속에 함께 떨린다 하더라도 / 류트의 현은 각자 홀로 서 있듯이

칼릴 지브란 Kahlil Gibran

리적으로 다시 배치할 수 있는 것이다.

　모든 아이는 가정 안에서 나름의 권리를 갖는다. 이는 아이에게 좋은 음식을 주거나 애정을 쏟는 것만큼이나 중요한 것이다.

　가정의 구성원들이 반드시 같은 일을 할 필요는 없다. 대신 동료의식과 팀워크에 대한 애착으로 결속하여, 정신적으로 하나가 될 수는 있다.

집안일

우리가 사용하거나 알고 있는 단어나 개념 중에는 다시 생각해봐야 할 것들이 너무나 많다. 우리가 가지고 있는 가치 중 너무나 많은 것들이 시대의 관점에 의존하고 있다. 하지만 그런 관점이란 대개 지나가는 유행들의 혼합에 불과한 것이다.

　현재 미국에서는 집안일이라고 하면 꽤나 케케묵은 일로 얕잡아보는 경향이 있다. 하지만 사실 집안일은 가장 중요한 일일 뿐만 아니라 가장 신나는 일이 될 수 있다.

　집안일의 의미가 이토록 잘못 이해되고 있으니 통탄할 노릇이다. 대부분의 사회에서는 이제 어린 여자 아이가—남자 아이는 말할 것도 없다—주부가 된다는 꿈을 꾸며 자라는 것이 거의 불가능하게 되었다. 이러한 편견은 전문 직업을 갖지 못하여 할 수 없이 집안이나 돌봐야 한다는 의무감 때문에 속박을 느끼고 주변적인 삶을 살고 있다고 느끼는 사람들이 많아지면서 생겨난 것이다. 어떠한 사회제도라도 이처럼 오용될 수 있는 것이다.

　그렇다 하더라도 우리는 '벼룩 한 마리를 잡기 위해 담요를 다 불태우는 것은 어리석은 일' 이라는 터키의 속담을 되새겨볼 필요가 있다. 가정은 사회의 영역 중에서 우리에게 가장 중요한 곳이다. 따라서 가정에 마땅한 존경을 표하지 않거나 지금처럼 가정을 끊임없이 갉아먹고 만다면 우리는 돌이킬 수 없는 손실을 입고 말 것이다.

가정은 건강한 사회의 두 가지 필수 요소인 교육과 정서적 안정의 중추이다. 가정은 점점 더 그 기능을 학교에게 내주고 있다. 아무리 잘 가르치고 시설이 훌륭하다 하더라도 학교가 가정을 대신할 수는 없다.

'요람을 흔드는 손이 세상을 지배한다'는 말을 쉽게들 하곤 하지만 정작 주의 깊게 새겨듣지는 않는다. 그리고 요람을 흔드는 손은 좋은 방향이 아닐 경우 나쁜 방향으로라도 분명히 세상을 지배할 수 있다.

그러한 손길을 베푸는 사람이 마땅한 명예와 아름다움과 역할에 대한 책임감을 인식하지 못한다면 결과적으로 불화를 초래하기 쉽다. 건전한 사회를 만들기 위해서 어린아이들을 섬세하게 돌보는 것보다 더 중요한 일은 없다. 우리의 정신이 얼마나 황폐해져 있으면 우리 문화의 핵이 이토록 훼손되고 허약해지도록 그냥 내버려둘 수밖에 없었을까. 이 얼마나 어이없는 디자인의 실패인가!

집을 가꾸는 일의 경이로움과 특권에 대한 감을 잃느니 지금 있는 집을 다 태워버리고 동굴에서 사는 편이 훨씬 낫다.

우리는 가정을 부양하기 위해 집을 떠나 일터로 나가기 시작했다. 그런데 너무 오랫동안 그렇게 하다보니 애초에 우리 자신을 팔기 시작한 목적을 망각해버리고 말았다.

새로운 전통 만들기

100년 전만 해도 작은 농가는 가장 기본적인 인간의 욕구를 채워줄 수 있었다. 사람들은 돈 때문에 무언가를 파는 경우도, 돈을 주고 사는 경우도 적었다. 힘들게 살았지만 비교적 행복한 시절이었다.

로버트 프로스트Robert Frost가 노래한 노란 숲의 두 갈림길처럼 우리도 그런 작은 농가를 떠나오면서 갈림길의 두 길 중 하나를 선택해야 했다. 하나는 농가와 농업 기술을 버리고 산업의 발전을 택하여 육체적으로는 덜 힘들게 살아가는 길이었다. 그것 말고 우리가 택할 수도 있었던 또 하나의 길이 있었다. 우리는 인류 발전에 공헌할 수 있는 엄청난 잠재력을 가진 농가의 삶을 유지할 수도 있었다. 그리하여 우리의 과학적이고 기술적인 역량을 발휘하여 농가에서의 삶을 보다 편리하면서 덜 고립된 것으로 만들 수도 있었다. 이제 이 나라 사람들 중 일부는 그런 방향으로 나아가고 있다. 즉, 낡아빠진 삶의 방식이 아니라 오늘날의 최선과 옛날의 최선을 혼합한 삶으로 나아가고 있는 것이다.

사회 디자인을 고려할 때 필요한 것은 그러한 혼합이다. '땅으로 돌아가는 것'이 아니라 '흙으로 내려가는 것'이다.

정서적 안정을 찾기 위해서 우리에게는 기댈 만한 전통이 필요하다. 훌륭한 전통을 상실해가면서 정서적 안정을 느낄 수 있는 가능성은 별로 없다. 많은 사람들은 분명 변화를 몹시 반긴다. 하지만 우리는 전통을 너무 많이 바꿈으로써 위험을 자초하고 말았다.

그렇다고 전쟁에 뛰어드는 것처럼 건전하지 못한 전통을 보고서도 그대로 받아들이자는 뜻은 아니다. 우리가 개탄하고 바꾸기를 갈망하는 전통 중에는 우리에게 안정과 연속성을 가져다줄 수 있는 것들도 숱하게 많다는 뜻이다.

보이지는 않지만 우리의 삶에 도움을 주는 전통이 헤아릴 수 없이 많기 때문에 우리는 사회를 디자인하면서 긍정적인 전통에는 정당한 무게를 실어줘야 한다.

이상적인 사회라 할지라도 우리는 젊은이들이 전통에, 심지어 이런 긍정적인 전통에도 저항하는 모습을 계속해서 볼 수 있을 것이다. 하지만 훗날, 스스로 더욱 성숙해진 뒤에 반추하다보면 그들도 그런 전통이 아직 유효하다는 것을 깨닫게 될 것이다.

여러분 자녀의 삶에서, 혹은 자신의 삶에서 가장 본질적인 지리적 요건이 무엇인지 생각해본 일이 있는가? 여러분의 삶에서 가장 중요한 것은 무엇인가? 땅, 바다, 하늘, 사막, 숲? 아니면 편의점, 보도步道, 주차장, 고속도로, 텔레비전? 집을 선택할 때 부유한 이웃이 많다는 이유로, 좋은 학교가 가까이 있어서, 아니면 그 집

이 나타내는 사회적 지위 때문에 택하는 경우가 너무 많다. 이러한 것들 대신에
'평온을 주는 이웃'으로 특정한 나무나 개울을 택한다면 얼마나 근사할지 한번 상
상해보라. 산이나 숲, 멋진 절벽, 하늘을 향해 치솟아 있는 거대한 바위 가까이 가
기로 결심하고서, 여러분과 주변 환경에 모두 잘 어울리는 집을 디자인하고 지어
보면 어떤가?

민속적인 방식과 건강식

새로운 문화를 디자인하는 일은 어쩔 수 없이 아주 개인적인 과정인 만큼, 자칫 정
도가 지나칠 위험도 있다. 민속적인 방식으로 전해 내려오는 문화 대신에 자기 본
위적 문화를 선택하다보면 예컨대 지금 우리가 음식 섭취에 관해 자기 본위적 개
념을 가지고 있는 것과 같은 위험이 뒤따를 수 있다.

현대인들은 영양의 건강한 원천에 대한 전통적인 지혜를 잃어버렸기 때문에 무
엇으로 균형 잡힌 식단을 꾸밀 것인지를 어림짐작으로 결정하는 수밖에 없다. 하
지만 그런 판단은 적절하지 못할 뿐만 아니라 광고가 끼치는 부정적인 영향을 고
려해볼 때 우리 자신의 판단이라고 보기도 어렵다.

'화학비료'와 '방부제' 때문에 땅과 음식이 온통 오염되어 있는데도 마케팅의
압제에 눌려 있는 탓인지 보통 사람들은 먹을거리를 지각 있게 고를 기회를 얻기
힘들다. 유일한 대안으로 음식에 대한 자의식을 발달시키는 방법밖에는 없는 것
같다. 이 말은 어떤 사람들은 건강하게 사는 법을 배워가는 반면에 나머지 절대 다
수는 반대로 극단적인 길을─당근주스만, 빵만, 아니면 현미만 먹고 유제품은 전혀
먹지 않는다는 식의─간다는 뜻이다.

전통적인 방법에서 배우지 않고 한 사회가 자연적으로 건강한 음식 섭취법을
알아내는 것은 거의 불가능하다. 그러므로 우리는 우리의 전통적인 음식 문화에
대해 면밀히 알아보고 최상의 것을 실제에 적용할 필요가 있다.

모든 민속 음식이 다 좋은 것이라고 주장할 생각은 전혀 없다. 대신 조만간 전

통이 될 디자인이 잘된 음식 섭취법을 창조해낸다면 오늘의 자의식적인 음식 유행이 초래하는 과잉이나 역효과를 극복할 수 있을 것이다. 모든 음식마다 칼로리를 따지고 비타민의 섭취량을 알아볼 시간이 있는 사람이 어디 있겠는가?

음식 섭취법에 대한 새로운 전통이 생겨나기 위해서는 땅과 흙과 동물을 잘 돌볼 수 있도록 다시 디자인해야 한다. 물론 법률과 도덕 규범도 다시 디자인하여, 의도는 좋았다 하더라도 음식에 불순물과 유독물질이 섞이고 마는 현실을 개선해야 할 것이다.

우리의 가정생활과 집, 공동체를 올바른 자의식으로 다시 디자인하려면 어쩔 수 없이 위험을 무릅써야 한다. 부족한 점이 많다 하더라도 우리는 삶을 개선하기 위해 의식적으로 노력해야 한다. 충분히 긴 시간 동안 계속 노력한다면 미래의 전통을 위한 굳건한 기초를 제공할 디자인이 탄생할 것이라는 희망을 갖고서 말이다.

사람들을 '격려' 하는 일

내가 중점적으로 추구하는 바는 '소박한 생활' 도 '유르트 디자인' 도 '사회 디자인' 도 아니다. 물론 이런 일들은 모두 중요한 것이어서 내 시간의 상당 부분을 차지한다.

내가 가장 중시하는 것은 사람들을 '격려' 하는 일이다. 사람들이 추구하고, 실험하고, 디자인하고, 창조하고, 꿈꾸도록 격려하는 것이다.

내가 보기에 우리의 생존을 위한 유일한 희망은 모든 이의 정신이 최대한 발전할 수 있도록 격려하는 것이다. 안전은 진실로 수數의 힘에 있다. 어떤 정신이 기막힌 해법을 찾아낼 수는 있다. 하지만 더 많은 정신들이 모여 활동이 위축되지 않도록 노력한다면 그 해법은 더욱 확실해질 것이다. 우리가 안고 있는 가장 큰 문제점에 대한 해법은 단순히 함께하는 데 있는지도 모른다.

과거에 우리는 지식과 길잡이를 구하기 위해 전문가와 지도자와 국민적 영웅을 기다렸다. 계속 그렇게 누군가 나타나기를 기다리는 것은 우리를 영원히 청소년 상태로 붙잡아두는 온정주의적 생활방식을 받아들이는 셈이다.

전문가에게만 맡겨버리는 것은 엄청나게 낭비적이며 상상력을 억누르는 일이다. 우리는 세계를 위협하고 있는 절박한 문제를 해결하기 위해 온갖 창의성을 다 발휘해야 할 시점에 있으면서도 우리 자신의 완벽한 발전이 가져다줄 기쁨을 거부하고 있다. 지도자들과 기획자들이 아무리 똑똑하고 기술이 뛰어나다 하더라도 지금 닥친 위기를 극복해내기에 그들만으로는 수적으로 역부족이다.

비근한 예로 숲에서 길을 잃은 아이가 있다고 가정해보자. 우리는 전문가를 보낼 수 있다. 유능한 수색자에게 충분한 시간을 준다면 아이를 찾아낼 것이다. 하지만 그러면 때가 너무 늦어버릴 것이다. 한 사람이 일대를 다 뒤져볼 수는 없다. 대신 최대한 많은 사람을 최대한 빠른 시간 안에 모아서 숲 일대를 이 잡듯 뒤져야 한다.

물론 모든 분야에는 전문적인 지식이 필요하다. 하지만 헤매는 것의 가치에 대해 너무 관심을 두지 않고 살아온 것이 사실이다. 많은 사람들이 헤매더라도, 함께 찾다보면 많은 것을 발견해낼 수 있을 것이다. 그리고 반복해서 경험하며 찾는 기술을 연마하다보면 헤매는 경우도 줄어들기 마련이다. 우리의 노력이 보람 있는 것이고, 우리가 필요한 존재이며, 우리의 능력이 쓰면 쓸수록 커진다는 사실을 깨닫는 것 또한 매우 가치 있는 일이다.

우리는 사회가 위급해질 때 최대한 많은 사람들이 반응하고 참여할 수 있도록 디자인할 필요가 있으며, 이럴 때 불가피하게 조금은 헤매더라도 두려워하지 말아야 한다.

한 50년 전쯤 나는 세상이 어떤지 조금씩 알아가기 시작하면서 몹시 우울해하곤 했다. 당시의 내 눈에는 사회가 대재앙을 피할 길이 없어 보였다. 어디를 둘러봐도 공기와 물과 정신이 오염되어 있었다. 범죄와 빈곤, 정치 부패, 전쟁, 그리고 땅과 음식의 오염 문제가 심각했다. 내가 본 인류는 온통 물질적인 이익을 위해 자신을 기꺼이 내다파는, 어리숙하면서도 편협하고 난폭한 존재였다. 민주주의란 소수에 의해 다수가 조작되는 시스템으로 변질되어가고 있었다.

하지만 내 주변에서 본 '민주주의'가 왜곡된 민주주의라는 생각이 들었고, 인류라는 존재의 본바탕은 건전하다는 생각이 확고해졌다. 인류의 개발되지 않은 잠재력에 대해 더 알게 되면서 나는 더 낙관적일 수 있었고 우리의 문제를 해결할 수 있는 숨은 힘을 신뢰할 수 있게 되었다.

나는 아직도 우리가 가진 잠재력이 극히 조금밖에 개발되지 않았다고 생각한다. 이 자리에서 어떤 경제, 정치, 사회 시스템이 가장 나은 것인지 논할 생각은 없다. 지금 나의 관심은 교육, 즉 인류의 잠재력을 충분히 개발하는 일에 있다.

사회 디자인의 목표는 삶의 질을 높이는 것이다. 가장 큰 장애물은 우리 자신의 잠재력에 대한 불신이다. 우리의 잠재력을 믿음으로써 더 나은 세상을 디자인하고 지을 수 있다.

특히 어린아이들이 성숙하고 민감하고 창조적인 성인으로 자라도록 돕는 방법을 찾을 수 있다면, 어떤 특수한 정부 스타일이나 경제 시스템이 우리에게 맞는 것인지를 놓고 고민할 필요가 없을 것이다. 앞으로 자라날 세대는 훨씬 나은 여건 속에서 필요한 새 기관과 생활방식을 디자인할 수 있을 것이다.

무엇이 좋은 것인가

우리들 대부분은 좋은 것을 원한다. '좋다'는 것을 어떻게 정의하느냐에 따라 우리가 조용히 착취적인 삶을 사느냐, 공명정대한 삶을 사느냐가 좌우될 것이다.

이를테면 좋은 집을 갖는다는 것은 지위나 비용이나 사치의 문제가 될 수 있는가 하면, 우리의 필요에 가장 잘 맞는 집을 갖는다는 뜻이 될 수도 있다. 즉, 우리가 직접 디자인하고 짓는 집이기 때문에, 한마디로 그냥 알맞기 때문에 좋은 집일 수도 있다.

근사한 것을 갖는다는 것이 꼭 비싼 것을 갖는다는 뜻은 아니다. 물건의 질은 물건의 가격보다 담고 있는 내용이나 아름다움에서 나오는 것이다. 이 세상 최고의 팬케이크 뒤집개를 갖는다는 것은 훌륭한 팬케이크 뒤집개가 되기 위해 어떤 요소가 갖추어져야 하는지를 아는 사람에게나 가능한 일이다. 이 등식과 돈은 아무런 관계가 없다. 이렇게 작지만 도움이 되는 여러 요소들을 다양하게 모으다보면 가장 좋은 집이 탄생하게 되는 것이다.

우리의 일상 세계를 구성하는 것은 이런 작은 요소들이다. 미묘한 것들이 우리 삶과 일의 질에 끼치는 충격은 이루 말할 수 없이 크다. 훌륭한 디자인에 더 많이 둘러싸여 생활할수록 디자인을 더 잘할 수 있다. 기억해둘 것은, 민감함과 자상함이 훌륭한 디자인의 필수 요소라는 것이다. 비용은 상대적으로 덜 중요한 요소다.

사회 디자인은 변화의 개념을 내포하고 있다. 무언가를 다시 짓거나 모양을 고치는, 변형의 과정을 담고 있다. 3억 명이나 되는 사람들이 더 나은 세상을 건설하는 데 힘을 쏟는다면 어떤 일이 벌어질지 상상해보라! 전에는 결코 보지 못했던 사회 혁명이 일어날 것이다. 그런 엄청난 자각과 지금의 현실 사이에 있는 가장 핵심적인 차이점은 대단히 많은 사람들이 바로 이곳이 '자신들의' 세상이라는 자각을 하느냐 못하느냐의 여부일 것이다. 세상이 바뀔 수 있으며 자신들이 그런 세상을 다시 디자인하는 역할을 할 수 있으며, 해야만 한다는 자각을 하느냐의 문제다.

이런 일이 가능하려면 디자인하는 일이 읽기나 쓰기처럼, 혹은 먹기나 잠자기처럼 모든 사람에게 평범하고 친숙한 작업이 되어야 한다.

기계가 하는 디자인, 기계를 위한 디자인

더 나은 세상은 특정한 디자인 아이디어의 결과이겠지만, 그에 못지않게 추구하는 과정의 결과이기도 하다. 그리고 디자인이 우리 모두가 공유하는 상상의 영역이 되지 않는다면 우리는 계속해서 상업적 이익에만 충실한 디자이너들에 의해 착취당할 것이다.

나는 이제 대단한 것이나 커다란 것,
위대한 기관이나 큰 성공과는 담을 쌓았다.
대신 사람과 사람 사이에 작용하는 분자처럼 작고 보이지 않는
도덕의 힘을 지지한다. 숱한 잔뿌리나 모세관의 물처럼
세상의 갈라진 틈을 흐르고 있으면서도
시간만 있으면 인간이 자랑스러워하는 가장 단단한 기념비도
쪼개버릴 수 있는 힘 말이다.

윌리엄 제임스 William James

지각 있는 대중에게는 조잡한 상품을 팔아먹을 수 없다. '꽃무늬' 장식 때문에 씻기 힘든 식기류, 전혀 교육적이지 않은 학교 프로그램, 환경 보호 측면에서 용납할 수 없는 원자력발전소, '적으로부터 우리를 구해준다'는 목적으로 일으키는 전쟁 같은 것들이 지각 있는 사람들에게 통할 리가 없다.

우리는 계속해서 디자인에 조작당한다. 산업사회의 생산 시스템은 고맙게도 필요한 물건을 값싸게 공급해주었다. 하지만 제정신을 차리지 않는다면 우리는 기계를 통해 디자인을 배우게 될 것이다. 이를테면 기계는 우리가 좋아하는 여러 가지 모양의 의자를 만드는 데 이용될 수 있다. 하지만 상업적 이익을 고려하여 '기계를 위해' 가장 단순한 디자인을 택하면 더 많은 의자를 만들어, 더 많은 돈을 벌 수 있다. 그리하여 우리는 기계의 편의에 적합하게 디자인된 가구에 둘러싸여 살게 된 것이다.

일례로 시중에 파는 의자 중에 다리가 굽고 가로대가 있으며 천 바닥을 댄 등받이 의자를 한번 보자. 이 의자는 너무 오랫동안 기계로 만들어왔기 때문에 일종의 표준 유형이 되어버렸다. 그러다 보니 이런 의자를 직접 자기 손으로 만들려고 하는 사람은 의자 다리가 왜 굽었나 하는 질문을 좀처럼 하지 않게 되었다. 다리를 굽어지게 만들지 않고도 완벽하게 훌륭한 의자를 만드는 것은 가능하다. 칼과 도끼와 양손으로 당기면서 깎는 칼만 있으면 모두 만들 수 있다. 하지만 산업 생산체제가 의자의 디자인을 정형화시켜버렸기 때문에 우리는 이제 의자를 손으로 만들 때 모양을 달리하는 상상을 하기 어렵게 되었다.

'나은' 방법과 '다른' 방법

나는 일주일에 한두 번 장을 보기 위해 40분 동안 카누를 저어 나간다. 모터를 이용하면 15분이면 갈 수 있는 곳을 40분씩 걸려 카누로 간다고 나를 이상하게 보는 사람들이 많다.

나는 노젓기를 즐긴다. 이때 나는 일주일 중에 가장 느긋한 시간을 보내며, 좋은 생각이 많이 떠오르기도 한다. 물수리가 날아가는 모습을 볼 수 있을 뿐만 아니라 소리를 들을 수도 있다. 운동이 되니 기분도 좋다. 모터를 사용해서는 안된다고 주장하는 것이 아니다. 다만 내 상황에는 적합하지 않다는 것이다. 모터를 이용해서 이동하는 것은 '더 나은' 방법이 아니라 단지 '또 다른' 하나의 방법일 뿐이다.

지금 글을 쓰고 있는 내 귀에는 만에 쳐놓은 함정그물을 끌어올리러 오는 가재잡이 배의 굵은 엔진 소리가 들린다. 제자리에만 있으면 엔진도 훌륭한 것이 될 수 있다. 그물 400개를 끌기 위해서는 동력선이 꼭 필요하겠지만 5개를 끌기 위해 동력선을 쓴다는 것은 우스꽝스러운 일이다. 모든 일이 다 그렇지만 좋은 물건이라도 상황에 맞게 사용하는 게 중요하다.

우리의 특정한 필요에 걸맞게 디자인하고 도구를 고를 필요가 있다. 옹기장이가 그릇에 유약을 맞추듯 사회에 어울리는 기술을 선택하고 디자인해야 한다. 대체로 대량생산을 위해 디자인된 기술은 농가에는 잘 맞지 않는다. 마찬가지로 산업·농업 기술은 텃밭에 필요하지도 않고 적절하지도 않다. 전동 테이블 톱은 삼나무 궤짝을 만드는 데는 별로 소용이 없다. 그리고 전동 깡통따개만큼 우스꽝스러운 것도 없을 것이다.

핵심을 찾아서

이렇게 위태로운 세상에서는 우리의 관심을 집중할 만한 핵심 분야를 먼저 찾아야 한다.

여기서 말하는 '핵심'이란 촉매제 같은 것이어서 작은 노력으로도 커다란 결과를 낳을 수 있는 것을 뜻한다. 우리는 온당하고 정직한 노력을 기울여, 사회가 폭넓고 긍정적으로 바뀌는 것이 가능한 분야를 찾아서 범위를 정하고 집중해야 한다.

우리의 편견, 국가주의, 학교와 일터에서 벌어지는 인성 파괴, 산업과 전쟁으로 겪는 몸과 마음의 고통으로 보건대 오늘날의 '경영자들'은 온전하게 생산적이고 건강하고 행복한 사회를 만들 능력이 없다는 것이 판명되었다. 사회가 성숙해지면 시민들은 생각과 디자인을 남에게 맡기지 않고 직접 해결할 것이다.

내 글이 전문가의 가치를 깎아내리거나 과소평가하고 있다는 인상을 준다면, 그것은 순전히 내 잘못이다. 전문가들은 그 어느 때보다도 절실히 필요하다. 하지만 모든 사람들이 완전하고 진정한 발전을 이루어야만 세상을 바꾸는 데 필요한 원료를 발견할 수 있을 것이다.

그런 점에서 전문가라 할 수 있는 옛 시대의 현자들에게 응당한 찬사를 보내야 마땅하다. 흔히 그들의 지식은 일반적인 것이어서 오랜 시간에 걸쳐 폭넓은 관점으로 보아야 이해할 수 있는 경우가 많다. 그들의 지혜는 현재를 살아가는 우리들에게도 아직 유용한 경우가 많다.

그들은 사람들을 격려함으로써 사회에 많은 공헌을 하였다. 영감은 지식 못지 않게 중대한 것이다. 앞서 간 사람들이 주는 도움은 특별히 오래 지속된다. '사회 디자인'이란 책무에 임하기 위해 필요한 굳건한 발판을 찾는 과정에서, 내 삶은 오래되고 지혜로운 몇몇 현자들이 주는 격려와 역할 모델에 큰 빚을 지고 있다.

나는 셰이커 교도기독교 개신교의 한 종파. 지복천년설至福千年說을 믿고 공동체 생활을 하며 독신으로 지낸다. 기성 교단들로부터 이단시되어 현재는 쇠퇴하였지만, 그들이 제작한 공예품과 가구 등은 미국 미술사에 큰 영향을 끼쳤다.―옮긴이 나 두호보르Dukhobor: 18세기 중엽에 성립된 러시아 정교의 한 분파. 신앙의 중심을 정신의 내면에 두었던 이 교파는 교회의 외형적 제도 전반에 대해 부정적이었다. 19세기 들어 정부의 박해가 심해지자 소설가 톨스토이 등의 도움을 받아 캐나다와 키프로스 등으로 이주하였다.―옮긴이 같은 소박한 삶을 디자인한 공동체를 오랫동안 찬탄해왔다. 그렇다고 셰이커나 두호보르 방식으로 지금의 문제를 해결하자는 것이 아니라, 우리를 자극하여 더 나아가라고 촉구하게끔 하는 그들의 옛 방식을 높이 사고자 하는 것이다.

우리를 안내해주고 우리에게 영감을 주고 우리보다 앞서 간 사람들은 더 나은 세상을 만드는 일에 우리의 동역자同役者로서 참여하고 있다. 우리가 거두는 성공은 우리만의 것이 아니라 그들의 것이기도 하다. 그들을 베끼거나 흉내내는 것은

시작에, 삶의 도제 기간에 불과하다. "셰이커 교도라면 어떻게 할까? 스코트 니어링이라면 뭐라고 말했을까? 간디라면 어떻게 생각했을까?"라고 생각해보는 것은 의미 있는 일이다. 누군가를 맹목적으로 따르지 않고, 그들의 삶과 이상을 교훈으로 삼을 것인지 깊이 생각해본다면 이는 훌륭한 정신적 훈련이 된다.

그들의 어깨를 딛고 서야만 우리는 더 나은 세상을 만들 수 있다. 지혜로운 사람들을 조언자로 받아들여야지 우상으로 숭배해서는 안된다.

걸음마를 하기 위해서는 비틀거리기도 하고 넘어지기도 해야 한다.

도제가 필요하지 제자가 필요한 것이 아니다

많은 사람들에게 예수, 노자, 부처, 간디의 가르침은 완벽해서 감히 의심할 수 없는 것이다. 하지만 우리가 더 나은 사회라는 목표를 향해 매진하면서 토대로 삼을 만한 그들의 가르침을 활용하기보다 추종하기만 한다면 그들과 그들의 비전에 폐를 끼치는 것이다.

타인을 맹목적으로 따르기만 한다면 우리 자신에게 잠재되어 있는 창조적인 정신이 발현될 가능성을 잃어버리게 된다. 그것은 매트리스 속에 돈을 처박아두는 것과 마찬가지로 천연자원 한 가지를 못 쓰게 만들어버리는 일이다.

우리에게 필요한 것은 더 많은 제자가 아니라 더 많은 도제다. 둘 사이의 차이점이라면, 도제는 일시적으로만 추종자가 될 뿐, 언젠가 떠나서 독립적으로 일하게 되는 존재이다. 지혜로운 도제들은 스승이 언제나 자신의 일부라는 점을, 모든 스승들이 다 그러하듯 둘 사이에 명인과 도제라는 상생관계가 있다는 사실을 인지한다.

훌륭한 도제는 자신이 명인이 되는 과정 중에 있으며, 책임 있는 장인으로서 자신에게 전수된 지식을 바탕으로 더 발전할 수 있는 길을 모색해야 한다는 점을 안다.

도제로서 우리는 앞서 간 사람들보다 나을 바가 없다. 우리는 앞서 간 사람들의 일부이자 확장이며, 아주 오래된 생명나무의 가장 최근에 나온 눈이다. 이 나무가 잘 자랄 수 있도록 우리가 영양분을 찾아 태양을 향해 뻗어 올라가거나 흙으로 내려가지 못한다면 우리는 우리에게 맡겨진 신뢰에 충실하지 못한 것이다.

성스러운 경전으로서 예수나 간디나 마르크스나 공자의 말을 받아들이는 것이 언제나 오히려 더 쉬운 일이었다. 그러다 보면 소극적으로 읽고, 연구하고, 생각하고, 부딪치기가 쉽다. 결국 성숙해지기 어렵다는 말이 된다.

문화적인 혈통

우리 각자는 여러 종류의 씨앗을 지니고 있다. 대개 우리는 한 사람의 유전적 계승 차원에서 생각하곤 한다. 나는 문화적인 혈통이라 할 수 있는 지적 계승―우리가 물려받은 아이디어와 가치―차원에서 생각했으면 한다. 아마 이렇게 스스로에게 물어보는 것이 좋겠다. "누가 내 형제요, 자매인가?"(이에 대한 나의 대답으로, 나는 이 책에서 계속해서 내 형제와 자매들의 글을 인용하고 있다).

우리 시대에는 수없이 많은 빛나는 지성들이 있다. 그들은 인간 지식이라는 나무의 꽃들이다. 에리히 프롬Erich Fromm이 있는가 하면, 칼 로저스Carl Rogers가 있고, 에이브러햄 매슬로Abraham Maslow가 있다. 이런 사람들은 추종자가 아니었다. 이들은 과거의 지혜에 깊이 뿌리박은, 다양한 근원으로부터 탄생한 새로운 지식을 물려받았다.

우리는 과거로부터 지식을 끌어와 모으고 연구하고 실험하며 현대의 지식과 혼합하여 새로운 문화를 창조해야 한다. 문화 간의 혼합은 한 부족이 다른 부족과 최초로 만난 이후 인류 역사의 주요 작동 원리가 되었다.

다른 대상으로부터 배우는 것은 자유로운 일이다. 세계 각 민족의 전통은 이전 세대로부터 물려받은 민속 지식의 보고다. 그러한 지식은 모든 인류를 위한 값진 원천이다. 이것을 다른 문화권에서 나온 지식과 혼합하기 위해서는, 그 지식이 육아에 관한 것이든 원예나 인간관계나 도구 디자인에 관한 것이든 모두 수집해서 그 가치를 연구할 필요가 있다.

대부분의 민속적 지혜는 귀하고 독특한 것이어서 새로운 세상을 건설하는 작업에 핵심적인 역할을 한다. 민속적 방식은 현존하고 있는 문화에서 배울 때 훨씬 더 가치가 크다. 그런 문화에서 배우는 것이 우리에게 가치 있는 것인 만큼, 그 문화를 가진 사람들도 자기네 생활방식이 인류 전체에 기여하고 있다는 느낌을 받음으로써 자부심을 가질 수 있다. 다른 사람들로부터 배울 때 우리는 서로 의존하고 있다는 느낌을 키우면서 그들에 대한 존경심을 품으며 자랄 수 있다.

내 집의 기원은 중앙아시아의 스텝지대에 있다. 내 펠트 부츠는 아시아의 목자들을 통해 핀란드를 거쳐서 온 것이다. 내 오이는 이집트에서, 라일락은 페르시아에서, 보트는 노르웨이에서, 카누는 아메리카 인디언에게서 온 것이다. 노를 만들

때 쓰는 굽은 칼은 베링 해 연안의 에스키모에게서, 도끼는 19세기 메인 주의 디자인에서, 픽업트럭은 20세기 디트로이트에서 온 것이다. 나열하자면 길다. 우리의 지식이 늘어날수록 남에게 빚진 것이 많다는 자각도 커지기 마련이다.

우리의 생활은 저마다 하나의 문화적 혼합이다. 그러니 이런 진실을 알아보고 더 나은 생활방식의 가능성들을 의도적으로 활용해보는 것이 어떤가? 의료든 농업이든 육아, 건축 등의 다른 여러 분야든 말이다.

민속의 지혜들

민속의 지혜가 우리의 기초 재산이라면, 한 문화의 가치가 가장 큰 보험이라면, 우리는 거의 파산 상태에 가깝다. 지역의 장인들이 만든 물건 대신에 공장에서 만든 상품들이 판을 치고 있기 때문에 전통적 지식은 점점 더 빨리 사라지고 있다. 이런

언제부턴가 나는 내 자신이 다른 생물과 다를 바가 없다는 것을 깨닫기 시작했다. 그 뒤로 내 자신이 지상의 그 어떤 미물보다도 나을 바가 전혀 없다는 마음을 품게 되었다. 나는 그때나 지금이나 하층민이 하나라도 있으면 내가 그중 하나요, 죄인이 하나라도 있으면 내가 그중 하나요, 감옥에 한 사람이라도 갇혀 있다면 나는 자유롭지 못하다고 말한다.

유진 뎁스Eugene V. Debs

공장의 물건들은 삶의 질의 향상보다는 눈앞에 보이는 이익에만 관심이 있다. 우리는 옛 지식과 기술이 모두 잊혀져서 영원히 사라지기 전에 가능하면 많은 사례들을 수집해야 한다.

멕시코 마을의 농가에서 채소밭을 일구는 방법을 배우면 책에서 얻을 수 있는 비슷한 정보에 비해 다양한 이점이 있는 통찰과 안목을 얻을 수 있다. 이런 마을에 살면서 일하고 전체적인 분위기를 함께 나누다보면 집에서 이 지식을 활용할 수 있는 새로운 방법을 찾아낼 수도 있다.

이런 방법을 택할 경우, 우리는 민감하고 주의력 있고 감성적인 관찰자를 골라 보내야 한다. 그렇게 해서 모인 지식에 그 사람들의 생각이 보태지면 더 유용한 것이 되기 때문이다.

단순히 다른 문화를 흉내내는 것 이상을 목표로 삼아야 한다. 주의 깊은 선택을 통해서만 우리의 특수한 필요에 적합한 문화를 디자인할 수 있는 것이다.

현재 서구 문화에서는 바닥에 앉는 것이 일종의 유행이 되어버렸다. 하지만 의자나 벤치에 앉는 것의 간편함에 대해서도 이야기할 것이 있다. 앉고 일어서는 데드는 에너지가 줄어드는 것이다. 게다가 바닥은 대개 방에서 가장 추운 부분이기 때문에 추운 기후의 지역에서는 바닥으로부터 떨어져 있는 의자나 침대를 이용하는 것이 더 좋을 수가 있다.

에스키모들이 쓴 부풀린 물개 가죽은 훌륭한 배 굴림대 배를 만들거나 수리하여 물에서 물가로 끌고 갈 때 힘이 덜 들도록 배 아래에 고이는 기구―옮긴이 역할을 한다. 그런데 이 가죽은 날씨가 더워지면 쓸모가 없어진다. 그래서 우리는 그들의 아이디어를 응용해 물개 가죽 대신 고무로 부드러운 자동차 타이어를 만드는 것이다. 이것은 또 하나의 문화 혼합이다.

개인, '사회' 라는 몸의 일부

자기 손가락이 베이거나 물집이 잡혔을 때 이렇게 말하는 사람을 본 적이 있는가? "아 괜찮아. 손가락일 뿐인데 뭘……." 이라고 말이다. 하지만 손가락은 몸에서 가장 중요한 부분 중 하나이며, 그 손가락 때문에 몸의 모든 기관이 힘을 잃을 수도 있다. 더군다나 몸의 모든 기관은 다친 부분을 함께 치료하는 책임을 떠맡는다.

손가락이 우리 개개인의 몸의 일부라고 한다면, 개개인은 사회라는 몸의 일부이다. 우리가 개별적으로 하는 어떠한 일이든 사회 전체에 영향을 끼치며, 다른 개개인들이 하는 일은 우리에게 영향을 끼친다. 이런 영향은 배 바닥에 붙어 구멍을 뚫는 좀조개처럼 한동안은 눈에 띄지 않는다. 그러나 처음에 눈에 띄지 않았던 것에 비하면 그 결과는 엄청나게 현실적이다. 구멍 하나하나가 아무리 작다 하더라도 배는 결국 가라앉고 마는 것이다.

내가 보기에 우리가 성숙한 경지에 이르렀다고 말하기 위해서는 사회에 일어나는 모든 일이 우리에게도 일어날 수 있다는 생각으로 행동하는 수준에 먼저 다다라야 한다. 우리는 더 이상 유로화나 페소가 평가절하되었다고 해서 기분 좋아해서는 안될 것이다. 마찬가지로 다른 나라의 경제적 손실이 가져다 줄 고통이 어떠

당신은 이렇게 말한다. '다이아몬드도 결국 본질만 놓고 보면 평범한 탄소일 뿐이라는 게 슬프지 않습니까?' 나는 이렇게 말한다. '평범한 탄소의 가장 잘 발달된 형태가 다이아몬드라는 게 놀랍지 않습니까?' 당신은 이렇게 말한다. "이타주의라는 것도 결국 기본 구조를 놓고 보면 저열한 이기심일 뿐이라는 게 슬프지 않습니까?' 나는 이렇게 말한다. "저열한 이기심이 가장 지각 있는 형태가 되면 이타주의처럼 숭고한 경지로 승화된다는 게 경이롭지 않습니까?'

피에르 세레솔 Pierre Ceresole

한 것인지를 안다면 그 나라 사람들의 상실감에 공감할 수 있을 것이다. 가난 때문에 삶과 정신이 낭비되는 것은 나의 일이자 여러분의 일이다. 범죄가 발생하였을 때 그 범죄를 저지르는 것은 바로 우리의 사회적 몸 일부인 것이다.

나이지리아에서 전쟁이 일어나면, 그곳에서 고통을 겪는 것은 '우리'의 몸이다. 방글라데시에서 기아가 발생하면, 굶는 것은 바로 '우리' 아이들이다. 먼 도시에서 소요가 일어나면? 그건 바로 '우리' 도시이며 '우리' 머리가 깨지는 일이다. 실업과 복지 수당 중단과 빈민굴 문제는 모두 '우리' 몸의 병리 현상이다. 사회적 몸의 작은 일부분이 건강하려면 우리 각자가 스스로의 몸이 건강하도록 보살펴야 한다.

지각 있는 이기심

우리는 '이기심'은 나쁜 것이라고 교육받아왔다. 그것은 대체로 유용하고 필요한 원칙이다. 사회적으로 우리는 이기심이 자기 자신만 지나치게 돌보는 것이라며 비난한다. 편협하고 심술궂고 무지한 이기심은 남뿐만 아니라 자기 자신에게도 상처를 준다.

그런데 이 원칙은 사회적 몸이라는 보다 포괄적인 개념에 비추어보았을 때 종종 문제점을 드러낸다. 유기체는 모름지기 자기 자신의 행복과 이익에 관심을 쏟기 마련이니, 이기심 자체는 별 문제가 안될 수도 있다. 반면 남이 손해를 보아야 자신이 그만큼 더 행복해진다고 생각하는 근시안적이고 몰지각한 이기심은 분명 심각한 문제이다.

사회적 몸을 우리 자신의 확장이라고 본다면 편협한 이기심은 버릴 수 있을 것이다. 우리에게 필요한 것은 이기심을 줄이는 일이 아니라 편협한 이기심을 줄이는 일이다. 우리에겐 지각 있는 이기심이 필요하다. 그것도 우리의 행복이 모든 사람들의 행복과 불가분으로 얽혀 있다는 사실을 아는 정도까지 되어야 한다. 지각 있는 이기심을 갖다보면 내 이웃의 필요를 나의 필요로 여기게 된다.

서민적인 손도끼 만들기

널따랗고 근사한 손도끼hatchet는 구하기가 매우 어렵다. 날의 너비가 넓으며, 끌처럼 한쪽만 비스듬한 작고 날이 기다란 도끼 말이다.

　40년 동안 골동품 가게와 벼룩시장을 찾아 헤맸지만 내 기준에 합격한 손도끼는 두 자루밖에 없었다. 직접 자기 것을 만들어보겠다는 친구들은 실망하기 쉬울 것이다. 훌륭한 대장장이를 알고, 훌륭한 디자인을 알고, 비용을 감당할 수 있을 경우, 만들어 달라고 주문할 수는 있다.

　아니면 여러분이 직접 벼려서 만드는 방법도 있다. 하지만 제대로 하나를 만들어낼 때쯤이면 아마 대장장이가 다 되어 있을 것이다. 이 연장은 아주 엘리트적인 물건이다.

　나는 일본의 시코쿠 섬에 있는 도사 지방에 대장장이가 그토록 많은 것을 보고 놀랐다. 마을마다 대장장이가 하나씩 있었는데, 모두 대단한 실력을 가지고 있었다. 그런 대장장이들의 품위와 기술을 보는 것은 즐거운 일이었다. 나는 그중에서 내가 원하는 사양대로 널따란 손도끼를 만들어준 장인과 친구가 되었다. 그로부터 20년이 지나는 동안 나는 여러 가지 도끼를 연구하면서 얻은 방법을 응용하여 이상적인 광폭 손도끼를 하나 만들었다.

　몇 년 전에는 소나무로 모형을 깎아서 시코쿠에 있는 내 친구 대장장이에게 보냈다. 물론 내 친구는 기꺼이 도끼를 만들어주기로 했다. 그런데 2년이 지나도 물건이 오지 않았다. 나는 이 친구가 그 프로젝트를 잊어버렸겠거니 생각했다.

　이탈리아를 방문했을 때 나는 몇 년 전까지 도끼를 만들었다는 늙은 대장장이를 만났다. 나는 또 모형 하나를 깎아서 주었고 그는 도끼를 만들어주었다. 이런 도끼들은 서민적인 연장과는 거리가 멀다. 물건을 하나 얻기 위해서 먼저 직접 디자인한 다음 일본이든 이탈리아든 그 디자인을 보고 도끼를 만들 수 있는, 그것도 기꺼이 만들 수 있는 대장장이를 알아봐야 하니 말이다.

　일본에서 도끼가 정말 올지 의심스러웠던 데다가 이탈리아의 나이 든 대장장이는 건강이 나빠져서 다시 도끼를 만들기 힘들 것 같았다. 널따란 손도끼가 필요한 학생이나 친구에게 구해줄 수

있는 훌륭한 물건은 그 어느 때
보다 구하기가 힘들어졌다. 이
렇듯 도끼를 구하기 위한 모험
은 신나는 일이었고 좋은 물건
도 몇 개 구할 수 있었지만, 우선은 그보다 비싸지 않은 도끼
를 구할 수 있기를 간절히 원했다.

그러던 중 스위스에서 연구를 하다가 돌파구를 찾을 수 있었다. 내가 머물던 집의 위층에 살던,
그리고 주로 밤에 일하던 몸집이 아주 자그마한 사람이 "유레카!"를 외쳤다. 그는 본격적인 서민
도끼라 할 만한 디자인을 내게 가져다주었다.

나는 황급히 내 작업대로 달려갔다. 헛간 바로 뒤에 도끼 두께로 딱 알맞은 쟁기 날이 있었기 때
문이다. 그것을 화덕에 달군 다음 빨갛게 되자 재를 덮어주고 아침까지 서서히 식히면서 강도가
약해지도록 내버려두었다. 이튿날 날을 다시 달군 다음 간편한 선반을 모루 삼아 받쳐놓고 망치로
납작하게 될 때까지 두드렸다. 날이 식자 나는 그 위에 모형을 그렸다. 바이스목공이나 금속 가공 등
의 작업을 할 때 작업할 대상을 작업대에 고정시키기 위해 조이는 틀—옮긴이에 걸고 쇠톱으로 잘라 모양을
내는 데 세 시간이 걸렸고, 줄로 깔끔하게 다듬는 데 한 시간이 걸렸다.

우리 같은 아마추어가 도끼를 만드는 데는 두 가지 어려움이 있었다. 하나는 도끼날에 눈—전통
방식으로 날과 손잡이를 연결하기 위한 구멍—을 뚫는 일이었다. 그래서 이 서민적인 디자인에서
는 눈을 없앴다. 또 하나는 쇠를 알맞은 강도로 담금질하는 일이었다. 대장장이들은 쇠를 담금질
하는 마술적인 과정에서 발휘하는 기술 때문에 오랫동안 존경을 받아왔다. 사람들이 일을 맡겨줄
만큼 물건을 잘 만들기 위해서는 정확한 판단력과 오랜 경험이 필요하기 때문이다.

담금질에 대해 오랫동안 고민해보고 실험해보고, 구할 수 있는 것은 다 구해다 읽어보고 나니

수수께끼 중 일부가 풀리기 시작했다. 담금질을 하기 전에 쇠를 빨갛게 달군 다음 물에 집어넣어 단단하게 만들어야 했다. 그러고 보니 담금질은 단지 열 조절의 문제 같았다. 도끼를 화씨 475도에 맞춘 오븐에 30분 동안 집어넣은 다음 서서히 식혔다. 그런데 이것이 통한 것이다!

여러분 가운데 대장장이가 있다면 도끼 같은 연장은 충격을 흡수해야 하기 때문에 눈 부분이 깨지지 않도록 유연해야 한다며 내 의견에 반대할 것이다. 이런 비난에 대해 굳이 내 뜻을 더 주장하고 싶지는 않다. 하지만 광폭 손도끼는 손잡이가 짧은 도끼로서 한 손으로 내려치는 것이기 때문에 그 정도로 심한 충격은 받지 않는다는 것을 밝히고 싶다.

어쨌든 그리하여 나는 최초로 서민적인 도끼를, 즉 원하는 사람은 누구든 구할 수 있는 것을 갖게 된 것이다(여러분은 도끼가 필요한 줄 전혀 몰랐다고 하고 나는 잘 알고 있었다고 하자. 그렇다 하더라도 여기에 소개하는 서민적인 연장은 목적이 어떠한 것이든 다른 것을 디자인하는 일을 훨씬 수월하게 할 것이다).

광폭 손도끼를 직접 만들어본 경험은 나에게 여러모로 소중한 것이었다. 먼저 이 일은 내내 신나는 모험이었다. 이렇게 기본적인 연장이 모양에 따라 어떻게 달라질 수 있는지를 배우는 것에서부터 남들이 만들어주던 것을 내가 직접 디자인하는 것, 그리고 결국에는 내 연장을 직접 만드는 것에 이르기까지의 과정이 모두 그랬다. 또 한 가지 즐거운 모험이 되었던 것은 다른 사람들이 자기 손도끼를 직접 만들 수 있도록 도왔다는 것이고, 그 과정에서 도구를 만들면서 생기는 기쁨을 맛보았다는 것이다. 이런 과정은 우리가 얼마나 여러 방면에서 모험을 즐길 수 있는지 실증해주고 있다. 서민적인 도구들에 대한 개념을 확립해나가는 동안 디자인하는 즐거움, 손을 쓰는 즐거움, 마음을 쏟아 일하는 즐거움을 두루두루 맛볼 수 있으니 말이다.

이 경험이 나에게 가져다준 또 하나의 가치는 심리적이고 사회적인 장벽을 부수는 것이었다. 그것은 우리의 문제를 해결하여 모든 사람을 위한 근사한 사회를 창조하기 위해 꼭 필요한 일이다.

때로는 전망이 몹시 어두워 보이기도 한다. 우리가 안고 있는 문제들이 극복 불가능한 것으로 보이기도 한다. 이 작은 손도끼의 경우만 하더라도 나는 내 것 하나를 직접 만드는 일이 거의 불가능하다고까지 확신했었다. 그런데 이 문제에 대해 적극적이고도 의식적으로 집중하지 않았는데도 무의식적인 힘이 작용하여 문제를 해결하고 말았다. 이런 경험으로 미루어 우리가 계속해서 모색하면서 서로를 도와주다보면 우리가 안고 있는 가장 열악한 문제도 해결할 수 있다는 희망이 생겼다. 덧붙여 말하자면, 시코쿠에서 만든 광폭 손도끼가 마침내 도착했다. 정말 대단한 보물이었다. 왼손잡이용과 오른손잡이용 도끼 두 개가 왔는데, 거울처럼 반짝반짝 광을 낸 도끼날이 하얀 천에 싸여 있었다.

W. Coperthwaite

도끼 만드는 법

1. 두께 5/16인치의 단련된(담금질 가능한) 쇠 위에 아래의 그림처럼 모형을 그린다.

2. 쇠톱으로 도끼머리를 자른다.

3. 줄로 가장자리를 부드럽게 다듬고, 절단면의 날을 끌의 날처럼 한쪽만 경사지도록 다듬어 만든다
   (오른손잡이용은 날의 오른쪽이 경사지게 하고 왼쪽은 그 반대다).

4. 드릴로 손잡이와 연결하는 데 필요한 못 구멍을 두 개 뚫는다.

5. 날 표면이 납작한 둥근 끌처럼 약간 오목해야 한다. 이렇게 만들려면 받침대를 오목하게
   (길이 6인치에 두께 1/4인치로) 깎아야 한다. 도끼머리를 벌겋게 달군 다음 경사면이 위로 오도록
   하여 망치로 두드린다.

6. 쇠를 단단하게 하려면 벌겋게 빛나도록 달군 다음 찬물에 바로 집어넣는다.

7. 쇠를 단련하기 위해서는 도끼머리를 화씨 475도의 오븐에 20분 동안 넣어둔 다음 서서히 식힌다.

8. 단단한 나무를 써서 앞쪽 사진에 있는 모양으로 손잡이를 깎아 만든 다음 못으로 도끼머리와 연결한다.
   손잡이의 굴곡이나 무게는 자기 취향대로 바꿔도 좋다.

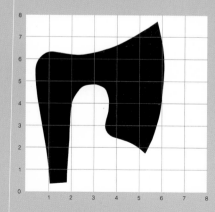

서민적인 도끼를 만들기 위한 형판型板.
단위: 인치(1인치는 약 2.54센티미터).

우리의 공동 유산

여러 시대에 걸쳐 우리는 지식을 축적해왔으며, 각 세대는 앞서 간 세대들의 어깨를 밟고 서 있다. 전 세대들의 지혜를 바탕으로 우리는 점점 더 성숙한 단계로 발전하고 있다. 전쟁으로 이어지고 마는 편견과 증오는 인간성의 불안정한 청소년기에 속하는 것이다. 성숙한 인간과 마찬가지로 성숙한 사회는 경쟁보다는 협동에 힘쓸 때 엄청난 이점이 있을 것이라는 사실을 알아차릴 수 있다.

우리는 우리 조상들보다 똑똑하지도 낫지도 강하지도 않다. 오히려 그들이 축적한 지식과 지혜가 있어야만 무언가를 세울 수 있는 입장이다. 조상들은 우리에게 '이해력과 기술 지식' 이라는 방대한 보물 창고를 물려주었다. 지금 이 시대를 살고 있는 사람들의 창조적인 지성과 지난 몇 세기 동안 사람들이 발전시킨 지혜를 결합하여 스스로 계속 타오르는 인간 행복의 불꽃을 피워야 하지 않을까.

사랑과 기술이 함께 작용할 경우, 걸작을 기대하라.

존 러스킨John Ruskin

확신을 갖고 자기 꿈을 향해 나아가면서 자신이 상상해온 삶을 과감하게 살아보는 사람은 평소에 예상치 못하던 성공을 맞이할 것이다.

헨리 데이비드 소로Henry David Thoreau

02 아름다움, 새로운 시선

유용함을 느끼지 못하거나

아름답다고 생각되지 않는 물건은 집 안에 두지 말라.

월리엄 모리스William Morris

'아름다움' 이란 단어는 우리 언어에서 가장 강력한 단어 중 하나다. 시인 존 키츠 John Keats는 아름다움과 진리를 같은 것으로, 간디는 진리와 신과 사랑을 동일시한 것으로 유명하다. 이 등식에 따르면 우리가 경험하는 아름다움과 진리와 사랑과 신은 모두 같은 것의 다른 면일 뿐이다.

우리 사회에서는 아름다움을 시각적인 것에만 한정하는 경향이 있다. 주로 표면과 장식에 관련된 것으로 생각한다. 우리는 벽에 걸려 있는 그림을, 테이블에 놓인 멋진 접시를, 파티에 입고 갈 옷을, 케이크에 얹은 크림을 보고 아름답다고 한다. 그러나 이제는 점점 더 많은 사람들이 케이크의 속을 들여다보면서 본질을 찾고 있다. 그런가 하면 크림이나 케이크를 모두 마다하고 현미와 같이 도정하지 않은 곡물로 만든 빵의 아름다움을 택하는 사람들도 있다.

우리는 대부분의 시간, 대부분의 나날을 아름다움보다는 추함과 더 자주 마주한다. 그렇다고 계속해서 칙칙하고 허무맹랑한 것, 천박하고 겉만 번지르르한 것에 시달려 피폐해질 수는 없다. 정서적, 신체적으로 건강해지기 위해서 우리는 되도록 주변에 아름다운 것을 두고 살 필요가 있다. 이것을 우리 사회의 목표로 삼는다면 우리는 이 세상을 눈으로 볼 수도 있고 마음으로 느낄 수도 있는 아름다운 천국으로 바꾸어갈 수 있을 것이다.

이와 관련해서는 주변 여건이 중요하다. 특별한 경우에만 쓰는 것보다는 매일같이 쓰는 접시와 옷이 우리의 시각이나 건강에 더 중요하다는 사실을 기억하라. 가장 중요한 것은 비용이 아니라 자각이다.

그리고 추한 것보다는 아름다운 것이 함께 살거나 돌보기에 더 쉬운 법이다. 우리가 더 적게 가지고 더 의미 있는 것을 가진다면, 우리의 집과 도시는 덜 붐비고 덜 추하며 더 평화로워질 것이다. 우리의 주변 여건은 우리가 얼마나 피곤을 느끼고, 얼마나 행복을 느끼느냐와 직접적인 연관이 있다.

최근 뉴욕에 가서 택시를 타본 적이 있는가? 남쪽에서 시카고로 차를 몰고 가본 적이 있는가? 로스앤젤레스 공항에서 버스를 기다려본 적이 있는가? 우리는 그보다 더 낫게 살 수 있다.

많은 경우 처음에는 매력 있어 보이던 것들이 더 깊이 알게 되면서 추해 보일 때가 있다. 억압적인 분위기를 풍기는 건물, 날이 제대로 들지 않는 연장, 세탁하면 줄어들거나 바래는 옷. 이런 것들이 과연 아름다운가? 우리가 이 질문에 어떻게 대답하느냐에 따라 우리가 보는 사회의 개념도 상당히 많이 달라질 수 있다.

수수한 아름다움

잘 알아보지 못하고 지나치는 아름다움이 있다. 자각하는 능력을 갖게 될수록 평범해 보이기만 하던 것에서도 아름다움을 발견할 수 있다.

유리 조각을 자세히 살펴본 일이 있는가? 유리는 우리 생활 주변에서 너무나 흔히 볼 수 있어 당연한 것으로만 취급된다. 하지만 불과 몇 세기 전만 해도 우리 조상들에게 유리는 진귀한 것이었다. 유리 조각 하나에 구현되어 있는 민속적 지혜에 대해 한번 생각해보라. 여러분의 창문이나 병이나 렌즈에 쓰일 유리가 없었다면 어떻게 되었을지 한번 상상해보라.

이 글을 쓰고 있는 동안 나는 강화유리로 만든 지름 5피트짜리 원형 창을 통해 하늘을 보고 있다. 너무 투명해서 유리가 있는지도 모르겠다. 사람들이 최초로 모래를 녹이는 방법을 발견한 뒤부터 오늘날 이처럼 놀랍도록 투명한 창유리가 만들어지기까지 유리의 세계는 얼마나 환상적인 발전을 거듭하였나. 유리에는 아름답게 하기 위해서 값비싸게 조각을 새겨넣거나 장식을 덧붙일 필요가 없다. 우리를 둘러싼 그 많은 것들처럼 유리에는 꾸밈이 필요 없다.

우리는 왜 평범한 것은 덜 놀랍다고 생각할까? 아름다움은 상당 부분 마음에서 비롯되는 것이다.

아름다움에 대한 지금의 개념은 시장에서 퍼져나왔다. 시장에서의 아름다움이란 더 많은 이익을 내기 위하여 계속해서 조작되어야 하는 것이다. 하지만 이런 장

나는 가구와 벽지와 카펫과 커튼을 디자인하는 데 엄청난 시간을 보냈다. 그러나 그런 것들이 대부분 쓰레기일 뿐이라는 생각이 들기 시작한 뒤에는 가장 단순한 회벽과 나무 탁자와 의자를 두고 사는 편을 택하게 되었다.

윌리엄 모리스

5월, 바닷바람이 우리의 외로움을 파고들 때
나 숲에서 싱싱한 철쭉을 발견했지.
축축한 구석에서 잎이 진 꽃을 퍼뜨리며
사막과 늘어진 개울에게 기쁨을 주고 있었지.
웅덩이에 떨어진 새빨간 꽃잎은
그 아름다움으로 시커먼 물을 명랑하게 해주었지.
깃털 식히러 찾아든 빨간 새가 보면
자기 옷을 초라하게 만든 꽃에게 구애를 하겠네.
철쭉이여! 현자들이 그대에게 묻기를
천지에 왜 이런 매력을 낭비하느냐고 하거든
부디 그들에게 이렇게 말하라. 눈이 보기 위한 것이라면
아름다움은 그 자체가 존재의 이유가 된다고.
오, 장미의 경쟁자여, 그대 왜 그곳에 있는가!
난 물어볼 생각도 못했고 알지도 못했지.
하지만 내 단순한 무지 속에 일어나는 헤아림은
날 그곳에 데려다준 바로 그 힘이
그대를 그곳에 데려다주었다 하네.

랩프 왈도 에머슨Ralph Waldo Emerson

치를 뛰어넘을 줄 아는 사람은 자유로울 수 있다. 시장이나 유행에 신경 쓰기보다
는 아름다움에 대한 우리 자신의 감각을 갈고닦을 수 있다면 우리는 아름다움을
누리면서 단순하게 살 수 있다.

공장에서는 집에서 만든 것과는 비교도 되지 않는 싼값에 똑같이 따뜻한 벙어
리장갑을 생산해낼 수 있다. 하지만 가게에서 산 것과 집에서 짠 것을 구분하는 데
필요한 몇 가지 결합 요소가 있다.

집에서 옷 한 벌을 생산해낼 때 우리는 다른 사람의 안녕을 염려하며, 이러한
염려를 옷감과 함께 짠다. 그러한 각별한 가치를 인식하는 사람들은 이 선물을 하
고 다닐 때 따뜻함뿐만 아니라 보살핌과 애정을 더 많이 느낄 것이다. 이것을 느끼
는 사람들에게 있어 손으로 짠 벙어리장갑은 더 아름다운 것이다. 아름다움에 대
한 우리의 감각은 이렇게 아느냐 모르느냐, 혹은 느끼는가 느끼지 못하는가에 따
라 크게 영향을 받는다.

우리는 아름다움을 시각적으로 생각하는 데 익숙하지만 껍데기로 둘러싸인 속
을 들여다볼 줄 알게 되면 보는 방식이 완전히 달라진다. 곡선이 빼어나고 기름 먹

인 나무가 반짝반짝 빛나는, 새로 만든 꿈의 보트를 한번 상상해보라. 그런데 실은 이 배가 약하고 부실한 나무로 만든 것이어서 빨리 썩으며 쉽게 가라앉고 말 것이라는 점을 알게 되었다고 하자. 그래도 이 배가 아름답게 보일까? 이 배의 곡선은 전과 다름이 없다. 하지만 그렇다고 그것을 아름답다고 할 수 있을까?

　우리는 이집트의 피라미드가 인간의 위대함에 독창적인 기여를 한 것이라고, 그 자체로 대단히 아름다운 것이라고 믿는 강박관념에 가까운 생각을 가지고 있다. 하지만 나이가 들어가면서 피라미드가 폭정과 억압의 기념물이라는 사실을 알게 된다. 신정神政을 행사한 통치자들의 무덤인 이 건물 속에서 수많은 노예들이 죽어야 했으니 피라미드는 오히려 인간의 비인간성에 기여한 것이라고 볼 수 있다. 그런 사실을 알고 나서도 눈을 즐겁게 해주는 이 건축물이 여전히 아름답게만 보일 수 있을까?

장식, 피상적인 것은 추하다

장식이 아름다움의 자리를 대신 차지해버렸다. '꾸밈'은 애초의 목적을 건드리지 않는 선에서는 훌륭할 수 있다. 숟가락은 하나의 도구로서 우선은 먹거나 젓거나 뜨기 위해 있는 것이다. 근사한 골동품 숟가락 손잡이의 모서리 장식은 오히려 용도를 방해한다. 아무리 오래되고 멋져 보인다 하더라도 이렇게 날카로운 모서리는 식기의 진정한 아름다움을 감소시키는 것이다. 그래서 나는 대부분의 경우 이 모서리를 줄로 갈아버린다.

　우리의 일상생활에는 눈에 띄는 공간에서 상당히 큰 비중을 차지하는 불필요한 것들이 많다. 우리는 그것들을 무시하거나 없애버릴 수 있다고 생각한다. 하지만 그것들이 우리의 많은 부분을 차지하고 있어서 무시할 수 없으며, 우리의 감각에 지속적인 영향을 미쳐서 의식적으로 인식하지 않으면 심적인 혼란만 은근히 더해준다. 더군다나 우리 주변을 '예술품'으로 가득 채워버린다면 우리가 집중할 수 있는 힘은 더 희박해지고 말 것이다.

되도록이면 덜 가지려고 하며 본질적이지 않은 것은 버리고, 감당할 수 있는 선에서 가장 질 좋은 것들만을 가지려고 하는 것이 낫지 않은가?

소로는 이렇게 말한 바 있다. "사람의 부富란 얼마만큼 내버려둘 수 있는 것이 많으냐에 달려 있다." 우리는 보다 민감한 변별력을 통해 일상생활에서 우리가 쓰는 물건의 정신이나 본질을 더 세밀하게 자각할 수 있다. 반드시 장식을 배제할 필요는 없다. 다만 아름다움은 내면적이고 본질적인 것이 되어야 하며 겉으로만 번지르르해서는 안된다.

피상적인 것은 추하다는 느낌이 해마다 커져간다. 연장이나 의자나 책을 되도록 적게 이용하며 살 수 있게 되면서 생기는 기쁨은 점점 커진다. 내게 더 이상 필요하지 않은 것을 필요로 하는 사람을 발견하면 그 기쁨은 두 배가 된다.

희소성과 아름다움의 관계

비판이 필요한, 아름다움에 관한 또 하나의 제한적인 견해는 많은 사람들이 희소성을 가진 것에 더 높은 가치를 부여한다는 것이다. 전통적인 지혜에 따르면 '대체 비용'은 꽤나 중대한 요소다. 무언가가 빨리 소멸하거나 대체하기 힘들 경우 귀하게 여겨지는 경향이 있다.

사회는 그렇게 희소한 것에다 높은 값을 매겨놓았다. 그래서 다이아몬드나 백금이나 검은담비 모피가 비싼 것이다. 그러나 이는 아름다움에 대한 폭력적인 개념이다. 여기에는 내가 부자가 되기 위해서는 상대방이 가난해져야 한다는 전제가 깔려 있다. 조개껍데기로 만든 목걸이보다 금 목걸이가 더 아름답다는 생각은 본질적으로 근거가 없다. 우리는 행복의 근원이 되는 아름다움의 개념을 창조해야 하며 이는 희소성뿐만 아니라 풍부함과도 관련이 있어야 한다. 우리는 잘 살고 있는 이웃들에게서 아름다움을 발견하는 법을 배울 필요가 있다.

한번은 멕시코에서 멋진 물컵 몇 개를 산 적이 있다. 값이 싸서 적어도 그곳에

참된 의미의 문명은 결핍을 늘리는 것이 아니라
의도적으로 줄이는 데 있다.
이것만으로도 행복과 만족감을 느낄 수 있으며,
점점 더 많은 사람에게 베풀 수 있게 된다.
마하트마 간디Mahatma Gandhi

세이커 교도들의 의자는,
천사가 와서 앉을 수도 있다는 믿음을 가진 사람들이
만들었기 때문에 더욱 독특한 미덕을 지니고 있다.
에드워드 앤드루스Edward Andrews

서는 원하는 사람이라면 누구나 가질 수 있는 그런 물건이었다. 그런데 그 마을 장터에서 5천 마일 떨어진 내 집으로 돌아와서 그 물건 하나가 깨질 때마다—갑자기 뜨거운 물에 닿으면 잘 견디지 못했다—남은 것들을 더욱 아끼게 되었다. 씻을 때에도 아주 조심스러웠고, 그러다 결국 그 컵들을 보물처럼 여기면서 좀처럼 쓰지 않게 되었다.

나는 물컵의 아름다움이 눈이나 손이나 입술의 촉감을 즐겁게 해주는 것 말고도 마음의 촉감을 기쁘게 해준다는 것을 깨닫게 되었다. 더욱이 쉽게 구할 수 있으며 누구나 살 수 있을 만큼 충분히 값이 싸야 하고, 씻고 보관하기에 간편한 것도 아름다움의 한 단면이라는 생각이 들었다.

마음의 눈

아름다움에 대한 우리의 감각이 경험에 따라 달라질 수 있다는 것은 언뜻 생각하기에 이상하게 들릴 수도 있다. 하지만 지식이 아름다움에 대한 인식에 영향을 끼친다는 사실에 동의한다면, 우리가 보고 생각하고 배우는 것과 마찬가지로 나이를 먹을수록 아름다움의 개념도 바뀐다는 말이 그럴듯하게 들릴 것이다.

우리는 아름다움의 개념을 바꿀 수 있다. 사실 아름다움과 삶에 대한 우리의 철학을 조화롭게 변화시켜나가지 못한다면 다른 힘이 자기 목적을 쟁취하기 위해 영향력을 행사할 것이다. 우리는 스스로 변화에 대한 책임을 떠맡아야 한다. 그렇지 않으면 광고업자나 정치인이나 종교 선동가의 꼬임에 놀아나고 말 것이다.

전에 나는 지식이 사람들의 취향에 영향을 끼칠 수 있다는 생각을 의심했다. 그러다 아델 데이비스Adelle Davis의 글 중에서 철분을 더 섭취하고 싶은데 당밀은 싫어할 경우, 매일 먹는 빵이나 다른 음식에 당밀을 조금씩 넣어 먹으면서 점점 양을 늘려나가라는 내용을 읽은 적이 있다. 그녀의 말에 따르면 어느 날 그것을 좋아하게 된 자신을 발견하게 될 것이라고 했다.

메인 주 출신인 나로서는 그런 이야기를 시험해보지 않고서는 받아들일 수가 없었다. 나는 당시 내가 싫어하던 요구르트에 이 이론을 적용시켜보았다. 그런데 1년이 지나자 그리 달갑지는 않았지만, 요구르트는 내가 좋아하는 음식이 되었다. 그때부터 나는 점점 늘게 된 나의 지식이 아름다움과 부, 건축, 사회 시스템, 유머, 음악, 보트 디자인 등 내가 관심을 쏟는 모든 것에 대한 내 감정에 엄청난 영향을 끼친다는 사실을 알게 되었다.

우리는 아름다움에 대한 우리의 인식과 우리가 지적으로 존중할 수 있는 것들이 조화를 이룰 수 있도록 해야 한다. 진정한 아름다움이란 눈뿐만 아니라 마음으로도 즐거운 것이어야 한다.

우리가 정녕 비폭력적인 사회를 만들고 싶다면 우리가 가진 아름다움의 개념 속의 폭력을 제거해야만 한다. 루이 14세의 의자와 셰이커 교도의 의자는 동일한 아름다움을 지니고 있지 않다. 하나는 폭력적이고 전제적인 생활방식이 만들어낸 것이고, 또 하나는 모든 사람들에게 기본적으로 같은 계율을 적용하는 평화적이고 협동적인 공동체가 만들어낸 것이다. 셰이커 교도 의자의 경우, 만든 사람과 사용하는 사람은 똑같이 존중을 받았다.

친구가 키운 토마토

겉모습 말고 우리의 느낌에 영향을 주는 아름다움의 측면에는 어떤 것들이 있을까? 특정한 상품은 어떻게 만들어졌는가? 누가, 어떤 목적으로, 어떤 조건하에서, 비용을 얼마나 들여 만들었을까.

음식에 대해 우리는 이렇게 물어본다. 이 작물은 어떻게 기른 것일까? 기른 사람은 누구일까? 어떤 땅에서 자랐을까? 이것을 기른 사람이나 거둔 사람은 적절한 대가를 받았을까?

친구가 기른 토마토는 가게에서 산 것보다 훨씬 더 매력적이다. 대륙 이쪽에서 저쪽으로 운송된 것보다 집에서 기른 양배추나 양상추에 더 큰 아름다움이 있다는

민속 건축의 재발견

세계 곳곳의 원주민 주거에는 아주 흥미로운 측면들이 많다. 그러나 원주민 주거의 개념을 현대식 건물에 적용시킨 사례는 너무 적다. 아까운 일이다. 아름다움은 시간이나 장소에 구애받는 것이 아니다. 보다 아름다운 구조물을 바란다면 전 세계의 토착 주거를 모델로 삼는 것이 더 좋을 것이다.

W. Coperthwaite

민속 주거의 세계를 탐험해본 사람이라면 반드시 이런 질문과 맞닥뜨리게 된다. 즉, 왜 그 많은 토착 주거는 그토록 사랑스러운데 현대식 가옥은 그리도 차갑고 거칠고 뻣뻣한가? 나는 그런 질문에 대한 해답을 가지고 있지 않다. 하지만 많은 사람들이 이런 매력적인 세계를 탐험하게 된다면, 함께 어느 정도 해답을 얻을 수 있을 것이며 더 사랑스러운 주거를 만들어낼 수 있을 것이다.

디자인을 하든 어딘가 숨어 있던 것을 찾아내든 아름다운 집 하나를 구하는 것은 어려운 일이 아니다. 하지만 민속 건축의 아름다움이 감추고 있는 비밀을 풀지 못한다면 차를 몰고 다니며 어디를 가나 볼 수 있는 흔해 빠진 대중적 건축물 때문에 우리의 시각 세계는 계속해서 망가질 것이 분명하다.

여러 가지 문제 중 하나는 상당수 건축이 갖고 있는 몰개성성이다. 즉, 다른 누군가를 위해서, 돈을 위해서, 위신을 위해서 디자인된 구조물이라는 것이다. 이런 디자인은 자기 본위적이며 자아 팽창적인 것이 될 수밖에 없다. 최근까지만 해도 이 세상에 있는 대부분의 집들에는 특별한 건축

양식이 개입되지 않았다. 집을 지은 사람들은 보통 집 주인이거나 이웃이었다. 디자인은 과거로부터 전해 내려온 전통 양식이었다. 디자인의 변화는 지질학상의 연대 변화만큼이나 뜸하게 일어날 정도였고, 집 짓는 데 필요한 재료는 대개 지역에서 구할 수 있는 것들이었다. 그래서 적어도 다음과 같은 것들이 확실했다. 즉,

· 디자인은 효과적인 것으로 판명되었다.
· 건물은 필요한 건자재 및 기술과 깊은 친화성을 갖고 있었다.
· 한 지역의 집들에 쓰인 건자재는 대체로 비슷했다.

프랑스와 노르웨이와 코츠월드 일부 지역의 불규칙한 석판 지붕이 갖는 공통적인 아름다움을 볼 때, 아니면 석판과 목판을 번갈아가며 이은 일본식 지붕을 보면 나는 마음이 들뜨며 놀라움과 황홀감을 맛본다. 내가 바라는 것은 모방이 아니다. 우리는 다른 시대에 살고 있는 다른 사람들이다. 복제는 해답이 아니다. 하지만 우리가 민속 디자인의 정신을 포착하여 우리의 집을 조상들이 지었던 것처럼 아름답게, 우리의 시대와 재료에 어울리게 짓는 것이 불가능한 일인가?

내가 지은 유르트들은 한 개인의 의지가 낳은 결과물로서, 풍성한 분야에 대한 탐사의 한 실례일 뿐이다. 따라서 이는 모방할 만한 무엇이 아니라 다른 사람들이 나름의 탐험을 하기를 바라는 일종의 격려 행위다. 또한 마음이 맞는 사람들과 접촉하기 위해 손을 내미는 방법이기도 하다.

것은 부정할 수 없는 사실이다. 우리의 식료품이 건강한 흙에서 자라났다는 사실을 알고 나면 훨씬 아름다워 보인다.

반면에 우리가 먹는 과일이나 채소를 거둔 사람이 제대로 생활비를 벌지 못한다는 사실을 알고 나면 그 작물의 매력은 줄어든다.

아름다움을 이해하는 방식에 따라 경제가 영향을 받을 수도 있다. 우리가 자동차나 어떤 물건 하나를 산다는 것은 우리의 지갑으로 투표를 하는 행위나 마찬가지다. 그 물건을 제조한 생산 시스템을 지지하는 것이기 때문이다. 예컨대 차 한 대를 사는 데 드는 사회 전체의 비용을 따져볼 때 우리는 보다 아름다운 생산방식으로 차를 만드는 방법을 찾아보려고 할 수도 있다. 우리는 자동차 한 대에 드는 비용이 달러로 얼마인지는 쉽게 알 수 있다. 하지만 인간적인 비용은 어떤가? 또한 사회적인 비용은? 그것이 또 얼마나 많은 오염을 일으킬 것인가? 우리가 몰고 다니는 차는 어떤 조건하에서 생산되었는가? 그러한 조립라인에서 오랫동안 일을 했을 때 사람들이 어떠한 영향을 받을지 생각해본 적이 있는가? 세계 곳곳의 숱한 사람들이 제대로 먹지도 입지도 못하고 집도 없이 사는데, 경영자의 호주머니에는 수백만 달러씩을—그것도 스톡옵션을 제외한 월급으로만!—챙겨주는 사업 관행을 우리는 용인하고 있지는 않은가?

몇 년 전에 내 이웃 중 하나가 동네의 어느 농부에게서 감자를 산 이야기를 해준 적이 있다. 그는 농부로부터 파운드당 감자 값이 1.5센트라는 말을 듣자 반가워하는 대신 이렇게 말했다고 한다. "하지만 겨우 그 돈을 벌자고 감자를 키워서는 안됩니다." 농부는 그럴 수밖에 없는 이유를 털어놓았고, 생산비가 파운드당 5센트였다는 사실을 알고 난 내 이웃은 이렇게 말했다. "그러면 파운드당 5센트씩을 더 얹어 드리지요. 당신이 농사를 그만두는 것은 양쪽 모두에게 불이익이 되니까요." 이는 참으로 자상한 경제라고 할 수 있다. 우리 삶의 상호 독립성을 인정한다는 뜻이기 때문이다.

선물 같은 빵 만들기(한 덩이 기준)

이스트 1/2온스, 꿀 1티스푼,
물 13온스(물의 온도는 사람의 체온 정도가 적당하다), 통밀가루 1파운드.

따뜻한 물 1/2컵에 이스트와 꿀을 섞은 다음 거품이 나도록 10분 정도 그대로 둔다. 이 혼합물을 밀가루에 넣고, 남은 물도 넣는다. 몇 분 동안 손으로 그릇 바깥쪽에서 가운데 방향으로 젓되 반죽에서 탄력이 느껴질 때까지 해준다. 냄비에 반죽을 집어넣고 젖은 헝겊으로 덮어놓은 뒤, 따뜻한 곳에 20분 정도 둔다. 그러면 반죽이 1/3 가량 저절로 부풀어서 냄비 높이보다 1인치 정도 더 올라온다. 냄비의 온도를 화씨 450도 정도로 유지하며 35∼40분간 구우면 빵이 된다.

도리스 그랜트Doris Grant

내 어린 에스키모 친구, 매기

딜링햄은 알래스카 브리스톨 만의 작은 마을이다. 크리스마스가 이틀 남은 어느 날 우리는 눈에 갇히게 되었다. 내가 조직한 에스키모 문화 순회 박물관이 있는 토기아크 마을이 목적지였다. 우리 네 명은 공항의 작은 대기실에 앉아 날씨가 어서 풀려 토기아크로 가서 크리스마스를 보낼 수 있기만을 바랐다. 우리는 딜링햄에 있는 친구들을 자유롭게 만나러 가지도 못하고 공항 안에 발이 묶여 있어야만 했다.

　일행 넷 중 매기라는 7살짜리 에스키모 아이가 있었다. 매기는 팔이 부러져 앵커리지에 치료를 받으러 갔다가 크리스마스를 맞이하기 위해 집으로 돌아가던 중이었다. 나에게는 읽을 책과 써야 할 편지와 매만질 공예품이 있었다. 그런데 시간이 흐를수록 놀이기구 하나 없이 긴 시간을 보내야 할 이 여자 아이가 걱정되기 시작했다.

　매기는 지극히 수줍음이 많은 아이였다. 곧장 다가가는 것은 절대 금물이었다. 나는 난생 처음 집을 떠나 크리스마스를 보내게 된 이 아이를 위해 인형을 만들기 시작했다. 크리스마스 오후가

바깥 세상은—황야일 것이고—
실패자들 발소리 멀리서 들리네
그러나 축일은—밤을 몰아내고—
마음속엔—종소리 울리네
에밀리 디킨슨

되자 나는 그럭저럭 양말과 단추와 인형을 채울 속을 구했다. 내 여행용 연장통에는 실과 바늘과 가위가 있었다.

그런 후 나는 철저히 매기를 무시하는 척했다. 그렇게 한 시간이 지나자 아이는 주체할 수 없는 호기심을 안고 내 바로 옆자리에 앉고 말았다. 잠시 후 나는 매기에게 바늘에 실을 꿰어달라고 부탁한 뒤 단추를 눈 삼아 다는 동안 인형을 붙들어달라고 했다. 결국 우리는 함께 넝마인형을 꿰매고 잘라냈으며, 옷까지 입혀주었다. 그때 우리는 처음으로 이름을 부르는 사이가 되었고, 나는 매기가 토기아크 초등학교 2학년이란 사실을 알게 되었다.

매기는 크리스마스 선물로 함께 만든 그 인형을 받았고, 우리는 곧 좋은 친구 사이가 되었다. 다음날 우리는 토기아크로 날아갔다. 그 주 후반에 내가 매기의 2학년 교실로 들어서자 그녀는 자리에서 벌떡 일어나 달려오더니 내 품에 와락 안겨들었다. 우리 사이에는 아무런 벽도 없었던 것이다. 내 인생에서 가장 감동적인 순간 중 하나였다.

비폭력적 아름다움

아름다움에 대해 생각할 때 우리는 흔히 물질적인 것을 마음속에 떠올린다. 그런데 아름다운 태도와 분위기 또한 그에 못지않게 중요하다. 예컨대 가정을 아름답게 해주는 것 치고 친구만 한 존재가 또 있겠는가?

우리가 무언가에 덧붙이는 장식이 지식과 기쁨과 친절 같은 것이라면, 그 얼마나 멋진 일인가? 이는 우리가 보통 장식을 위해 쓰는 시시한 물건들과는 달리 모든 사람을 풍요롭게 해주는 게 아니겠는가.

아름다움에는 척도가 하나 있다. 다른 것을 배제하는 것은 결코 아름다울 수 없다는 점이다.

'비폭력적 아름다움' —삶이나 배움이나 관계의 방식과 같이 비물질적인 것에 내재되어 있는 아름다움—은 훔칠 수 있는 것이 아니어서 질투를 유발하지 않는다. 이러한 유형의 아름다움은 아무도 가난하게 만들지 않는 흔치 않은 부富 가운데 하나이다. 이러한 부는 아무에게나 거저 줄 수 있는 것이며, 모두를 더 부유하게 만들어주는 것이다.

만물에 대한 존경심

아름다운 생활이 갖고 있는 또 하나의 측면은 자연과의 '친밀하고 개인적이고 혈족적인 관계'일 것이다. 즉, 자연을 알고, 자연도 자기를 알아주는 관계일 것이다. 삶은 전쟁이나 도전이 아니라 자연과 조화를 추구하는 것이어야 한다. 자연을 지배하거나 자연과 경쟁을 하는 것이 아니라 자연과의 조화로운 길을 찾아내야 한다.

자연과 보다 사적인 관계를 맺는 정도가 아니라, 음식에서부터 의류나 정원에 있는 돌에 이르기까지 만물의 세계와 보다 사적인 관계를 맺을 필요가 있다. 보살핌과 애정으로 만든 것들이 우리 주변을 둘러싸도록 만들어야 한다.

피트의 인상적인 저녁 식사 초대

후퍼 만의 에스키모 마을에서 보낸 처음 며칠 동안, 나는 카약 만드는 법을 더 배우고 싶어서 피트를 찾아갔다. 그는 그곳에 남은 두 명의 마지막 카약 전수자 중 하나였다. 그는 50세의 인자하고 쾌활한 사람으로 짧은 영어를 어렵사리 구사할 줄 알았다. 나는 그가 썰매를 매는 모습을 보았다. 한동안 지켜보다가 나는 그에게 필요한 연장을 건네주거나 끈 매는 것을 도와주며 서서히 가까워졌다.

우리는 짤막하게 뜻이 전달될 정도로만 의사소통을 했다. 이를테면 그는 "내 딸, 금방 집에 와. 우리 잘 이야기해"라는 식으로 말했다. 우리는 이렇게 말을 주고받으며 한동안 즐겁게 대화를 나누었다. 그러다 정말 15세 된 딸과 17세의 잘생긴 아들이 집에 돌아왔다. 둘 다 미국의 여느 보호구역 고등학교에 다니는 아이들처럼 유행을 따른 차림이었다. 낡은 옷을 입은 아버지와는 대조적이었다. 아이들은 낯선 사람이 자기 아버지와 함께 분명히 즐겁게 일하고 있는 것을 알면서도 나를 보며 몹시 수줍어했다.

우리는 온갖 나무 조각을 다 갖다 모아 지은 오두막 집으로 들어갔다. 대략 사반세기 동안 포장나무곽, 학교의 잔해와 해변 등에서 가져다 모아놓은 것들이 가득했다. 바닥에는 껍질이 조금 벗겨진 물개가 쓰러져 있었다. 아들이 학교 가기 전 아침에 쏘아 잡은 그해 첫 사냥감이었다.

얼핏 보아 그곳은 무슨 잔해 같았다. 도살장이기도 했고 한구석에는 가족의 온갖 소유물들이 널려 있었다. 수리 중이거나 파손 상태인 여러 물건들 주변에는 장비나 의류가 흩어져 있었다. 심하게 찢어진 몹시 낡은 담요나 퀼트가 침대에 어지럽게 널려 있기도 했다.

작업장, 도살장, 세탁실, 아기들의 놀이공간으로도 쓰이는 바닥에는 아이들의 엄마가 앉아 있었다. 넉넉해 보이는 옷을 입은 이 여인은 기쁨과 만족에 찬 얼굴로 낡은 스토브에 찌그러진 냄비를 얹어놓고 물개 요리를 하고 있었다. 영어를 할 줄은 몰랐지만 그녀는 가장 아름다운 미소를 지으며 나를 따뜻하게 맞아주었다. 잔뜩 움츠러든 피트의 아들과 딸은 불신과 수줍음이 뒤섞인 모습이

역력했다. 백인이 자기네 문지방을 넘어왔다는 불신이─이런 일이 있었다는 이야기를 들어보지 못한 마을이었다─있었고, 학교 선생의 집을 본 적이 있어 백인들이 사는 세계가 어떤지 알기에 자기네가 집이라고 부르는 곳이 무슨 폐허나 마찬가지라고 생각하는 데서 오는 부끄러움이었다.

　결정적인 문제는 이 딸과 아들이 말문을 열지 않아서 자기 부모를 위해 통역을 해줄 수가 없었다는─아니면 할 생각이 없었다는─점이다. 아이들에게 왜 그런 마음이 들었는지 알아보는 것은 어렵지 않았기 때문에 나는 이 두 에스키모 친구들의 마음을 사기 위해 캠페인을 벌였다.

　나는 피트의 아들이 쏘아 잡은 물개가 무척 크다며 칭찬을 한 다음, 이런 집에 가면 잡동사니 속에 늘 묻혀 있기 마련인 민속 공예품들을 이리저리 둘러보기 시작했다. 카약 뼈대나 칼이 여기저기 있었고 멋진 낚싯바늘이 기둥에 걸려 있었으며 정교한 바느질의 낡은 물개가죽 장화가 보였다. 나는 피트에게 질문을 하면서 그들 문화에 대한 이해와 존경을 드러냈다. 내가 자기네 친구이며 찢어진 담요나 피가 흥건한 바닥 이면에 있는 에스키모 생활방식의 아름다움을 보는 눈이 있다는 사실을 알게 해주자 아이들의 호기심이 슬그머니 고개를 들기 시작했다. 나의 그러한 존경심은 내 가방에 달린 에스키모와 라플란드 공예품 때문에 더 강조되었다. 이런 것들 때문에 우리 사이의 거리는 좀 더 좁혀졌다. 곧 아들은 자청해서 내가 봤으면 하던 어떤 종류의 낚싯바늘을 찾아주었다. 딸은 말이 잘 통하지 않을 때 자원해서 통역을 해주었다. 이런 과정을 줄곧 지켜보던 아이들의 엄마는 조용히 앉아 일하며 더없이 행복한 미소를 지었다.

　한 시간이 지나자 방 안 분위기는 아주 느긋하고 편안해졌다. 공예품에 대한 식견이나 사냥 이야기로 화기애애한 느낌이었다. 그러다 아주 충격적인 기로에 서게 되었다. 어느 집, 어느 문화권을 방문하든 아주 어정쩡한 순간이 있기 마련이다. 그것은 떠날 때가 아니면 식사를 같이 하자는 요청을 받을 때. 흔히 그 시간이 다가왔다는 것이 더 없이 분명해질 때가 있다. 바로 그때 피트가 에스키모 말로 거의 속삭임에 가깝게 몇 마디를 했다. 그러자 이런 뜻으로 짐작되는 소리가 들렸다. "까짓것, 여긴 내 집이야. 한번 물어보지 뭐!" 피트는 나에게 돌아보며 "물개 고기 먹지?"라고 물어보았다. 아이들은 이 소리를 듣고 거의 경악하는 표정이었다. 그네들 방식이 거부당하는 모습을 하도 많이 보아서인지 '구수크'(백인)가 자기네 음식을 먹지 않겠노라 양해를 구하는 소리가 듣기 싫었던 것이다. 나는 반색을 하며 이렇게 대답했다. "그럼요, 나 물개 고기 먹어요."

먼저 찌그러진 양철 접시에 걸쭉한 고기 스프가 나왔다. 기도를 한 뒤에, 몇 가지 식기를 나눈 다음 우리는 먹기 시작했다. 처음에는 별 맛을 못 느끼다가 피트가 소금을 건네주길래 쳐서 먹어보니 아주 별미였다. 슬며시 아이들도 자리에 끼어들자 우리는 곧 가족적인 분위기의 단란한 저녁 식사를 즐기게 되었다. 예상치 못했지만 환영받게 된 손님 하나와 함께 말이다.

필수품이 아니면 방해물이다.   어느 유목민의 격언

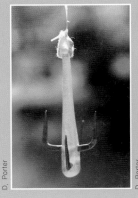

에스키모 낚싯바늘.

낙원을 찾기 위해
나 아득히 먼 땅까지 갔었네
허나 이젠 가까이서 만족을
발치에서 경이를 찾아냈네
전에 꿈꾸던 천국은
이제 보니 땅에 있었네
땅속으로 숨은 햇빛이
대낮의 볕보다 더 밝았네
땅에 둔 내 마음은 밝아
나 옛사람처럼 다니네
은빛 안개를 옷 삼아 입고
타오르는 금덩이처럼 밝네

A. E. 조지 러셀 George Russell

우리에게 절박하게 필요한 것 중 하나는 세계에 대한 개인적인 감각을 키우는 것이다. 행복하고 생산적이고 배려하는 사람으로 키우는 데 있어서 정서적인 안정감이 차지하는 역할은 아무리 강조되어도 지나치지 않다. 편견을 없애버리고 싶다면 먼저 우리 주변과 사적이고 의미 있는 관계를 만들어나가야 할 것이다.

예컨대 많은 사람들이 설거지를 귀찮은 일로 생각하기 때문에 설거지가 사적인 의미를 갖게 되는 경우는 찾아보기가 힘들다. 그러나 사용하는 그릇의 수가 적고, 직접 만들거나 친구들이 만들어주었거나, 개인적으로 찾던 아름다운 것이거나 튼튼하고 씻기 간편해서 고른 것이라면, 그리하여 하나같이 비슷한 종류 중에서 더 없이 완벽한 물건이라면, 설거지의 경험이 갖는 본질은 달라질 것이다.

생명을 잃은 물건에게 사과해본 적이 있는가? 컵을 떨어뜨려 깨뜨리면 그것의 본성을 거역하는 셈이 된다. 모든 것은 살아 있든 생명을 잃었든 자체의 본성과 정기를 가지고 있다. 우리는 그 무엇과 접촉하게 되더라도 그것의 핵심적인 본성을 향상시키거나 방해한다. 우리를 둘러싸고 있는 것들을 이해하려고 하지 않는다면 우리는 세상에 도움이 되기보다는 방해물이 될 것이다.

사물의 기본 성격을 찾아내는 감수성이나 자각을 발달시키는 것은 이해를 위한 길이다. 컵을 떨어뜨려 깨뜨릴 때 우리는 컵의 정기에, 컵의 목적에, 컵을 만든 장인의 노고에 폭력을 행사하는 것이다. 컵에게 사죄할 빚을 지는 것이다.

카누를 타고 돌아다니든, 못에 줄질을 하든, 타이어에 펑크를 내든 우리는 마땅히 사과를 해야 한다. 누군가 물건에는 감정이 없다고 반박할지도 모른다. 한편으로는 동의하는 바다. 하지만 사과라는 것은 주고받는 것인 만큼 사과하는 사람이 받는 효과는 사과받는 대상의 것보다 더 중요할 수가 있다.

일과 밥벌이의 즐거움

09

일할 때의 그대는 플루트이니

그대 가슴을 통과하여

시간의 속삭임은 음악으로 변한다.

노동을 통해 삶을 사랑하는 것은

삶의 가장 은밀한 비밀과 친밀해지는 것이다.

사랑이 깃들지 않은 일은 모두 텅 빈 것이니,

일이란 눈에 드러나는 사랑이기 때문이다.

칼릴 지브란

어떤 사람들에게 일은 고역이다. 그들에게 '일'이란 생계를 잇기 위해 자기 몸을 파는 것으로, 때로는 어쩔 수 없이 해야 할 때도 있다고 생각한다. 반면에 나 같은 사람들은 일에 대한 이런 태도나 인식에 대해 심히 부정적이다. 내가 생각하는 일이란 인간의 삶을 가능하게 해주는 생산적이고 창의적인 활동이다. 세상 사람들이 필요한 일들을 적당히 나누어 한다면 고생스러운 일이란 있을 수 없을 것이다.

'밥벌이' bread labor란 용어는 지난 세기에 본다레프Yurii Vasil'evich Bondarev가 만들어낸 말로서 톨스토이와 간디가 받아들이면서 유명해졌다. 이 말은 자급하는 데 필요한 기본적인 노동을 뜻한다. 밥(빵)이란 하나의 상징으로서, 밥벌이란 단순히 밥을 짓는 것-빵을 굽는 것-이상의 활동을 의미한다. 밥벌이는 식재료를 기르거나 요리를 하거나 옷이나 집을 만들거나 아이를 돌보거나 하는 등의 모든 일을 뜻한다.

일은 우리가 갖고 있는 가장 유용한 학습 도구 중 하나이다. 아이들은 일하고 있는 어른을 흉내내기 좋아한다. 고된 일이 힘들 뿐이지 일 자체가 문제가 되는 것은 아니다. 자라나는 아이들에게 보여줄 역할 모델이 절실함에도 불구하고, 지금 시대에 이런 문화 속에서는 아이들이 일을 즐기는 어른들의 모습을 보며 자라기가 어렵다. 그렇다면 다음과 같은 경우 우리는 아이들에게 아주 몹쓸 짓을 하고 있는 셈이다.

· 사무실이나 가게에서처럼 아이들이 우리를 볼 수 없는 곳에서 일하는 것.
· 좋아하지도 신뢰하지도 않는 일을 하는 것.
· 일을 피해야 할 어떤 것으로 치부하는 것.

일이란 자발적으로 맡아서 자기 영혼을 절름발이로 만들지 않을 정도로만 한다면 지극히 흥미로운 학습 도구가 된다.

큰길에서 내 집으로 이어지는 1마일 반 정도 되는 오솔길은 한 사람이 겨우 지나갈 수 있을 정도로 폭이 좁다. 이 길을 가꾸는 일은, 달리 신경 써야 할 문제가 많으면 하루 날을 잡아 나뭇가지나 풀을 쳐주고 잘라주는 정도로 하지 않고 날림으로 하기 쉽다. 메인 주의 숲 속 오솔길을 사람이 다닐 수 있게 유지하는 일을 잘 이해하여 기꺼이 도와줄 사람을 만나는 것은 언제나 기쁜 일이다. 오솔길 치우는 일을 몇 시간 함께하는 것은 서로의 마음을 여는 데 즐겁고 느긋한 촉매제가 된다.

더 나은 생활방식을 찾아서

나는 자신의 손과 마음과 몸을 바쳐 일하기를 즐기는 사람들 속에서 자라는 특권을 누렸다. 많지는 않았으나 이런 사람들이 있었기에 비록 어린 나이였지만 세상 사람들이 다 일을 억지로 하며 살지는 않는다는 것을 알 수 있었다.

대학 시절에 나는 평생의 업으로 삼을 만한 것으로 무슨 일을 할까 많이 고민했다. 나는 여가 시간에 개인적인 목표를 추구하는 데 드는 자금을 만들기 위해 자기 근육과 뇌와 재능을 팔아야만 하는, 그런 평범한 돈벌이에는 전혀 관심이 없었다.

나에게는 존경하는 사람이 세 명 있었다. 나는 그들의 감수성과 지적 민감성, 땀 흘려 일하는 마음가짐, 더 나은 사회를 만들기 위해 헌신한 점을 높이 샀다.

· 모리스 미첼은 퍼트니 교육 대학원의 학장으로 지내면서 캐비닛 만들기와 정원 가꾸기를 함께했다.
· 월터 클라크Walter Clark는 뉴욕 레이크플래시드 노스컨트리 스쿨의 공동 창립자로서 학교와 작업장과 정원과 사탕단풍 숲의 일을 모두 즐겼다.
· 스코트 니어링은 99세의 나이에도 장작을 팼으며, 글쓰기와 강연과 함께 밭 일과 집짓기를 평생에 걸쳐 병행했다.

나는 이들을 대학원에 다닐 때부터 만나기 시작했다. 그러면서 더 일찍 이런 선배들을 알았더라면 좋았을 것이라는 생각을 하곤 했다. 이 세 사람은 모두 책임 있는 성년의 생활이 어떠해야 하는지를 나에게 몸소 보여주었다. 일이란 즐길 수 있는 것이며, 더 나은 생활방식을 찾는 것이야말로 삶을 개척하는 길이라는 것을 몸소 실천한 것이다.

가장 이상적인 것은 온전한 인격을 갈고닦는 것이다. 내가 찾는 일거리는 다음과 같은 요건을 갖춘 것이어야 했다.

· 육체적으로나 지적으로 호락호락하지 않아야 할 것.

· 창조적인 사고를 북돋울 것.
· 더 나은 세상을 위해 일한다는 대의를 앞세울 것.
· 기본적인 욕구를 충족시킬 것.

　다행히도 나는 몇 번의 채용 제안에 이끌리지 않고 내가 정한 원칙을 지켜나갈 수 있었다. 대신 이런 원칙에 따라 직업을 구하다보니 다양한 일자리에 대해 알아볼 기회가 생겼고, 그런 모색은 더욱 흥미로워졌다. 이런 경험을 겪으면서 현 사회가 구성원 개인에게 요구하는 인간적 수준이 얼마나 하찮으며, 얼마나 많은 단절과 좌절과 타락이 당연시되는지 알 수 있었다. 그런데 그 길을 가다가 나는 내가 찾던 삶을 개인적으로 완성한 몇 안 되는 사람들을 발견하는 행운을 누리게 되었다. 그들은 나의 절친한 친구가 되었으며, '사회 디자인' 이론을 개발하는 데 가장 열렬한 지지자가 돼주었다.

　자신의 일부를 내다 파는 것이 당연시되어버린 사회에서 어른이 된 후 다른 방식으로 산다는 것은 상상하기가 어렵다. 그래서 우리를 이끌어줄 인생의 역할 모델이 중요한 것이다. 일과 놀이가 하나 되는 모습을 어디서 볼 수 있겠는가? 은퇴를 경멸하는 모습을 어디서 볼 수 있겠는가? 휴가나 여가나 취미 같은 단어가, '강요된 일'이라는 사회적 병리 때문에 생겨난 오염된 것이라는 소리를 어디에서 들을 수 있겠는가? 로버트 프로스트Robert Frost는 이런 생각을 「진창의 두 뜨내기」 *Two Tramps in Mudtime*라는 시 속에 근사하게 담아내고 있다.

　허나 둘을 굳이 나누려는 이를 어쩌리
　내 삶에서 이루고픈 것이란
　두 눈이 한 모습을 보듯이
　내 본업과 부업을 합치는 것이니

배우기를 게을리하는 것만큼 수치스러운 것이 있을까? 적어도 장작 패는 법쯤은 배워야 한다. …… 몰두할 수도 있으면서 손으로 하는 노동을 꾸준히 하다보면 틀림없이 글과 말에서 수다와 감상을 없앨 수 있다. 학자라면 확실히 자기 손바닥에 있는 굳은살에 대해 더 냉엄한 진실을 이야기할 수 있을 것이다.

헨리 데이비드 소로

이렇게 지적인 것과 육체적인 것을 잘 융합한 사례로 20세기 초의 스위스 형제 과학자 장Jean과 오귀스트 피카르Auguste Piccad의 경우를 들 수 있다. 학창 시절 이 형제는 생활비를 벌기 위해 일을 해야 했으므로 책 읽을 시간이 늘 부족했다. 그래서 두 사람은 번갈아가면서 한 사람이 책을 크게 읽으면 다른 한 사람은 톱질을 하곤 했다. 그렇게 함으로써 두 사람은 하루 중 절반만 노동을 하면서도 하루에 필요한 공부를 다 할 수 있었고, 추위에 떨지 않아도 되었다.

확신과 행복을 갖기 위해서는 자신이 꼭 필요하며 유용한 존재라는 느낌을 갖는 것이 중요하다. 이는 모든 연령대의 사람들에게 다 적용되는 말이다. 우리 사회에서 주로 소홀한 대접을 받는 층은 어린아이들과 노인들이다. 그들을 '과로시키면' 안된다는 강박관념 때문에—그들의 입장에서는 일하지 않는 것이 더 대접받는 것이라는 생각으로—우리는 공장이나 광산에서 아이들을 착취하던 관행에서 벗어나 아무 일도 시키지 않는 지경에, 노인들을 노역장勞役場에 보내던 관행에서 벗어나 퇴직 노인 주택지구로 보내버리는 지경에 이르게 되었다. 그런 과정에서 우리는 정작 당사자들의 바람이나 요구는 무시해버린 것이다.

일이란 아이가 배우고 자라고 소속감을 느끼고 사회의 필요한 일원이 되는 방법을 발견할 수 있는 으뜸가는 수단이다. 노인들의 경우 자신의 성격과 능력에 맞는 일을 갖는다는 것은 목적의식과 연대감을 느낄 수 있는, 인생의 황혼기에 매우 중요한 것 중 하나이다.

우리의 삶이 우리라는 울타리 바깥의 세상에 어떻게 도움이 되는지 제대로 볼수 없다면 우리가 하는 노동의 대가를 모두 수확하지 못하는 것이나 다름없다.

일에 대한 오해들

우리 주변에는 일에 대한 오해가 너무 많다. 사람들은 대체로 힘든 일을 '필요악'이라고 생각하는 경향이 있다. 부담은 나눠야 한다고 하면서도 일이 즐길 만한 것은 아니라고 말한다. 많은 사람들은 적어도 의무적으로 해야 하는 업무를 효율적으로 처리하는 법을 알고 있다. 그들은 개인적으로든 가정적으로든 욕구를 충족시킬 수 있을 정도의 노동을 의무적으로 한다. 하지만 밥벌이가 예술이나 사상이나 연구나 '창조적인' 활동보다는 중요하지 않다고 생각한다.

나는 거기에 동의할 수 없다. 밥벌이는 삶의 가장 우선적인 활동이다. 그러므로 밥벌이는 다른 활동과 대등하거나 혹은 그 이상으로 중요하다.

우리는 지금껏 그릇된 궤도를 타고 왔는지도 모른다. 세속적인 욕구 충족을 포함하여, 일이란 것은 우리 자신과 세계를 이해하는 데 핵심적인 도구로 인식되어야 한다. 창의성이 보다 큰 가치를 갖게 되고 단순 애호가 수준을 넘어서기 위해서는 일에 뿌리를 두어야 한다.

노동 없이 지금의 생활방식은 존재할 수 없을 것이다.

정당한 분배

우선시해야 할 일에는 언제나 기본적인 양이 있다. 밥벌이의 기본 바탕이 되는 도덕성은, 일이 모든 사람들에게 고르게 배분되면 아무도 과로에 시달릴 필요가 없고, 누구나 자기 몫의 일이 사회를 움직이는 역할을 한다고 느끼는 것이다. 물론 일을 할 수 없는 사람도 있다. 너무 나이가 들었거나 너무 어리거나 몸이 아픈 사람의 경우가 그렇다. 그것은 자연스러운 이치다. 이런 사람들은 누군가에게 의존해야 한다. 그러나 사지가 멀쩡한 사람이 누군가에게 의존하고 기생하면서 자기 몫의 짐을 질 수 없다고 생각하는 경우는 어떻게 할까?

간디는 밥벌이를 일상생활의 기본 요소에 포함시켰다. 그는 남들이 가장 꺼려하는 일, 최하층민에게 맡겨진 일, 예컨대 길거리나 변소의 똥을 치우는 일 같은 것들을 기꺼이 나서서 하려 했다. 그는 만일 우리가 모든 사람이 평등하고 자유롭

추한 건물, 잘못 만든 가구, 제대로 닫히지 않는 문, 가지치기를 잘못한 과실수 같은 것들을 볼 때, 기술과 보살핌이 그 정도로 부족한 것은 일 자체에 대한 태도가 올바르지 않았던 결과라고 볼 수밖에 없다.

토마스 머튼Thomas Merton

위대한 사상에는 어떠한 노동이든 신성하게 여길 줄 아는 정신이 담겨 있다. 오늘 나는 거름으로 쓸 축사의 똥을 치우는 일을 해주고 75센트를 벌어서 내게 꼭 필요한 것을 샀다. 만일 도랑 파는 인부가 일하는 동안 어떻게 하면 똑바로 살 수 있을지 묵상한다면 후대가 물려받을 갑옷 덧옷의 문장紋章에는 작업에 쓰는 삽과 칼이 새겨질 것이다.

헨리 데이비드 소로

사랑으로 하지 않고 혐오감을 지닌 채 일을 한다면, 차라리 일을 관두고 사원 입구에 앉아 즐겁게 일하는 사람들의 동냥이나 받는 것이 낫다.
무관심한 마음으로 빵을 굽는다면 굶주림의 절반밖에 채워줄 수 없는 쓴 빵을 만들고 말 것이다. 또 천사같이 아름답게 노래할 수 있다 하더라도 억지로 노래한다면, 낮의 소리도 못 듣고 밤의 소리도 못 들도록 사람의 귀를 틀어막아버리는 셈이나 마찬가지다.

칼릴 지브란

고 부유하고 힘 있고 똑똑하고 존경받는, 계급 없는 사회를 이루고 싶다면 가장 천대받는 일을 자발적으로 맡아서 해야 한다고 생각했다. 그러면 계급적인 편견이 사라지고, 모든 일이 천시되지 않고 존중될 것이다.

어쨌든 우리는 가까이 있든 지구 반대편에 있든, 남을 희생하는 대가로 사는 방식을 거부하는 사람들의 사회를 만드는 길을 찾아야 한다.

자발적 노예제도

누구나 노예제도—사람을 파는 것—가 잘못되었다는 것을 인정한다. 그렇다면 자기 자신을 파는 것 또한 잘못된 일 아닌가? 고용주들은 이런 말 하기를 참 좋아한다. 즉, 즐거운 작업 공간, 재미있는 동료들, 두둑한 월급, 연금과 보험 지급, 짧은 노동 시간, 넉넉한 휴가, 스톡옵션, 보너스, 승진 기회 같은 것들 말이다. 하지만 이런 좋은 조건에서의 일도 본인이 하고 싶어 하지 않으면—돈만을 위해 하는 일이라면—그 일은 여전히 몸을 파는 행위에 불과하다.

많은 사람들은 스스로 자신을 착취하는 지금 상황을 당분간은 묵인해야 한다고 생각한다. 하지만, 자신의 삶을 가만히 들여다본다면 이제는 스스로를 착취하는 일을 그만두어야 할 때라고 생각하게 될 것이다. 우리 자신을 파는 시간을 매달 조금씩 줄일 수만 있다면, 해마다 일하는 날수의 100퍼센트를 모두 자신을 파는 데 쓰지 않고 70, 50, 30퍼센트로 점점 줄여나가는 때가 올 수도 있다.

자기 자신을 착취하는 시간을 줄여나가는 것은 개인에게나 사회에게나 실로 중요한 일이다. 그러기 위한 첫걸음은 우리가 어느 정도로 우리 자신을 팔고 있는지 자각하는 것이다.

대개 일터에서 돌아왔을 때 불행해 보이는 어른들의 모습은 집안 분위기를 불안하게 만든다. 자라나는 아이들은 자신이 사랑하는 어른들이 불행해 보이는 모습으로 집에 돌아오면 일이라는 것을 부정적으로 생각하기 쉽다. 여러분의 아이들과 정직하게 대면하여 여러분이 팔릴 수 있는 존재가 아니라는 점을, 여러분은 가격을 매길 수 없는 사람들 가운데 하나라는 점을 알게 해줄 수 있다는 상상을 해보라. 부모가 자신들의 그릇된 생활방식을 알면서도 불행을 계속해서 합리화함으로써 아이들도 똑같은 패턴을 반복하도록 만드는 것보다, 아이들에게 치료책을 찾으려고 노력하는 모습을 보여주는 것이 훨씬 더 건강해 보일 것이다.

본인에게 맞지 않는 일을 아예 그만두고 새 일을 찾아보지는 못한다 하더라도 상황을 개선할 수는 있다. 현재 하는 일에서 성장하고 배울 수 있는 가능성을 발견하도록 노력하라. 현재의 일에서 가장 신뢰하는 부분에 힘을 쏟으라. 비생산적이고 건강하지 못하고 낭비라고 생각되는 방식에 쏟는 시간을 줄여서, 즐길 수 있고 가치 있다고 느끼는 일에 쓰도록 노력하라.

우리가 스스로를 파는 행위를 최소화할 수 있다면 우리를 둘러싼 사회에 아주 긍정적인 영향을 줄 수 있을 것이다.

사실 우리는 원하기만 한다면 충분히 하루의 작업 시간을 줄일 수 있다. 단지 '상품'을 적게 쓰면서 살기로 정하기만 하면 된다. 콜라나 담배나 술 없이 사는 것은 그리 어렵지 않다. 불량식품이나 커피나 차를 소비하지 않고도 살 수 있다. 또한 유행이라는 일종의 사기로부터 스스로를 해방시켜 새로운 옷을 자꾸 사기보다는 지금 갖고 있는 옷을 오랫동안 입을 수 있도록 노력하는 방법도 있다. 자동차나 다른 장비도 마찬가지다.

소박한 삶의 기본 원칙 가운데 하나는 불필요한 것들을 소비하기 위해 돈을 버는 대신, 꼭 필요한 것들을 구하기 위해 일하는 것이다. 그러다 보면 고용되어 일하는 시간의 총량은 줄어들 수밖에 없을 것이다.

우리 사회의 모든 구성원들—장애를 가진 사람이나 너무 나이가 많거나 적은 사람들은 제외하고—이 각자의 노력을 다할 경우 이들에 의해 절약되는 시간은 엄청날 것이며, 스스로를 내다 팔 필요성 또한 절대적으로 줄어들 것이다. 자신의 집안일—집을 짓거나 텃밭을 가꾸거나 기계를 수선하거나 바느질을 하는 일—에 더 많

끝없이 소유하는 데서 행복을 얻을 수 있다는 생각은 세상의 모든 종교와 철학에서 부정되어왔다. 그러나 또한 미국의 모든 텔레비전 수상기는 이런 생각을 끊임없이 전파하고 있다.

로버트 벨라Robert Bellah

타라우마라 인디언의 나무 공

타라우마라 인디언은 멕시코 북부 치우아우아 주에 있는, 그랜드캐니언만큼 거대한 '바랑카 데 코브레'라는 대협곡에 산다. '달리는 인디언'으로 알려진 이 사람들은 20마일이나 되는 코스를 농구 공만 한 나무 공을 맨발로 차고 달리는 게임을 한다.

친구 하나가 타라우마라에 갔다 오면서 손으로 깎은 이 나무 공 하나를 들고 왔다. 그는 50센트라는 싼값에 그 공을 구할 수 있었다. 나는 처음에 그런 착취를 허용하는 경제 시스템 때문에 우울해졌다. 나는 달러 대 페소의 환율이 어느 정도인지, 미국 달러로 그 지역에서 무엇을 얼마만큼 구매할 수 있는지 잘 알지 못했다. 그리고 그런 공을 깎아 만드는 데 얼마나 오래 걸리는지도 몰랐다.

나는 미루나무 가지로 직경 3인치짜리 나무 공 하나를 깎는 데 시간이 얼마나 걸릴지 친구들에게 물어보기 시작했다.

이틀이 걸린다는 추정에서부터 나처럼 두 시간이면 된다는 의견까지 다양했다. 결과는 가장 낙관적인 추측보다도 훨씬 빨랐다. 처음 노송나무로 공을 만들었을 때 20분이 걸렸다. 이렇게 금방 만들 수 있다는 사실이 놀랍기도 하고 기쁘기도 했다. 숙달된 원주민 기술자가 만들었다면 그보다 훨씬 더 빨랐을 것이다.

타라우마라 사람들의 나무 공 깎기와 관련된 경제 문제는 이제 완전히 달라 보였다. 여전히 착취라고 할 수 있었지만 그 거래는 내가 처음 생각했던 것보다는 더 공정한 것 같았다. 나는 곧장 '바랑카 데 코브레'로 가서 직접 나무 공 몇 개를 깎아보고 싶은 충동을 느꼈다. '이따금 장마철에나' 말이다.

나무 공 만들기

1. 직경 3인치, 높이 3인치의 말끔하고 연한 나무—스트로브잣나무, 미루나무, 노송나무—원기둥을 만든다.

2. 원기둥에 표시를 한다.

3. 원기둥의 머리와 바닥 부분 모서리를 깎아나간다.

4. 그림처럼 구역 표시를 한다.

5. 새로 생긴 모서리를 깎아내고, 4~5단계 작업을 반복한다.

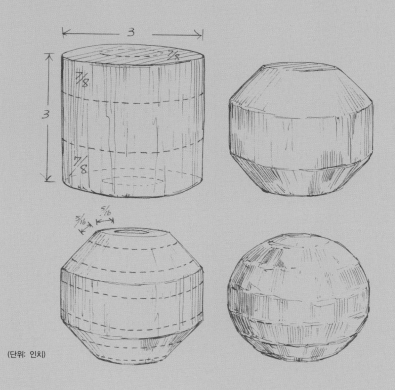

(단위: 인치)

은 시간을 쏟고 싶어하는 많은 사람들을 생각해볼 때, 개인이 전체 노동시장에 의무적으로 기여해야 할 시간 또한 줄어들 것이다.

스코트 니어링은 신체가 멀쩡한 모든 성인들이 하루에 4시간만 밥벌이에 종사하면 이 세상의 모든 일이 다 해결될 것이라고 했다. 그로서는 4시간도 후하게 쳐준 셈일 것이다. 간디는 하루 2시간이면 인간의 기본 욕구를 채우기에 충분하다고 생각했다. 게다가 그들이 이런 생각을 한 이후에 현대의 도구들은 생산성이 엄청나게 증가했다.

세상 사람들에게 노동이 고르게 분배된다면 각자의 삶에서 일은 아름답고 흥미로운 존재가 될 것이다. 행복해지려면 일을 하는 데 드는 노력을 줄여야 한다. 예컨대 제대로 된 여건에서 빵을 굽는 일은 즐거운 경험이 될 수 있다. 그러나 과로의 압력이 있거나 대가가 너무 적거나 소외된 환경이거나 의심스러운 재료를 써야 하는 입장이라면 빵 굽기가 고역이 될 수 있다.

새롭고 효율적인 일의 시스템

우리 모두가 '시간당 임금'에 너무 집착하지 않고 매일 일정 시간을 세계의 노동 총량에 기여하기 위해 제쳐둔다고 상상해보자. 아무도 고용되어 일하지 않고, 임금을 받기 위해 일하지 않고, 대부분의 일을 즐기기 위해, 자신의 가치를 느끼기 위해, 배우고자 하는 욕구를 위해 일하는 세상을 상상해보자. 그렇게 되면 누구든 자기만의 일을 하게 될 것이며, 그렇지 않다면 남과 노동을 교환하기 위해 설득을 해야 할 것이다.

의사가 자신의 진료실 바닥을 쓸어야 할 것이며 은행가가 자기 집무실 창을 닦아야 할 것이다. 제너럴모터스의 회장이 자신의 차 엔진오일을 갈아야 할 것이다.

여러분은 커다란 공장에서 일을 마치고 시무룩해져서 돌아오는 수가 있다. 마치 인간이란 존재의 최종 목적이 양동이를 만드는 것이기라도 한 기분으로 말이다. 그러나 이따금 장마철에나 양동이 몇 개를 만드는 시골 사람의 경우, 인간적인 삶과 양동이가 가지고 있는 가치가 상대적으로 더 잘 보존되기 마련이다. 게다가 인간의 단순하고 편리한 삶에 대해 음미하면서 일을 마치고 돌아올 수 있다. 그러니 그런 사람은 기꺼이 자기 손으로 양동이를 만들려고 할 것이다.

헨리 데이비드 소로

왕자는? 왕자는 이야기책 바깥에서는 볼 수 없을 것이다. 내가 상상하는 근사한 사회에 물려받는 지위란 있을 자리가 없다.

어려운 부분은 집에서 만들 수 없는, 아니면 만들려고 하지 않는 필수품—치과 장비나 비행기, 정유소, 제철소 등—을 가장 효율적인 방식으로 생산해내는 일이다. 나는 우리 모두가 하루 한두 시간 정도만 할애한다면 그런 것들을 충분히 만들 수 있다고 믿는다. 많은 일들이 오랫동안 해야 하기 때문에 끔찍하게 여겨지는데, 이런 일들은 사실 짧은 시간 안에 할 수만 있다면 흥미롭고 즐길 만한 경우가 많다.

하루 한두 시간 정도를 밥벌이에 쓰는 조직적이고 효율적인 노동 시스템은 세 가지 전제에 바탕을 두고 있다.

· 신체가 멀쩡한 사람은 예외 없이 누구나 일한다. 은행가든 브로커든, 대통령이든 전문직 종사자든 자기 할당량을 일해야 한다.
· 이것은 필요한 밥벌이의 전모가 아니라 모두를 위해 필요한, 조직화된 일정의 일부이다. 여러분이 텃밭을 일구고 양말을 짜서 신고 집을 직접 짓는다면 각자 나름대로 또 다른 밥벌이에 기여하는 셈이다.
· 한 번에 몇 시간씩만 일하면 시간당 생산성이 평소보다 훨씬 높아질 것이며, 그리하여 전반적으로 필요한 노동 총 시간을 줄일 수 있을 것이다.

1년에 400시간 정도 일해서 우리의 기본 욕구를 채우기에 충분하다는 결론을 얻게 된다면 다음과 같은 두 가지의 훌륭한 결과가 있을 것이다.

· 전에는 의존만 하던 사람들이 이제 자리를 잡고 자기 몫의 일을 함으로써 노동

일하지 않고 사는 사람은 거지 아니면 도둑이다.   프루동Proudhon

어떠한 사회든 한 사람이 다른 사람에게 "당신은 땀 흘려 일하여 빵을 얻으라. 나는 그걸 그냥 먹겠다"라고 말한다면 질서가 유지될 수 없을 것이다.

에이브러햄 링컨Abraham Lincoln

카자흐인이 깎아 만든 그릇

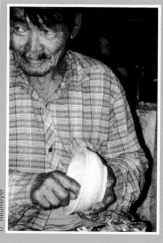

중국과 몽고와 카자흐스탄과 시베리아가 만나는 산악지대인 알타이에 간 적이 있다. 소련이 막 붕괴되면서 내 평생 처음으로 시베리아를 자유롭게 여행할 수 있었다. 우리는 시베리아 횡단열차를 타고 다니면서 중간 중간에 버스와 지프와 트럭을 이용하여 가까운 곳을 구경하곤 했다. 이 여행은 소비에트 일대에 남아 있는 옛 공예 기술을 찾아보는 탐사 여행이었다. 우리는 이 여행을 하나로 묶어줄 실마리로서 굽은 칼을 쓰는 사람들이나 자작나무 껍질로 공예품을 만드는 사람들을 찾아보기로 했다.

어떤 사람이 우리더러 '카르마카이' 라는 자그마하고 유쾌한 80대의 카자흐인을 만나보라고 했다. 적갈색을 띤 그의 얼굴과 손에는 깊은 주름이 져 있었다. 평생을 햇볕과 바람 속에서 보낸 사람만이 가질 수 있는 것들이었다. 그는 자신이 그릇을 깎아 만드는 모습을 기꺼이 보여주었다.

그는 우리의 방문 목적을 듣자 소나무 재목을 반으로 쪼개더니 적당한 길이로 톱질을 했다. 그런 다음 손도끼를 들고 이리저리 번갈아가며 깎고 다듬어서 그릇의 겉모양을 만들어갔다. 그러고는 손수 만든 까뀌목공을 할 때 나무를 찍어 파내는 연장—옮긴이를 들고 그릇 속을 거의 다 파내더니 굽은 칼로 안쪽 면을 다듬기 시작했다.

그때쯤 그의 깊이 주름 진 얼굴에는 땀이 흐르고 있었다. 그는 자기 기술을 보여주는 일에 익숙하지 않았지만 열심히 시범을 보여주었다. 우리는 그가 처음으로 만난 미국인이었던 것이다. 노력 끝에 그가 만들어낸 것은 티벳이나 네팔의 차 그릇을 연상케 하는 근사한 그릇이었다. 내가 평소에 알고 있던 그릇은 흔히 살구나무나 호두나무 같은 멋진 나무를 써서 선반旋盤에서 돌려 단정하게 만든, 은테를 두른 것들이었다.

　그래서 카르마카이가 깎아 만든 그릇은 선반에서 돌려 만드는 원칙에는 예외적인 일종의 요행이리라 생각했다. 대량생산된 그릇의 정교함과는 대조적인 그 그릇의 자연스런 아름다움을 보는 것은 즐거운 일이었다. 그에게는 선반이 없었기 때문에 나는 그가 나름의 방식으로 작업한 것이라고 생각했다. 그로부터 1주일이 되지 않아서 나는 마찬가지로 자유롭게 손으로 깎아 만든, 그보다는 큰 직경 18인치의 그릇을 작은 마을의 박물관에서 보고 깜짝 놀랐다. 오랫동안 쓴 흔적이 있는 아주 오래된 그릇이었다.

　나는 박물관에서 만난 그릇을 통해 내 선입견으로부터 자유로워질 수 있었다. 그 그릇은 카르마카이의 그릇과 스타일이 비슷하면서 더 작고 얕은 것이었다. 모양은 같으면서 표현방식이 아주 달랐다.

　이 디자인과 손으로 깎아 만드는 방식은 더 이상 이상한 것이 아니라 한 사람의 독창적인 창조로 보였다. 그것은 이곳 카자흐스탄 사람들과 그들의 유목민 조상들에게 특별히 필요한 특수 디자인이었다. 선반에서 돌린 그릇과 손으로 깎은 그릇의 기본 형태가 매우 비슷한 것으로 보아 두 양식의 기원은 같은 것 같다. 내 추측으로는 손으로 깎는 기법이 선반 기법보다는 시기적으로 앞선 것인 듯하다. 즉, 연장을 많이 들고 다닐 수 없었던 유목민들이 개발한 방식으로서 필요할 때마다 가족이나 친구들에게 이따금 만들어주곤 했을 것이다.

　그러다 수요가 많아지면서 읍내에 정착한 장인들이 팔기 위해 그릇을 선반에서 돌려 대량생산하기 시작했을 것이다.

총생산량이 엄청나게 늘어날 것이다. 아이들도 보다 이른 시기에 자기 몫을 맡아서 일하게 될 것이다. 이걸 착취라고 할 수 있을까? 천만에! 산업사회 초기에 어린아이들에게 노동을 시킬 때의 문제점은 아이들을 혹사시켰다는 점이다. 비인간적 조건에서 과로에 시달리며 부실한 음식을 제공받는 등 신체적·도덕적·정신적 위험 속에서 일했던 것이다. 이에 대한 반감으로, 사회는 엄격한 아동노동 방지법을 만드는 과민반응을 일으켰다. 일은 성장을 위한 으뜸가는 도구임에도 불구하고 지금의 아이들은 그런 소중한 기회를 박탈당하고 있는 것이다. 한 사람이 하루에 한두 시간씩만 일하면 이 세상의 일이 다 해결될 수 있다고 할 때, 아이들에게도 일할 수 있는 자유의지를 주는 것이 좋을 듯싶다.

· 우리가 해마다 사회에 기여해야 할 노동 시간이 400시간이라면, 10주 동안 매주 40시간씩 일함으로써 그해에 할당된 봉사를 마치는 방법을 택할 수도 있으리라. 아니면 1년 가운데 3개월 동안 하루에 4시간씩 일하는 방법을 택할 수도 있다. 많은 사람들은 해마다 다른 일을 하는 데 흥미를 느낄 것이다. 예컨대 나라면 한 해는 신발공장에서 10주 동안을 일하고, 다른 한 해는 인쇄소에서 일하고, 또 한

해는 생선을 포장하는 일을 하겠다. 또 해초 따는 일, 트럭 모는 일, 자동차 조립라인 일, 제설기 모는 일, 산불 감시 등을 해도 좋겠다. 이런 일들은 하나같이 그리 대단한 기술이 필요한 것이 아니어서 10주 동안의 할당량을 채우는 동안 노동자로서 성공할 수는 없게 되어 있다. 기술이 더 필요한 일은 더 안정적이어야 할 것이다. 이에 대해서는 가산점을 주는 시스템을 도입하면 균형이 이루어질 것이다. 보편적으로 덜 선호하는 일에는 더 많은 가산점을 주는 것이다.

세상의 모든 일이 이런 식으로 변모하게 된다면 한 해에 할당된 노동을 동일한 장소에서 할 필요가 없다. 한 해는 핀란드의 농장에서 일하고, 또 한 해는 한국의 공예소에서 일하며, 또 한 해는 말레이시아의 산림에서 일할 수 있는 것이다. 이렇게 끊임없이 새로운 방법을 고안해낼 수 있도록 디자인한다면 시스템의 가능성은 무한하다.

이런 시스템에 대해 사람은 너무 많고 보수는 너무 적지 않겠냐고 걱정할 사람이 있을 것이다. 하지만 일하는 시간은 줄어도 보수가 일정하다면 누가 불평을 하겠는가? 쓸 것이 충분한 경제 구조 속에서 실업이 어찌 문제가 될 수 있겠는가? 잉여 노동의 문제를 해결하기 위해 우리는 오직 일하는 시간을 줄이고 일과 상품을 나누기만 하면 된다.

아무도 다른 사람을 위해 일하지 않는다면 어떻게 되겠는가? 도덕적으로 경제적으로 사회적으로 어떤 결과가 나타나겠는가? 누군가를 고용하지도 않고 누군가에게 고용되지도 않는 방향으로 나아간다면 둘 중의 하나다. 수입이 많이 줄어들거나, 아니면 자기 내면의 소박성과 자족성이 커지며 지식과 기술이 성숙해지는 모습을 보게 될 것이다. 필요한 무언가가 단순하고 만들기 쉬워서 소유하거나 구하는 일이 더 수월해지는 정도까지 말이다.

부림을 받지 않는 노동 구조

대개 노동자들은 부리는 입장이 되거나 부림을 받는 입장에 서게 된다. 흔히 한 사람이 두 가지 역할을 다 하게 되는 것은 저마다 연쇄적으로 위에 부리는 사람이 있기 때문이다. 내가 제시하는 사회에서는 누구도 영구적으로 권위를 행사하는 자리에 있을 수 없다. 많은 활동에서 방향 제시와 감독은 필요하다. 하지만 그렇다고 해서 언제나 같은 사람들이 이런 역할을 맡아야 하는 것은 아니다.

공장의 효율적인 생산 못지않게 온전히 성숙한 사람이 절실히 필요하다는 사실을 깨닫는다면, 우리는 일이란 것을 인간 발달에 효율적으로 기능하고 유용하도록 변모시키는 데 한걸음 더 나아갈 수 있을 것이다. 이때의 흥미로운 부산물은 더 행복하고 성숙한 시민들이다. 이들은 보다 생산적일 것이며, 꾀병을 부리거나 기물을 파괴 하는 일이 줄어들 것이다. 권위와 지휘의 역할을 진정으로 나누다보면 일 자체와 일을 맡은 사람에 대한 존경심이 커지기 마련이다.

벅민스터 풀러Buckminster Fuller는 "생계를 위해 일해서는 안된다"라는 오해 살 만한 말을 종종 한 바 있다. 아무도 일을 해서는 안된다는 게 그 말의 참뜻이었을까? 그렇지 않다! 일은 틀림없이 계속해야 할 것이다. 대신 강압이나 뇌물에 의해서 일해서는 안된다는 뜻이다. 일을 하되 일이 좋아서, 일하는 기쁨 때문에, 배우는 즐거움 때문에 해야 한다. 일과 소득 사이에 그토록 긴밀한 관계가 있을 이유가 대체 무엇인가? 사람들이 단순히 돈 때문에 일하는 것이 아니라 만족을 위해 일한다는 상상을 해보라. 아무도 고용되어서 다른 사람을 위해 일하지 않고 아무도 특정한 한 가지 일만 하지 않으면서, 많은 사람들이 독립적으로 살아간다고 상상해보라.

모두가 돈 많은 사람들을 위해 일하기를 거부한다면 그들이 갖고 있는 돈은 쓸모가 없어질 것이고, 그들 역시 직접 일을 해야 할 것이다. 그렇게 된다면 지금과 같이 경제에 전적으로 의존하고 있는 계급사회는 사라질 것이다. 우리는 부의 재분배라는 것이 조세나 투쟁적인 봉기에 의해서만 가능하다고 생각하기 쉽다. 하지만 사회의 변화는 부자를 위해 일하기를 거부하는 책임 있고 자립적인 사람들이

C. Canney

칼렙이 처음으로 만든 숟가락.

늘어남으로써 가능해질 것이다. 그래야 민주적이고 비폭력적인 사회 혁명이 가능하지 않을까. 크로이소스 왕 같은 부자라도 자기 돈을 직접 다 세어야 할 것이다.

궁극적인 힘은 우리에게, 우리와 같은 평범한 사람들에게 있다. 자각이 부족한 경우에만 한계가 있기 마련이다. '우리' 가 오염원이나 쓰레기 같은 것들을 사지 않으면 '그들' 은 그런 것들을 만들지 않을 것이다.

휴식과 생활의 변화를 가지면 자극도 받고 느긋해지며 생산적으로 될 수 있다. 하지만 나는 취미를 갖고 휴가를 가며 은퇴를 하는 것이 자연스러운 인간 욕구라는 생각에는 반대다. 우리가 신뢰하는 일, 즐기는 일, 우리를 완전히 몰입하게 만드는 일을 한다면 기분 전환이나 위안이 필요하지 않다. 하던 일을 새롭게 하거나 자신이 추구하는 바를 우리에게 가르쳐줄 수 있는 비슷한 가치관을 가진 친구를 찾아감으로써 필요한 휴식이나 생활의 변화를 누릴 수 있다. 휴가나 은퇴를 맞아 '어디론가 떠날 필요' 를 느끼는 사람은 아직 자신에게 맞는 일을 찾는 기쁨을 누려보지 못한 사람이다. 생산적인 여가는 비생산적인 여가보다 더 만족스러운 법이다.

우리가 일상적으로 하는 일이 가능하면 육체적으로 힘들수록 좋다. 남의 도움을 반길수 있으며, 밤에 푹 잠들기에 충분할 정도로 힘든 일이면 더욱 좋다. 멀쩡한 자동차 기름을 정기적으로 낭비해버리는 것은 사실 끔찍한 일이다. 자동차 때문에 친구를 잃어버리거나 법정에 서게 되는 일이 흔하다. 그러면서도 조깅이나 테니스에, 아니면 차를 모는 일에 에너지를 낭비하면서 겉으로만 화려한 생활을 하는 경우가 많다.

생산적인 일과 무의미한 일
세상의 너무 많은 물질과 시간과 에너지가 우주 탐사 프로그램이나 무기 개발이나 군사 훈련에 쓰이는 현실을 걱정하는 사람들이 많다. 이는 우리 사회가 지닌 매우 위험한 측면으로서, 낭비적이며 인간 욕구에 둔감한 현상이다. 그런데 이런 병리 현상을 자각하고 이에 맞서는 사람들 가운데 우리가 모든 군사 프로그램을 합친 것보다 스포츠에 더 많은 것을 쏟고 있다는 사실을 아는 사람은 얼마나 될까? 인구 중 절반이 스포츠와 관련 있는 활동─직접 하고, 관람하고, 장비와 티켓과 여행비 등으로 돈을 버는 것─을 매주 1시간 반씩만 할 경우, 총비용은 무기에 드는 돈보다 분명히 더 많다.

돈 문제 말고도 운동─훈련과 체력 단련과 스포츠─에 쏟는 에너지와 시간이 얼마나 많은지 생각해보라. 체력 단련에는 손해를 보지 않으면서 이런 에너지를 고통을 더는 일에 쓴다면 인류에게 얼마나 고마운 일이겠는가? 조깅 대신 전기를 생산하고 보존하는 자전거 페달 운동을 하면 근사하지 않겠는가?

누군가 우리더러 지칠 때까지 역기를 들었다 놓으라고 요구한다면 고문처럼 느껴질 것이다. 그러나 운동선수들은 이런 일을 늘 하고 있다. 헬스클럽에 있는 운동 기구에 드는 전기를 아껴서 학교 불을 밝히는 데 쓰는 게 낫지 않을까? 자기 몸도 단련하고 동시에 남도 도울 수 있는 방법을 찾아보면 어떨까?

내가 언제나 스포츠를 반대해온 것은 아니다. 나는 장대높이뛰기를 하느라 8년 동안 봉을 잡았던 사람이다. 또 등산과 스키와 테니스를 즐기기도 했다. 그러다 지금 갖고 있는 스포츠에 대한 생각이 나를 괴롭히기 시작했다. 나는 많은 사람들이 전쟁, 영양실조, 과로, 질병, 부실한 집이나 옷 때문에 고통받고 있는데도 나만 혼자 스포츠를 즐기는 것이 무언가 정당하지 못하다는 생각이 들었다. 그렇다고 불행과 자책만 가득한 재미없는 삶을 살자는 이야기가 아니다. 단지 이런 고통을 자각하여 우리 삶을 잘 디자인함으로써 평등과 정의가 가득한 세상을 향한 길에 방해가 되기보다는 도움이 되도록 하자는 것이다. 아무 재미도 없는 금욕적인 삶을 뜻하는 것이 아니다. 즐거움은 여러 방식으로 찾을 수 있는 것이다. 조금만 연습하면 고통을 덜어내는 것에서도 즐거움을 발견할 수가 있다.

엄청난 장비도, 특별한 구장이나 코트도 필요 없는 스포츠나 게임도 있다. 동네

손으로 만든 장난감

손으로 만든 장난감에는 무언가 특별한 매력이 있다. 비인간적인 대량생산품에서 찾아보기 힘든, 보살핌과 애정에서 나오는, 무어라 형언하기 어려운 특성이라고나 할까.

나는 서민적인 디자인을 찾아 온 세계를 뒤져왔다. 그것은 돈이 적게 들고 만들기 쉬우면서도 보기에도 아름답고 마음도 흐뭇해지는 디자인이라 할 수 있겠다. 또한 만지기도 좋고 기능도 훌륭한 것이어야 한다. 다음에 나오는 것들은 부모님이나 나이 든 형 혹은 누나가 어린아이에게 쉽게 만들어줄 수 있고, 받는 사람이 좋아할 만한 장난감이다.

이 여우 인형은 일본 북부의 가쿠노다테에서 온 것으로 푸른 나무를 쪼개 만들 수 있다. 지름이 3인치 정도 되는 큰 가지나 작은 줄기를 4인치 길이로 잘라 8등분한다. 아주 조금만 깎아내도 나무 속에 들어 있던 작은 여우들이 드러나기 시작한다.

이라크에서 온 이 낙타는 두께 2인치에 지름 6인치의 나무로 만든 것이다. 여기에 약간만 변화를 주면 말이나 사슴이나 소가 된다.

시베리아 사람들은 자작나무 껍질로 아이들에게 귀뚜라미집이라는 간단한 상자를 만들어준다. 나무껍질 일곱 조각이 필요하며 그중 하나에는 구멍이 있어야 한다.

나무에 점선을 새겨서 뜨거운 물에 담근 다음 점선을 따라 끝을 구부린다. 그런 다음 서로 끼워 넣어 맞춘다. 자작나무 껍질의 안쪽 면이 몹시 거칠다는 점을 명심하고 안쪽 면을 상자의 바깥쪽으로 향하게 한다. 그 표면은 시간이 흐를수록 멋지게 닳아서 가죽처럼 보인다.

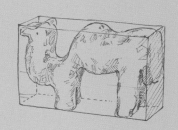

내가 제일 좋아하는 것 중 하나는 나무판자로 만든 핀란드

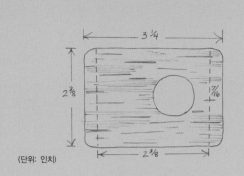

3 ¼
2 ⅜
1 ⁷⁄₁₆
2 ⅜
(단위: 인치)

의 순록이다. 이 순록을 보고 있노라면, 아이가 아버지에게 장난감을 달라고 마구 조르자 굉장히
창의적인 아버지가 단 몇 분 만에 이런 간단한 순록을 뚝딱 만들어주는 장면이 떠오른다.

이런 종류의 장난감은 아이와 만드는 이에게 기쁨을 안겨줌으로써 두 배의 만족을 준다. 여러
분도 아름다운 장난감을 간단하게 만드는 법을 안다면 부디 필자에게 편지를 써서 보내주시기 바
란다.

별들은 하늘에서 반짝였고
태양은 달을 쫓고 있었고
마치 아이들의 놀이와 같았으니
모두 똑같은 곡조에 맞춰 춤추었네
A. E. 조지 러셀

아이들과 공터에서 하는 약식 야구에는 공과 배트와 빈터만 있으면 된다. 특별한 신발이나 유니폼은 없어도 된다. 산에서 하이킹을 하는 데에는 등산용품점에서 파는 비싼 장비가 필요 없다. 내가 아는 등산 애호가들은 대부분 새 등산화를 사는 대신 그 돈을 가난한 아이들에게 주는 데 별 거리낌이 없는 사람들이다.

이렇게 말하는 사람이 있을지도 모른다. "등산화 대신 텔레비전을 공격하는 게 낫지 않겠습니까? 정원 손질에 드는 장비 값을 줄줄이 나열하는 텔레비전 수상기를 한번 생각해보십시오." 물론 맞는 말이다. 맥주나 텔레비전이나 포테이토칩은 등산화나 배낭보다는 훨씬 덜 필요하고 덜 유용한 것들이다. 하지만 삶의 에너지를 생산과 소비, 그리고 텔레비전 보는 일 따위에만 다 써버리고 마는 어리석음은 누가 보아도 분명하지 않은가.

우리가 얼마나 남의 삶을 대신 살고 있는지, 즉 누가 시합을 하거나 모험을 하는 모습을 지켜보는 데 시간을 쏟고 있는지 생각해보면 마음이 몹시 불편해진다. 사람들이 잔뜩 모여서 축구 경기를 관전하는 모습을 보고서 윌리엄 배든 포얼 William Baden Powell이 보이스카우트를 창설했다는 이야기가 있다. 그는 그 많은 사람들이 시합을 지켜보는 대신 차라리 직접 무언가 하는 것이 낫겠다는 사실을 불현듯 깨달은 것이다.

우리는 정말 많은 시간을 남의 것을 대신 즐기며 산다. 누군가의 연극을, 야구 시합을, 성생활을, 모험을 보면서 지내거나 남의 음악을 들으며 지낸다. 남이 대신 하는 게임만 보지 말고 장작을 패는, 아니면 꽃나무를 심는 진짜 게임을 하거나 저녁에 먹을 돼지를 잡아보는 것이 어떨까?

고액 연봉을 받으며 무기 디자인을 하는 머리가 비상한 사람이 있다고 하자. 그 일의 수준이 아무리 높다 하더라도 그것은 일단 부정적인 일이다. 반면에 정원을 가꾸는 일처럼 평범한 일은 잘 모르고 지나가기는 해도 더 나은 세상을 만드는 데 더 많이 기여하는 일이다.

젊은 사람들이 보다 유용하고 필요한 일을 요구할 때가 오리라고 생각한다. 이는 누가 일을 할 수 있고 없고를 논하는 법이나 규정의 결과가 아닐 것이다. 생산적이고 창조적인 일은 타고난 권리라는 의식을 누구나 다 갖게 되는 때일 것이다. 각자가 사회에서 꼭 필요한 사람이라고 느끼고 싶어하는 욕구를 누구나 인정해주는 때가 올 것이라고 본다. 다만 성숙한 성인기의 한 요소라고 할 수 있는 성장과 소속감은 사랑으로 이루어진 일을 통해서만 가능하다는 사실을 아는 한에서다.

04 배움과 가르침

학교나 교회나 책에서 배운 것들을 전부 다시 살펴보라.

그대의 영혼을 모욕하는 것은 무엇이든 떨쳐버리라.

그러면 그대의 육신 자체가 훌륭한 시가 될 것이다.

월트 휘트먼Walt Whitman

우리는 대부분 학교 수업과 교육이 동일하다고 생각하는 크나큰 오류에 빠져 있다. 홀륭한 학교 수업과 가르침은 매력적일 수도 있고, 한 사람의 발전에 큰 도움이 될 수도 있지만, 교육의 본질이라고 볼 수는 없다. 그것이 어디에서 이루어지건 중요한 것은 '배움'이다.

아마도 '양육'이란 표현이 더 나은 말인지도 모른다. 이 말은 현시대에 '교육'보다는 덜 오해받고 있는 단어이기 때문이다. 그렇다면 어떻게 해야 성숙한 사람을 길러내는 분위기를 가장 잘 조성할 수 있을까? 젊은이들이 최적으로 성장할 수 있도록 배려하는 환경을 만드는 데 어떤 것들이 필요할까? 배우는 사람이 심적으로나 육체적으로나, 기술로 보나 창의성으로 보나, 활짝 피어날 수 있게 하려면 어떻게 해야 할까?

나는 인생의 상당 부분을 교실에서 보냈다. 학창 시절에 나는 학교를 전적으로 좋아했다. 나는 제대로 된 학교 시스템에서 교육을 받은 운 좋은 소수 중의 하나였다. 학교가 내 성장에 긍정적인 영향을 끼쳤기 때문이다. 하지만 대부분의 내 동급생들은 그렇지 않았다. 그 시절을 생각하면 서글퍼지는 이유 중 하나는 너무 많은 사람들이 어쩔 수 없이 학교 교육에서 실패를 맛보았다는 사실 때문이다. 이는 우리 교육 시스템의 수치스러운 면모다. 일부가 성공하기 위해서 나머지는 '반드시' 실패하도록 짜여진, 소수를 위해 다수의 희생이 따를 수밖에 없는 시스템인 것이다. 그러다 보니 그 근거는 알 수 없지만 사람들의 머릿속에 뿌리 깊이 박혀 있는, '착취는 그럴듯한 것이며 폭정은 상식이라고 생각하는' 사고방식이 생겨났다. 많은 사람들에게 학교는 실패의 행렬일 뿐이다. 날이 갈수록 결함의 '증거'가 늘어나는 실패의 연속인 것이다.

성인이 되자 나는 우리의 아이들을 이런 식으로 대접하는 것은 광범위한 부작용을 낳는 용서할 수 없는 범죄라는 인식을 갖게 되었다. 이는 우리 사회가 안고 있는 다른 어떤 문제보다 더 핵심적인 실패라는 생각이 들었다.

그 어떤 의료 행위나 우주 탐사 계획이나 고속도로 보수도 중요성 면에서 교육과 비교할 수 없다. 그런데도 우리는 그런 다른 분야에 우선권을 더 많이 주고 있다. 왜 우리는 교사나 보모보다 자동차 회사의 경영자들에게 월등히 많은 월급을 주는 것일까? 정녕 우리는 인간을 깨우치는 일보다 자동차가 더 중요하다고 생각하고 있는 것인가?

우리는 어린 학생들 중 일부를 낙오시키거나 '고득점'을 주는 방법을 써서, 가장 잘 따라오는 아이들을 의료나 경영이나 과학이나 재무 쪽에 투입한다. 높은 지위와 많은 연봉 때문에 아이들과 함께 있어야 할 뛰어난 인격들을 이런 직업에 얼마나 많이 뺏기고 말았나? 교육 프로그램을 이끌어갈 사람에게 연봉 백만 달러를 지급한다면, 사회 전체로 볼 때 그 돈을 자동차 회사 사장에게 주는 것만큼 충분한 이익을 얻을 수 있다고 생각한다.

나는 교사와 학생의 구분을 없앨 것을 제안한다. 모두가 배우는 사람이 되고자 한다면 참 이상적일 것이다. 특정 분야를 좀 안다고 하더라도 나머지 분야에는 가련할 정도로 무지할 수밖에 없기 때문이다. 성장과 발전은 평생 지속되어야 할 활동이다. 그리고 이러한 활동은 나이를 불문하고 인생에서 가장 즐겁고 신나는 경험이 되어야 한다.

미래를 꿈꾸는 배움의 장

일상생활에서 배움이 활발하고 신나게 일어나도록 분위기를 조성해주는 것이 배움의 계기에 큰 도움이 될 것이다. 그러나 이러한 분위기 조성은 오늘날 참으로 보기 어렵게 되어버렸다.

아이든 어른이든, 배울 사람에게 가장 유익한 것이 무엇인지를 선택할 때, 우리는 거의 매번 실수를 저지르곤 한다. 대신 학생들이 선택할 수 있는 배움의 분위기를 조성해주려고 한다면 실수의 여지가 많이 줄어들 것이다. 되도록 최선의 사람―

그 누구도 학교에서 교육받은 적이 없다. 한마디로 젊음이라는 것―미성숙―자체가 교육을 받을 때 극복할 수 없는 장애물이 되기 때문이다. 진정한 교육은 나중에, 대개는 훨씬 늦게 이루어진다. 그러니 우리의 학교가 할 수 있는 최선의 일이란 어린 학생들에게 배움의 기술과 배움에 대한 사랑을 심어줌으로써 나중에 계속해서 배울 수 있도록 발판을 마련해주는 것이다.

모티머 애들러Mortimer Adler

배우고 성장하기를 열망하며 주변 사람들과 자신을 터놓고 나눌 수 있는 존재-이 되고자 한다면, 우리가 접하는 사람들의 개인적 성장에 가장 도움이 되는 분위기를 아마도 이런 식으로 조성할 수 있을 것이다.

아인슈타인은 이렇게 말했다. "합리적으로 교육하는 유일한 방법은 예를 드는 것이다. 어쩔 수 없을 때에는 경계하는 예라도 있어야 한다." 우리는 주변 사람들을 관찰하면서 배우기 마련이다. 민감한 사람이라면 교육을 강요하려는 시도에 반발할 것이다. 가능하면 공개적으로 할 것이고 불가피하면 숨어서 반발할 것이다.

교육이 제대로 이루어지려면 교사는 학생과 함께 있고 싶어해야 하며 학생도 그러해야 한다. 교육이 꽃피기 위해서는 위협을 받지 않고 함께 할 수 있는 이유가 있어야 한다.

여기서 꿈꾸는 미래의 배움의 장에서는 얼마나 많이 알고 있는지 알아보기 위해 사람들을 테스트할 필요 없이, 어떻게 하면 배움의 장이 더 도움을 줄 수 있는지 사람들과 인터뷰할 것이다. 이런 프로그램의 진짜 테스트는 학생들의, 그리고 교사들의 보다 자유로운 영혼, 더 큰 자신감, 더 높은 지적 호기심, 더 많은 창의성, 더 넓은 문화적 안목이 될 것이다.

학교는 아이들을 징발해야만 하는 강요된 경험의 장이 되어버렸다. 아이들의 입장에서는 이렇게 물어보는 것이 당연하다. "배우는 것이 그렇게 좋은 거라면 왜 우리에게 이렇게 강요를 하는 것일까?" 배움과 성장은 재미있는 일이다. 모든 유기체가 즐기는 이 경험은 존재의 자연스러운 과정이다. 배움이 고통스러워지는 것은 자연스러운 패턴을 무너뜨리고 추종을 요구할 때 일어나는 현상이다. 강제성과 교육은 정반대의 것이다. 흥미와 흥분이 모두 달아나버렸다면 우리의 배우는 분위기를 다시 디자인해야 한다. 우리는 학생들에게 위협과 뇌물과 자극이 없이 배울 수 있는 분위기가 조성되어 있는 신나는 세상을 선사해줄 수 있어야 한다.

배우는 사람들의 공동체, 학교

우리는 아이들의 학교 교육에 많은 시간과 노력을 기울이고 있다. 이는 사회의 부를 불공정하게 분배하는 일일 뿐만 아니라 이런 노력은 성공하지도 못한다. 학교 교육에 대한 이런 불균형적인 강조는 아이들의 잠재력을 최대한 개발할 수 있도록 하는 가장 효율적인 방법이 아니다. 이렇게 한 연령층에게 사회의 에너지를 희생하는 것은 젊은 사람들이 나이 많은 사람들에게 가하는 폭력이다.

많은 가정에서 우리는 노인들을 거의 철저하게 무시하고 있다. 할머니는 손자만큼이나 제대로 된 보살핌을 받아야 한다. 교육 차원에서 이렇게 보다 평등한 접근이 지닌 아름다움은, 보살핌을 잘 받은 원숙한 할머니의 모습이 어린 세대에게 노인이 가질 수 있는 성숙하고 창조적이며 행복한 면모를 훌륭하게 보여줄 수 있다는 점이다.

학교는 지역사회 전체에 도움이 되는 곳이어야 한다. 즉, 연령과 관심사를 초월하여 배움의 장이 되어야 한다. 그렇게 하다보면 아이들의 발달에 지장이 있을 거라고 걱정하는 사람이 있을지도 모른다. 하지만 안심해도 좋다. 어른들이 배우는 과정에서 신나고 흥미로운 분위기를 조성한다면 장기적으로 아이들도 배우는 것에 저절로 관심을 가질 수 있기 때문이다.

아이들은 생동감 있으면서 건강하고 호기심 많고 창의적인 어른들을 자주 접하는 게 좋다. 그런 점에서 어른과의 대화는 아이에게 귀중한 배움의 원천이다.

건강한 먹을거리

아이들이 성장에 직접적으로 해로운 물질—예컨대 차나 커피나 담배 등을 포함한 마약—이나 간접적으로 해로운 것들—단것이나, 탄산음료 같은 것들—을 점점 많이 섭취하면서 필요한 영양분을 받아들이지 못하는 현실을 보면 마음이 아프다. 아이들의 복지에 신경 써야 한다고 주장하면서도 학교에 탄산음료 자판기를 허용할 정도로 철저하게 무심하고 둔감하고 무지한 꼴들을 보면 이해할 수가 없다. 스위스에서는 한때 정백분으로 만든 흰 빵에 세금을 더 많이 부과한 적이 있다. 이는 건강에 더 좋은 빵을 권장하기 위해 정백하지 않은 곡물 빵의 가격을 상대적으로 낮추는 방안이었다. 지역사회에서 탄산음료에 부과하는 세금을 높여서 남는 수익으로 학교에 파는 우유와 과일주스 가격을 낮추는 데 쓰는 모습을 보게 된다면 참으로 흐뭇할 것이다. 그렇게 하면 적어도 학교에서 불량식품을 권장하는 우스꽝스러운 입장은 피할 수 있을 것이다.

배움과 개인적인 성장이 텔레비전이나 대마초나 불량식품이나 범죄보다 훨씬 더 흥미로운 것이라는 분위기를 조성해나갈 수 있다면, 그런 자기파괴적 일탈은 사라지고 말 것이다. 물론 시민들의 정신이 모두 깨어 있는 시대가 온다면 위험한 상품을 아이들에게 파는 파렴치한 행위로 먹고사는 어른이 없어질 것이다. 아무도 담배나 마약을 유통시키려 하지 않는 세상은 상상만 해도 흥분된다. 그런 것들을 정말 원하는 사람들이 있다면 자기 것은 직접 기르도록 하면 될 것이다. 그러나 그런 사회가 곧 현실로 다가올 것이라고 믿을 만큼 내 마음이 한가로운 것은 아니다. 대신 교육의 해법을 쥐고 있는 열쇠를 발견할 수 있다면 그 열쇠가 이중으로 이로운 작용을 하여, 여러 종류의 불량식품과 불량미디어를 소비하는 사람들뿐만 아니라 퍼뜨리는 사람들까지 해방시켜줄 수 있을 것이다.

기껏해야 대리 경험을 제공해주는 텔레비전은 아이들이 마음과 몸을 더 활발하고 창의적으로 사용할 수 있는 기회를 방해할 뿐이다. 텔레비전을 통해 아이들이 몹시 비현실적이고 밋밋하고 지루한 세상을 만나는 것이 아닌가 하는 두려움이 든다.

일하면서 배우기
아이들을 학대할지도 모른다는 두려움 때문에 우리는 아이들에게서 일할 수 있는

나에겐 부정적이긴 하지만 이상적인 아이디어가 하나 있다. 그것은 텔레비전을 없애버리는 것이다. 텔레비전을 팔거나 남에게 주어버림으로써 없애버린다면 그것은 자신을 기만하는 일이다. 묵직하고 단단한 연장으로 텔레비전을 알뜰하게 분해해서 없애버려야 한다. 병든 뇌를 팔거나 남에게 주어버린다고 해서 그 뇌가 없어지겠는가?

웬델 베리Wendell Berry

에스키모들이 즐기는 퍼즐 고리

퍼즐 고리를 즐기는 사람들이 많다. 내가 만난 에스키모들은 특히 퍼즐 고리를 좋아한다. 이 고리는 가지고 다니기도 쉽고 첫 대면의 어색한 분위기에서 '얼음을 녹이는' 데도 큰 도움이 된다.

한번은 알래스카 베링 해 연안에 있는 마을에 머물고 있을 때 카약 만드는 에스키모를 찾아간 적이 있다. 그런데 그가 집에 없어서 나는 앉아서 기다렸다. 그의 아내는 비스킷을 만드느라 바빴고, 세 아이는 낯선 방문객을 보기가 부끄러워 자꾸 숨었다.

내가 퍼즐 고리를 꺼내들자 아이들도 얼굴을 내밀며 다가왔다. 이 고리는 여행용으로 매우 훌륭하다. 준비물로는 가위 하나와 6피트 정도 되는 끈만 있으면 된다. 놀이를 시작하려면 그림과 같이 줄을 두 겹으로 하여 가위의 손잡이 한쪽에 묶는다. 그리고 풀려 있는 나머지 한쪽을 다른 한쪽 손잡이에 통과시킨다. 이 끝으로 여러분의 벨트나 다른 한쪽 가위의 손잡이에 묶거나, 아니면 친구더러 붙잡으라고 한다. 문제는 줄의 한쪽 끝에 손대지 않고 가위에 묶은 매듭을 푸는 것이다. 물론 줄을 자르거나 가위의 나사를 풀어서는 안된다.

에스키모 아이들은 요리조리 만지작거리고 고개를 갸우뚱해가며 퍼즐 놀이에 완전히 몰입했다. 아이들의 엄마는 이 광경을 무척이나 신기해 했다. 그녀는 다가와 아이들 머리 위에서 퍼즐 놀이의 광경을 몇 분이나 지켜보았다. 그러다 그녀는 손에 묻은 밀가루를 앞치마에 닦아버린 다음 가위를 집어 들더니 바로 문제를 풀어버렸다. 그녀는 지금까지 보기만 하고 이 문제를 바로 풀어버린 세 사람 중 하나였다. 전에 이 퍼즐을 본 적이 있느냐고 물어보니 처음이라고 했다.

남편은 집에 돌아오자마자 이 퍼즐을 보더니 해보고 싶어 안달이었다. 사흘 뒤 내가 마을을 떠날 때에도 그는 여전히 즐겁게 이 퍼즐에 도전하고 있었다. 그의 아내는 자기가 이미 문제를 해결했다는 이야기를 하지 않았다.

나는 이 퍼즐을 스칸디나비아에서 배웠다. 옛날 그곳에서 가위가 아주 귀할 때 하던 놀이라고 했다. 여인들은 자기 가위를 이런 식으로 긴 줄에 묶어서 자신의 벨트에 매곤 했다. 어린 여자 아이가 가위 매듭 푸는 법을 배우면 상으로 가위를 하나 받아서 같은 식으로 벨트에 매고 다녔다고 한다. 이런 사정 때문에 이 여자 아이는 어린아이들에게 퍼즐 푸는 방법을 절대로 알려주지 않으려고 했다는 것이다.

퍼즐은 푸는 데 재미가 있는 것이다. 푸는 법을 알려주면 사람들로부터 나름대로 해법을 찾아내는 즐거움을 빼앗게 된다.

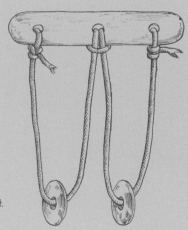

문제: 두 염주알이 만나도록 해보라.

기회를 박탈해버렸다.

어른들이 하는 일의 대부분은 아이들에게 공개되어 있지 않은 경우가 많다. 더욱 딱한 것은 아이들이 만나는 대부분의 어른은 자기 일을 즐기지 않는다는 점이다.

아이들은 주변 사람들이 생산적인 일을 맡아 하는 모습을 보면서 어린 나이부터 참여할 기회를 얻는 것이 좋다. 배움의 도구로 활용할 수 있는 유용한 일들이 지금의 교육제도 때문에 대부분 무시받는 처지가 되었다. 학생들은 자기 손으로 한 일이 남에게 도움이 되는 것을 보면서 일 속에서 배울 뿐만 아니라 정서적 안정을 누리며 자랄 수 있다. 이를테면 가족이 함께 겨울용 땔감을 모아서 잴 때 아이들에게도 자기 것을 재보도록 권유해보라. 그런 다음 크리스마스가 되면 아이들이 직접 쌓은 나무만 써보라. 그러면 아이들은 자기가 한 일이 가족을 따뜻하게 해준다는 사실을 바로 알 수 있을 것이다.

중세 프랑스의 어느 작은 마을에서 세 젊은이가 돌을 실은 손수레를 끌고 비탈길을 가고 있었다. 누군가 무얼 하고 있느냐고 물어보았더니, 첫째가 퉁명스럽게 대답했다. "바보라도 내가 뭘 하고 있는지 알겠는데 뭘." 둘째는 좀 더 공손하게 대답했다. "벽을 만들 거예요." 셋째는 눈을 반짝거리며 노래 부르듯이 말했다. "성당을 짓고 있답니다." 모든 아이들은 자기 '성당'을 지을 기회를 누려야 한다.

가르침의 난폭함

도움을 바라는 사람의 요청이나 부탁에 관심을 기울이지 않을 경우 가르침은 난폭해진다. 송아지가 젖을 빨 준비가 되어 있지 않는 한 암소는 송아지에게 강제로 젖을 물리지 않고 기다린다.

그런 요청은 명백히 눈에 보일 수도 있고 암시적으로 드러날 수도 있다. 하지만 어쨌든 그런 요청이 있어야만 한다. 그렇지 않다면 소위 교육이란 것은 사생활과 사적인 정서적 영역을 침해하게 될 것이다.

대부분의 가르침은 다음과 같은 우를 범한다.

· 다른 사람이 모르는 것을 행한 어떤 사람이, 자신을 안다고 전제하는 '주제넘은' 태도를 보인다.
· 남을 침해하는 행위가 다 그러하듯 '추해' 보인다.
· 마음이 끌리지 않는 시시한 것들을 가지고 '마음을 산란하게' 만든다.
· 우리의 가장 큰 재산인 인간의 잠재력과 창의성을 '낭비' 하고 '파괴' 한다.
· 자유로운 사람들, 자유로운 사고를 하는 사람들을 갈수록 의존적으로 만들어버리는 '가부장적' 인 사람들로 만든다.
· 학생의 것뿐만 아니라 '교사의 잠재력' 마저 파괴해버린다.

해롤드 러그Harold Rugg는 학교를 발전시키기 위해 교육의 황무지에 젊은 교사들을 보내야 한다는 이야기를 하곤 했다. "항상 둘씩을 보내라"고 그는 조언했다. "혼자서는 혁명의 불꽃을 계속 피워내기가 매우 어렵다. 사람은 불 피울 때의 장작과 같다. 혼자서는 계속해서 불탈 수가 없다. 불꽃이 계속 살아 있도록 하기 위해서는 적어도 다른 하나가 더 있어야 한다. 그러니 개척 교사는 열정적으로 타오르는 불꽃을 계속 살리기 위해 적어도 한 명의 동지가 필요한 것이다."

강요하지 않는 가르침

교사를 사회나 학생이 보기에, 또 교사 자신이 보기에 높은 자리에 앉힐 경우, 가르침은 위험한 직업이 될 수 있다.

이는 교사 개인의 성장을 위해서도 건강하지 않은 일이다. 그보다는 우리 자신과 남을 위해 가장 중요한 것이 마음껏 펼쳐질 수 있도록 한다면, 우리는 건강한 사회를 이루는 길로 가게 될 것이다.

우리는 너무 오랫동안 희생을 미덕으로 칭송함으로써, 부모와 교사가 자기 삶을 아이들에게 희생해야 한다는 생각을 강요하게 되었다. 이는 의도는 좋지만 그것이 어떠한 위험을 초래할지 모르고 행동하는 경우의 한 예다.

분명히 남을 위해 자신을 희생하는 것이 존경스러워 보이는 혼란의 때가 있긴 하다. 그러나 우리는 부모와 교사와 이웃이 건강하고 성숙한 사람들의 역할 모델이 되는 모습을 보면서 꾸준히 배워나가야 한다. 그런 사람들이 추구하는 감수성의 자각과 이해심 있는 행동이 우리의 버팀목이 되고 등대가 되어야 한다. 사실 위주의 지식은 배우고자 하는 열의가 있을 때 상대적으로 배우기 쉬운 법이다. 대신 감수성과 애정과 이해심으로 조절하지 않으면 상대적으로 쓸모없는 것이 되어버린다. 칼 로저스가 말한 것처럼 "누가 누구에게 가르쳐줄 수 있는 것은 '상대적으로' 덜 중요한 것뿐"이라는 것이다.

우리 사회에는 윤리적 바탕이 빈약한 전문 지식의 예가 많다. 대량 살상 무기 개발에 투입된 과학 영재, 가만히 앉아서 이익을 챙기기 위해 시장 조작에 동원되는 수학, 대중을 속이기 위해 광고에 이용되는 예술에 가까운 재능을 잘 살펴보라. 암기 위주의 지식은 사회 전체의 행복을 염려하는 마음의 견제를 받지 않으면 삶과 건강에 악영향을 끼칠 것이다. 진심어린 마음이 없는 배움은 위험을 초래하기 십상이다.

가르치는 주된 이유가 돈 때문이라면 이는 명백히 자기 몸을 파는 행위다. "그러면 달리 무엇 때문에 가르쳐야 하는가?"라고 물어볼 수 있을 것이다. 첫째는 즐거움 때문이어야 한다. 둘째는 가르침이 더 나은 세상을 만드는 일에 기여하는 역할 때문일 것이다. 셋째는 가르침이 제대로 이루어질 때 가르치는 사람 또한 배울 수 있기 때문이리라. 어떤 교사들은 교재를 준비하여 교실에서 제대로 된 분위기 속에서 가르치다보면 자신의 지식과 이해가 더 뚜렷해진다고 말하기도 한다.

나는 '가르침'이, 바라는 대상도 되지 않고 강요되는 대상도 되지 않기를 바란다. 대신 학생들의 부름이 있을 때에만 떠맡는 역할이 되었으면 좋겠다(정치인의 직무도 비슷한 식으로 부여되면 좋겠다). 이러한 견해는 교사의 역할이 유동적이라는 점을 전제로 하는 것이다. 즉, 모든 사람은 살면서 처하게 되는 여러 가지 상

내 가르침은 저편 기슭으로 건너갈 수 있도록 해주는 뗏목이다.
안타까운 사실은 너무 많은 사람들이 이 뗏목을 저편 기슭으로 착각한다는 점이다.
석가모니

황 속에서 교사가 될 수도 있으며 대개는 학생도 될 수 있다는 것이다. 그런 사회의 성숙한 인간이라면 요청이 있을 때마다 자신이 배운 바를 기꺼이 나누고자 할 것이다. 그렇게 되면 교사와 학생 사이에 나누는 교감이 그만큼 커지면서 안내와 가르침을 줄 수 있는 사람들의 수가 급격히 늘어날 것이다. 이런 식의 배움이 가능하다는 상상을 마음속에 담아보라. 일반적인 교실과 학교 건물은 잊어버리고, 알고 있는 한 사람과 배우고 싶은 또 한 사람 사이에 일어날 수 있는 연대감에 초점을 맞추어보라.

가르침에 주어진 시간은 개인의 성장과 창의성에 써야 할 시간을 훔쳐온 귀한 것이라는 생각을 갖고 아껴 써야 한다.

대개 교사가 가르치는 대가로 받는 것은 뚜렷하게 드러나지 않는다. 학생은 교사의 노력이 가치 있는 것이 되도록 책임을 나누는 것이 좋다. 교사가 가르칠 때 도움이 될 수 있도록 배움의 태도나 자발성을 가다듬는 것이 좋다. 최적의 배움이 가능하도록 각자 상대방에게 무언가를 내어준다. 누군가가 여러분이 정원에 삽질을 할 때 기꺼이 도와준다면 여러분도 그 사람이 손수레를 만들 때 기꺼이 도와주려고 하지 않겠는가? 학생이 열심히 이해하려고 노력할 때 기하학의 세계를 함께 탐사하는 일이 교사에게도 얼마나 즐겁겠는가?

교육이 꽃피기 위해서는 서로 동의하는 분위기가 필요하다. 그렇지 않으면 학생이든 교사든 착취당하기는 마찬가지다. 우리는 왜 학교 수업 자체가 고문인 현 시스템을 계속해서 고집하는가? 간수든 죄수든 자기 삶의 엄청난 부분을 불만에 가득 찬 채 보내야 하는데도 말이다.

모든 아이들이 다 축구를 하는 건 아니다. 그런데 수학은 왜 모든 아이들이 배워야만 할까? 축구장에서는 교육이 자발적으로 이루어진다. 아이들은 원하면 그만둘 수 있는 자유가 있고, 코치는 하고 싶지 않은 아이들을 내버려둘 수 있는 자유가 있다. 코치든 선수든 축구장에 나온 사람들은 함께 시합을 하고 싶기 때문에 나온 것이다. 얼마나 멋진 일인가! 그렇다면 축구장의 교훈을 받아들여 불어와 물리

학과 음악과 수학에도 같은 원리를 적용해보자. 학생들이 모두 스포츠 게임을 하듯 수업에 참여한다면 얼마나 근사한 학교가 되겠는가.

자발적으로 배우기

배움의 장에서는 자발적인 참여가 중요하다. 가르치는 입장에 선 사람이든 학생의 입장이든 마찬가지다. 배우는 기쁨을 맛보기 위해서는 서로 동조하는 분위기 속에서 배움이 이루어져야 한다. 그리고 요청에 따라 가르치는 것이 원칙이 되어야 한다. 다그침도 위협도 뇌물도 없어야 한다.

강요된 교육은 폭력이다. 아주 힘들긴 하지만 권위적인 방법을 써서 사실 위주의 지식을 어느 정도 주입할 수는 있다. 하지만 그 대가는 어떠한가? 게다가 강요된 배움이란 얼마나 지독히도 낭비적이며, 학생과 교사의 시간과 마음을 갉아먹는 것인가? 이런 식으로 교육이 이루어지다보면 교사와 학생 모두 '강압'이 의사소통의 한 형태라고 생각하기 쉽다.

학창 시절 내가 겪었던 가장 의미 있는 배움은 보고 묻고 참여하고 배우는 것이 허락되는 상황에서 이루어졌고, 물론 나에게 큰 도움이 되었다.

자신이 썰매 매는 모습을 지켜보게 허락해준 늙은 에스키모가 있었다. 가죽 끈을 단단히 조일 때 내가 도와줬더니 그는 기꺼이 내가 배울 수 있도록 도와주었다. 배 만드는 노르웨이 사람을 하나 알았는데, 나는 배 만드는 기술을 배우기 위해 그의 소를 돌봐주는 식으로 노동 교환을 했다. 한번은 어느 일본인 통장이의 일하는 모습을 지켜보는 즐거움과 특권을 누리기 위해 그에게 계속해서 오렌지를 권한 적이 있다(그는 나에게 계속 차를 권했다). 머리가 허연 노철학자 한 사람은 젊은 사람들이 자기 일에 남의 일 같지 않게 열광하는 모습을 보는 것을 유일한 '소득'으로 삼곤 했다.

가끔은 이런 일이 정규 수업에서도 일어날 수 있다. 나는 대학 시절에 독일어 수업을 좋아했다. 밤에 조선소에서 일하느라 공부할 시간이 없어 다음 학기에는 수강 신청을 하지 않았지만 그 시간이 좋았다. 그 사실을 안 담당 교수의 반응은 이랬다. "자네는 내 수업을 좋아하잖나. 숙제할 시간이 없어도 그냥 와서 듣지 그래?" 내가 맛본 배움의 즐거움이, 교사로서 그가 한 노동의 정당한 대가가 되었으면 하는 것이 내 희망이다.

배움과 가르침이 완전히 자발적으로 이루어진다면, 모든 사람들이 잠재적인 교사로 간주된다면, 지금처럼 우스꽝스러운 학생 대 교사의 비율은 훨씬 더 적절한 균형을 이룰 것이다.

배움은 포로로 잡힌 청중이 아니라 매혹에 사로잡힌 사람들을 필요로 한다. 교육은 자체의 미덕으로 일어설 수 있을 정도로 신나는 것이어야 하지 나태한 관료의 보호가 필요한 것이 아니다. 배움은 또한 정신적인 자양분이다. 좋은 음식이 몸에 이롭듯 배움 또한 지성에 이로운 것이다.

배움을 고역으로 만드는 순간 우리는 기쁨과 놀라움과 신비를 제거해버리는 결과를 맞이하게 될 것이다. 기쁨이 사라지는 순간, 배움은 자취를 감춰버린다.

강요받거나 설복당하는 식으로는 제대로 배우기가 어렵다. 사람들에게 만물에 깃든 아름다움이나 감수성을 느끼는 기쁨에 대해 이야기해본들 별 소용이 없다. 나는 우리를 배움의 길로 활짝 열어주는 분위기나 태도가 정착되어야만 제대로 배울 수 있다고 확신한다. 여러분이 이런 분위기를 마련해주고 이런 태도를 일상생활에서 구현한다면 다른 사람들도 그것을 느낄 것이며 볼 것이다. 때가 되면 여러분이 배운 것을 말로 표현해보라고 누군가가 요청해올 것이다.

타인의 경험을 통해 배우기

지난 세월 우리는 많은 거짓을 가르쳐왔다. 출혈의 동의어나 마찬가지였던 치료, 지구를 우주의 중심으로 착각한 물리학, 좁고 편향된 시각으로 본 역사를 가르쳤다. 우리가 배운 대수학을 쓰는 사람은 극소수다. 우리가 배운 시를 사랑하는 사람은 드물 뿐더러 미워하는 경우가 더 많다.

우리는 교실에서 50년 묵은 화학 교과서를 쓸 생각이 없다. 낡은 심리학이나 의학 수업의 경우도 마찬가지다. 그러면 50년이 지난 오늘의 교과서에 담긴 '진실'에 대해 생각해보라. 곧 해묵은 것이 될 것이 뻔한 아이디어나 접근법을 사람들에게 공부하라고 우기는 것이 참으로 우스꽝스럽지 않은가? 특히, 그렇게 강요해보았자 사람들이 배움을 미워하고, 수치심과 무능함을 느끼기 십상인 데도 말이다.

간접 경험을 통한 배움은 우리의 성장에 중요한 요소다. 우리는 빠른 시간 안에 타인이나 책을 통해서 여러 가지를 배운다. 역할 모델이 있으면 더 빨리 배울 수가 있다. 하지만 그것도 '어느 정도까지' 다. 정도가 지나치면 발달이 제한되고 속도도 더뎌진다. 실제 경험과 간접 경험 사이에 있는 최적의 균형이 어디인지는 각자가 결정해야 한다. 그런 선택이 없다면 우리는 각자의 잠재력을 결코 알아보지 못하게 될 것이다.

미디어가 만들어내는 대리 만족의 세계 중 너무 많은 부분이 완전히 날조되었다는 점도 몹시 괴로운 일이다. 다른 사람의 진짜 경험이나 정직한 판단에 바탕을 둔 간접 체험은 별 문제가 안된다. 대신 우리의 감각을 자극해서 돈을 벌어보겠다는 상업적 이익에 바탕을 둔 경험은 다른 문제다.

대부분의 영화와 텔레비전 프로그램, 소설, 가요를 통해 겪는 세계는 가짜다. 가짜 현실, 가짜 사랑, 가짜 분노가 있을 따름이다. 미디어를 통해 우리 삶에 쏟아져 들어오는 것 중 너무 많은 것들이 그릇된 것이다. 텔레비전을 보되 선별적으로 이용하면 된다고 하는 사람들이 있다. 나는 이 말에도 함정이 있다고 생각한다. 현명하게 선택하기 위해서는 다른 선택 가능성도 고려할 줄 알아야 한다. 그래서 나는 텔레비전이나 신문을 보지 않는다. 대신 책과 잡지를 보거나, 내 것과 남의 것이 잘 섞인 공유된 경험에 의존한다.

사실 '읽기' 는 축복이기도 하고 저주이기도 하다. 문자는 인간 지성이 발명한 것 중에서 가장 뛰어나고 독창적인 것 중 하나다. 선별적으로 글을 읽는다면 글 읽기는 성장에 대단한 도움이 된다. 하지만 이를 과용한 결과 글 읽기는 우리 삶을

성경은 골동품 서적- / 오래전에 사라진 사람들이 / 성스러운 망령들의 사주로 집필-
주요 테마-베들레헴- / 에덴-옛날에 살던 농장- / 사탄-대장-
유다-위대한 탈선자- / 다윗-음유시인-
죄-그럴듯한 벼랑 끝 / 남들에게는 맞서서 싸워야 하는 것-
믿는 아이들은 아주 고독- / 다른 아이들은 '멸망'-
지저귀는 새처럼 이야기해줄 수만 있다면- / 아이들이 모두 다 몰려올 텐데-
오르페우스의 설교는 매혹적이었는데- / 죄 지은 것 가지고 비난하지 않았는데-

에밀리 디킨슨

압도해버렸다. 직접 체험하는 데 써야 할 시간을 다 잡아먹는 괴물이 되어버린 것이다. 우리 중 상당수는 글 읽기에 중독되어 있다. 읽는 습관이 지나쳐서 우리의 실제 삶을 질식시키는 경우가 많다. 오랜 세월 동안 읽기에 중독된 경험이 있던 올더스 헉슬리Aldous Huxley는 이를 '병' 이라고 불렀다.

자유, 배울 수는 있지만 가르칠 수 없는 것

사람들의 마음을 엄하게 통제하려 하는 교육 시스템이 모든 경우에 해를 끼치는 것은 아니다. 많은 위대한 인물들이 포악한 시스템에도 불구하고 빛나는 지성을 꽃피울 수 있었다. 프랑스의 빅토르 위고Victor Hugo, 독일의 에리히 프롬, 러시아의 레프 톨스토이가 다 그런 사람들이다. 허나 모든 마음이 다 귀한 보물이며, 우리에게 맡겨진 독특한 유산이라고-문화의 가장 큰 재산-생각한다면, 마음을 엄하게 통제하고 무디게 만들어버리는 짓은 마땅히 1급 범죄로 취급해야 한다.

교육은 강요당할 수 없는 것이다. 학교 교육이 의무가 되면 사회의 자유는 대체 어디에 있다는 것인가? 자유는 단순히 사회과학이나 철학 수업 시간에만 배우는 과목이 아니다. 자유는 도깨비불 같은 것이다. 자유는 구석으로 몰아 붙잡으려고 하면 달아나버리고 만다. 그것은 배울 수는 있지만 가르칠 수는 없는, 아주 미묘한 개념 중 하나다. 우리는 자유나 폭정을 집과 거리와 교실에서 일상적으로 대우받는 방식을 통해 배운다. 학교 교육을 의무화하자는 사람들은 폭정을 일상화하자고 부추기는 사람들이다.

두 방식을 동시에 택할 수는 없다. 둘 중의 하나다. 교육을 특별한 기쁨으로 보살핌과 애정으로 떠맡아야 하는 것으로 보고 접근하여 자유라는 부산물을 얻거나, 아니면 자유가 우리에게서 도망치며 조롱하거나, 둘 중 하나다.

학교에서의 엄한 통제와 강압적인 규율은 배우고자 하는 기본적인 욕구를 훼손해버린다. 민주주의를 신봉한다고 하면서 그런 원칙을 가르치고 그런 이해관계를 옹호한다는 것은 말도 안되는 일이다. 창의성과 순응성은 정반대의 속성이다. 민주주의는 창의성을 토대로 번성하는 반면 군대와 감옥과 학교는 순응성을 토대로 번성한다.

의무적인 학교 교육은 가능할지언정 의무적인 교육은 불가능하다. 그것은 모순된 어법이다. 사람들에게 강제로 배우도록 하는 것은 먹혀들지 않는 방법이다. 모험을 하는 마음으로 사람들을 진정한 배움의 장으로 '초대' 해보자.

가르침은 기술이 아니다

교사를 선별할 때 그 사람의 품성을 보기보다는 무엇을 아는지, 또는 무엇을 공부했는지를 보고 고르는 일반 관행은 생각만 해도 언짢아진다. 아이들을 이끌어줄 안내인들의 성격이나 태도나 감성을 알아보는 것은 사실 위주의 지식을 얼마나 많이 알고 있는지 알아보는 것보다 훨씬 더 중요한 것이다.

아이가 자신을 펼쳐 보이고 꽃피울 수 있도록 장려하는 분위기를 조성하는 것은 사실을 나열하는 것보다 훨씬 더 중요하고 어려운 일이다.

10대 청소년들이 나에게 와서 어떤 대학이나 어떤 전공을 택해야 하는지 물어보면 나는 어느 학교 어느 수업을 택하는 문제는 상대적으로 덜 중요하다고 대답해준다. 그보다 더 중차대한 것은 배움을 즐길 수 있도록 안내해줄 사람을 찾는 일이다. 여러분 자신과 세상에 대한 지식을 넓혀줄 수단은 거의 모든 과목에서 찾을 수 있다. 진짜 중요한 문제는 그 안내인이 내용을 어떻게 보여주느냐, 어떻게 안내를 해주느냐, 여러분의 안내인은 어떤 사람이냐, 그 사람과 얼마나 잘 어울릴 수 있느냐 하는 점이다.

예술을 통해 역사를 배울 수도 있고, 역사를 통해 예술을 배울 수도 있다. 어디에서 무엇을 공부하느냐 하는 문제는 어떻게 공부하며 어떤 분위기 속에서 공부하느냐 하는 문제에 비하면 상대적으로 덜 중요하다.

우리는 아이들을 위해 풍족한 분위기를 제공해줄 필요가 있다. 말과 교재가 풍족한 것도 중요하지만 경험과 감성, 이유를 묻지 않는 용인, 넉넉한 사랑도 중요하다. 충분한 '보살핌'을 말하는 것이다.

교사들이 단지 자기들이 좋아하고 신뢰하는 활기찬 일을 하며, 이런 일을 아이들이 보고 듣는 앞에서만 하는 소박한 사람들이라면 어떻겠는가? 모든 아이들은 주변에 목적의식이 있는 사람들, 삶의 높은 수준까지 도달한 사람들, 심신이 다 활달한 사람들, 생활 속에 창의성이 자연스럽게 드러나는 사람들이 있는 환경에서 자랄 기회를 가져야 한다.

넉넉한 자연 환경도 필수적이다. 가능하면 아이들은 물가에 쉽게 갈 수 있어야 한다. 흐르는 물이든 잔잔한 물이든 개울이든 파도든 폭풍우든 상관없다. 아이 손을 잡고 바닷가나 숲 속이나 산길을 걷는 것은 아주 훌륭한 출발이다. 우리는 일상 생활에서 너무나 쉽게 별빛이나 풀 냄새, 먼동과 이슬을 빼앗기고 있다.

삶에서 가장 중요한 교훈 중 상당수는 배울 수는 있지만 가르칠 수는 없는 것들이다. 그러니 이런 경험들을 가르칠 수는 없다 하더라도 배움을 장려하는 분위기를 만드는 일은 할 수 있을 것이다.

가정과 공동체

우리에겐 대화의 주제가 참되며 의미심장한 세상, 참된 생활이 중심이 되는 세상이 필요하다. 현재의 생활 패턴에서 대부분의 아이들은 부모 사이나 부모와 친구들 사이의 심각하고 성숙한 대화가 이루어지는 모습을 볼 기회가 거의 없다. 어른들의 세상을 엿볼 수 있는 이런 창이야말로 삶에 대한 식견을 얻는 데 큰 도움이 된다.

아이들은 방해가 되지 않는다면 가끔 앉아서 어른들의 대화를 지켜보는 것이 좋다. 아이들을 중요하게 생각하는 지금 사회에서 그게 무슨 소리냐고 말하는 사람이 있을지도 모른다. 하지만 우리 사회는 사실 그 어느 연령층도 중심이 되고 있지 않으며, 모든 연령층의 욕구가 존중되는 균형 잡히고 민주적인 사회에서 살 수 있는 기회를 아이들로부터 박탈하고 있다. 오늘날 아이들은 수많은 또래 아이들이나 텔레비전 수상기와 보내는 시간에 압도당하고 있다.

많은 가정에서는 자기 아이들에게 좋은 '교육'을 시키기 위해 애쓰느라 정작 아이들이 가정생활을 통해 배울 기회를 박탈해버린다. 가족 간의 화목과 연대감을 통한 성장을, 돈이나 학교 교육과 바꾼다는 것은 말도 안되는 일이다. 부모와 친해질 수 있는 기회와 집에서 생산적인 일이 이루어지는 모습을 볼 기회를 앗아 가버린다면 아이에게는 불행한 일이 될 것이다.

아이에게는 나중에 받을 수 있는 대학 교육보다 부모와 함께 지내는 경험이 더 중요한 것이다. 되도록 많은 시간을 아이와 함께 보내도록 하라. 건초도 베고 정원에 꽃나무도 심고 카누 여행도 준비하면서 함께 시간을 보내라.

그리고 여러분 자신이 존경하는 사람들과 더 많은 시간을 함께 보내고 관심사를 개발하며 자신을 팔지 않도록 노력하라. 이런 것들이 대학 졸업장보다 아이의 현재, 그리고 미래의 행복에 훨씬 도움이 될 것이다.

더 소박하게 사는 법을 배우라. 많이 모아서 은퇴하겠다는 생각을 버리라. 포테이토칩이나 맥주를 덜 먹으라. 그러면 여러분의 호주머니 사정뿐만 아니라 위의 건강도 더 좋아질 것이다. 대신 저녁에 집에서 아이들과 함께 팝콘을 만들라. 아니면 텔레비전을 보는 대신에 보트를 만들라. 가족이 한 해 동안 콜라와 사탕과 커피에 쓴 돈을 한번 계산해보라. 그 돈을 모두 모으면 캐나다나 캐니언랜즈미국 유타 주 남동부에 있는 국립공원. 다양한 협곡군이 장관을 이룬다.―옮긴이나 친코티그미국 버지니아 주에 있는 휴양 섬. 굴 양식장이 유명하며, 야생동물 보호구역이 있다.―옮긴이로 가족 여행을 갈 수 있을지도 모른다. 조금 힘들더라도 차와 칵테일과 담배를 포기해보라. 런던이나 라오스나 랑바레네아프리카 중부의 가봉 공화국에 있는 무아앵오고우에 주의 주도州都. 슈바이처가 의료봉사 활동을 하던 지역으로 유명하다.―옮긴이로 갈 수 있을 것이다.

워터 랫Water Rat은 이런 의미심장한 말을 했다. "내 어린 친구여 날 믿으라. 배를 타고 그냥 장난만 치는 것의 반만큼도 가치 있는 일은 없다. 절대 없다. 정말 아무것도 중요하지 않은 것 같다면 그것에도 나름의 매력이 있는 것이다. 어디론가 훌쩍 떠나든 그러지 못하든…… 목적지에 도달하든 다른 어딘가에 닿든, 아무 곳에도 가지 못하든…… 특별히 무슨 일을 하지 않으면 어떠한가."

케네스 그레이엄Kenneth Grahame

1년 중 잠시나마 가족과 함께 자연을 가깝게 느끼며 사는 것이 가능한 사람들이 받는 보상은 대단하다. 바람과 거친 날씨를 견디며 성장할 수 있는 기회는 엄청난 것이다. 먹을 것을 구하고 불을 피우고 비에 젖지 않고 따뜻하게 만드는 일상의 필요를 해결하는 활동을 하다보면 이해심과 안정감을 느끼며 성장할 수 있고 건강에도 큰 도움이 될 것이다. 짧더라도 들길을 걸으면 도움이 된다. 멀리 여행을 가면 더더욱 좋을 것이다.

10대들과 함께 배우기

우리 사회의 많은 청소년들은 따분함과 공허함을 느끼고 있다. 학교는 주로 지적 성취에만 눈이 멀어 있다. 감성에 대한 고려, 가슴과 손과 몸의 발달에 대한 고려에는 별 관심이 없다.

10대에게는 자신들보다 큰 무언가에 대해 소속감을 느끼는 것이 중요하다. 단순히 생계를 잇는 것 이상으로 원대한 삶의 목표를 가질 필요가 있다. 무슨 무슨

반항아 루크와의 만남

덩치가 크고 거칠고 카리스마 있는 17세의 루크는 소년원에서 나와 보호관찰을 받고 있던 아이였다. 교사들에 대한 반감이 심한 이 아이를 우리 학교에서 받아들이기로 했다.

어느 날 우리는 공 빼앗기 놀이를 했다. 어린아이들, 교사들, 소년 소녀들, 노인들까지 모두 모였다. 호루라기 없이, 지쳐 쓰러질 때까지 했다. 규칙은 단 하나뿐이었다. 공을 갖고 있지 않는 한 아무도 건드릴 수 없다는 것이었다. 루크를 건드리는 사람은 아무도 없었다. 공을 갖고 있어도 그랬다. 그는 '군화'를 신고 있었다. 그런데도 내가 태클을 하자 이 아이는 깜짝 놀라는 것 같았다. 나중에 내가 공을 갖게 되자 그는 눈에 불을 켜고 다가왔다. 물론 나는 결국 공을 패스해주고 말았는데, 그러면서 몸 굽히는 걸 깜빡하고 말았다. 무슨 트럭에 부딪히는 것 같았다. 대신 나는 몸의 힘을 빼고 있었기 때문에 뒤로 넘어지면서 무릎을 굽혔고 우연찮게도 발로 루크를 10피트 정도는 날려버렸다. 그는 날 보고 무척이나 당황했다. 내가 작정하고 그렇게 한줄 알았던 것이다.

우리 학교는 작은—실제로 조그맣다—대안학교였다. 샤워기는 두 개뿐이었다. 사람들보다 앞서서 몰래 도착해보니 탈의실의 내 발 바로 곁에 다른 발이 하나 있었다. 군화를 신고 있는 발이었다. 탈의실 밖으로 나와서 우리는 샤워기를 향해 달렸다. 우리는 샤워를 하는 동안 서로 뒤돌아보곤 하며 큰 소리로 이야기를 나눴다. 나에겐 수건이 없었다. 루크는 친절하게도 자기 것을 내주었다. 루크와 함께한 1년 동안의 우정과 팀워크는 그렇게 시작되었다.

그는 학교에서 수업에 들어오는 것만 빼고 거의 모든 일을 했다. 전등을 고치고 근사한 빵을 만들고 나무를 자르고 음식을 하고 기타를 쳤다. 나는 남쪽으로 가는 연구 여행을 준비하느라 정식은 아니었지만 스페인어를 가르치고 있었다. 우리는 스페인어의 억양이나 어휘를 익히기 위해 노래를 이용하곤 했다. 루크는 내 조교가 되어 아이들이 노래를 하는 동안 율동을 해주었다. 이 방법이 잘 통해서 루크는 수업에 들어왔고 다른 아이들도 싫어하지 않았다. 루크는 우리와 함께 멕시코로 가기를 원했다. 그는 밀수를 해본 적이 있어서 국경 마을 몇 군데를 알기도 했고, 멕시코 사람들이나 멕시코 문화에 대한 편견이 심했다. 나는 그에게 많은 나라의 국경지대 사람들은 가난하긴 하지만, 그곳은 다른 문화에 대한 통찰을 얻기에는 유리한 장점을 가졌다고 설명해주었다.

그러다 아예 루크를 데리고 가지 않기로 했다. 그와 함께 다니다가는 지극히 존경스러운 내 멕시코 친구들의 기분이 상할까봐 두려웠던 것이다. 그는 내 말을 잘 알아들었다. 내가 멕시코에 있는 동안 그는 내가 하던 빵 굽는 일을 맡아서 했고 내 작업장도 대신 열어주었다.

몇 번 여행을 다녀온 뒤 루크는 다시 한번 나에게 함께 가자고 부탁했다. 그는 멕시코에 대해 나처럼 이야기하는 사람은 처음 봤다며 내가 본 멕시코가 어떤 곳인지 한번 보고 싶다고 했다. 그래서 그를 데려가기로 했다. 여행을 하고보니 그는 지금껏 내가 겪어본 사람 중에서 가장 믿을 만한 최고의 조수였다. 동굴을 탐험할 때 그가 내 몸을 밧줄로 묶어주면 안심할 수 있었다. 우리는 기어다니고, 동굴을 탐험하고, 등반도 해가며 멕시코를 돌아다녔다. 스쿠버다이빙도 하고 시장을 뒤지기도 하고 장인과 목동을 찾아다니기도 했다. 몇 주 동안 멕시코 친구들과 함께 지냈고 마을 사람들과 같이 일하기도 했다.

루크는 돈 파블로라는 석공과 짝이 되었다. 작고 섬세해 보이는 돈 파블로는 가장 훌륭한 내 친구 중 하나였다. 공손하면서 친절하고 조용한 이 친구는 몸무게가 120파운드밖에 나가지 않았다. 무게가 180파운드가 넘는 억세고 거친 미국인 아이와 외모상으로는 얼마나 대조적인가. 그런데도 돈 파블로는 루크를 감싸며 낡은 벽돌집 허는 일을 함께했다. 그날 저녁 내가 본 루크는 몹시 지치고 골이 난 어린아이였다. 루크는 12파운드짜리 쇠망치를 휘두르며 돈 파블로를 쫓아 일하느라 하루 종일 진을 뺐던 것이다. 결국 그는 너무 지쳐서 돈 파블로가 계속 망치를 휘두르고 있는데도 주저앉아 쉬어야 했다. 그러자 이 훌륭한 미소를 지닌 조그만 40세의 멕시코인은 풀이 죽은 루크를 집으로 데려가서 평생 잊지 못할 잔치를 베풀어주었다. 나는 너무나 행복했다. 이제 그는 멕시코에 대해 존경심을 갖게 된 '새로운 루크'가 되었던 것이다.

파나 갱단에 들어가는 에너지를 더 나은 세상을 만드는 데 쏟아 붓는 것, 이것이야 말로 교육 전반을 하나로 묶는 요소이자 목표로 삼을 만한 일이다.

다음은 내가 보기에 청소년들의 생활에 녹아들어가 있으면 발달에 도움이 되리라 생각되는 요소들이다. 또한 이것들은 10대가 살고 있는 가정과 공동체의 삶을 보다 즐겁게 만들어서 사회의 긍정적인 성장에 기여할 것이다.

전인교육

우리에겐 한 사람을 온전하게 발달시킬 수 있는 프로그램이 필요하다. 몸과 마음, 손과 감성을 하나같이 중시해야 한다. 아이를 전인적으로 자랄 수 있도록 도와주는 긍정적인 방안을 찾지 못한 교육 프로그램은 부적절한 것이다.

모험

아이들은 언제나 새롭고 다른 것, 흥미롭고 도전적인 것을 갈구한다. 청소년 시절에 모험과 흥밋거리를 활발하게 제공해주지 않는다면 그로 인한 공백은 마약과 범죄, 텔레비전을 통한 대리 모험, 심신이 불안정한 상태에서 추구하는 성적 호기심으로 채워지게 될 것이다. 하지만 생각만 있다면 우리는 아이들의 일상생활에 모험을 마련해줄 수 있다. 그것은 지적 모험으로, 아이들이 탐험을 통해 배우고 싶어하는 주제로 안내해주면 된다. 아니면 창의성으로의 모험 같은 것으로서 새로운 재료를 이용하여 새로운 기술을 배우게 해줄 수도 있다. 신체적인 모험도 있을 수 있다. 산과 동굴, 아니면 보물이 감춰져 있을지도 모를 호수나 강의 바닥을 탐험하게 하는 것이다.

여행

여행은 대부분 보편적인 호소력을 갖고 있다. 어린 사람들에게 지리 탐험은 성장의 가장 핵심적인 열쇠 중 하나다. 아이들은 편지를 쓰든 장비를 만들든 언어를 배우든, 여행을 하는 데 필요한 것을 배우느라 열심이기 마련이다. 여행을 통한 공부

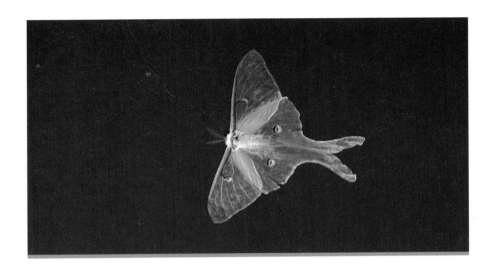

는 어느 정도 검증이 되었으며, 기울이는 노력에 비해 교육적인 성과가 엄청나다. 비용이 많이 들지 않느냐고 반문하는 사람이 있을 수도 있다. 하지만 비용은 집에 그냥 있는 것보다 덜 들 수도 있다. 규율은 어떠냐고? 그건 안내자의 태도와 그룹의 규모에 달려 있다. 여러분이 학생들과 함께 있고 싶고, 학생들도 여러분과 함께하고 싶어한다면 규율은 큰 문제가 되지 않는다. 아이 대여섯 명에 어른 하나 정도의 그룹이면 이상적이다. 이보다 더 큰 규모의 그룹은 매일 매시마다 무언가 결정을 내려야 하는 상황에서 약간의 혼란이 있을 수 있으며 역동성과 효율성도 떨어진다.

아름다움

아이들 주변의 시각적인 환경도 살필 필요가 있다. 지금 학교 건물은 대체로 거주자의 성장에 도움을 주기보다는 관리상의 편의를 위해 디자인된 건축물이자 인상적인 공공건물이다. 복도와 사물함이 전체 분위기를 좌우할 정도로 지배적인 이런 건물은 천장이 높고 주로 형광등이 켜져 있으며 건물 안팎의 표면이 모두 딱딱하

유르트, 세상의 일부와 만나다

1962년에 『내셔널지오그래픽』*National Geographic* 3월호에서 윌리엄 더글라스William O. Douglass가 쓴 몽고에 대한 기사를 읽고 나는 유르트 디자인의 매력에 완전히 사로잡히고 말았다. 이 기사에는 유르트를 세우고 지붕을 덮는 과정을 담은 사진들이 담겨 있었다. 나는 중앙아시아 유목민들 특유의 천재성에 깊은 감명을 받았다. 그들은 팽팽한 띠를 이용하여 지붕의 바깥을 지지하면서, 원뿔 모양의 텐트를 원형의 벽 위에 세워 널찍하고 경제적인 구조물을 만들어낸 것이다. 이는 지금껏 고안된 것들 중에서 가장 효율적인 표면 대비 용적을 갖춘 구조물 중 하나다. 이러한 공학이 주는 아름다움은 보면 바로 알 수 있다. 우선 기둥이나 상인방上引枋(lintel): 창이나 문을 만들기 위해 양쪽 기둥에 각각 구멍을 뚫고 가로질러 댄 보, 끝막이보윗막이보. 상부의 하중을 지지하기 위해 창이나 문 위에 대는 보, 들보 같은 것들이 적다. 쌍곡선을 그리는 포물면의 벽과 원뿔형 지붕이 만나는 처마 부분을, 밧줄로 팽팽하고도 역동성 있게 묶어놓았다. 한가운데는 빛과 통풍을 고려하여 하늘이 보이도록 해놓았다.

　나는 우리 기후에 맞는 유르트를 만들기 위해 먼저 본래 유르트의 복잡한 중앙 지붕 테두리를 없애는 대신 보강용 격자에 지붕 장대를 걸쳤다. 쇠밧줄은 강도 대비 비용이 아주 뛰어난 현대적인 자재다. 이로부터 쇠밧줄과 나무와 유리를 혼합하여 유르트를 만드는 40년간의 실험이 시작됐다. 이 기간 동안 약 300채의 현대식 유르트를 지었다. 작은 장난감용 집부터 지름이 60피트나 되는 3~4층의 구조물에 이르기까지 크기가 다양했다. 플로리다나 알래스카에서부터 멀리 터키나 뉴질랜드나 일본에 이르기까지 광범위한 장소와 기후 조건 아래서 유르트를 지었다. 이 유르트는 주로 집이나 학교 건물이나 작업장으로 사용하고 있다. 현대식 유르트는 또한 산악 대피소, 리조트의 손님맞이 오두막, 온실, 도서관, 사우나, 10대를 위한 휴식처 등으로도 쓰인다. 경우에 따라 중심에 유르트가 하나 있고 주변에 여러 용도의 위성 유르트가 몇 개 있는 경우도 있다. 이런 위성 유르트는 독립적인 구조물일 수도 있고, 복도나 지붕 달린 통로를 통해 중심 유르트와 연결돼 있을 수도 있다.

　고대로부터 내려온 원리를 응용하여 새로운 형태를 디자인하는 즐거움만큼, 사람들과 '사회 디자인'에 대한 의사소통을 하기 위한 도구로서 이런 디자인을 이용하는 즐거움 또한 매우 컸다. 1950년대 중반부터 내 주된 관심사는 더 나은 사회를 만드는 데 더 많은 사람들을 참여시키는 방법을 찾는 일이었다. 물론 강연과 저술 활동도 그 나름의 효과가 있을 것이다. 하지만 내가 보기에 우리가 처한 위기에 필요한 것은, 더 나은 삶의 방식을 디자인하는 일에 개별적으로 참여하는 것이 얼마나 중요한 일인지 사람들이 눈으로 확인할 수 있는 효과적인 수단을 찾는 것이었다. 자기 집을 손수 짓는 것은 우리의 삶에서 그토록 중대한 부분을 차지하고 있는 세상의 일부와 친밀감을 쌓는 데 중요한 역할을 할 수 있다.

R. Ellis

고 차갑고 매끈하기만 한 것들이어서, 그 안에서 지내는 아이들까지도 정서적으로 거칠어지게 된다. 방은 보통 엄청난 규모의 입방체다. 이런 비인간적인 건축은 학생들의 온전한 성장에 도움이 되지 못한다.

구석구석 숨을 곳이 많고, 복도를 없애버린 작은 규모의 학교를 상상해보라. 학생들은 작은 그룹 단위로 나뉘고, 조용한 바닥재를 써서 모두 신발을 신지 않는, 그런 학교를 상상해보라(학교 관리인 아저씨가 카펫을 쓰면 바닥이 지저분해진다고 불평하면 학생과 교사가 밥벌이 노동에 기여한다는 차원에서, 배움의 한 과정이라는 차원에서, 사용 공간을 깔끔하게 치워주면 된다). 필요한 건축술과 이러한 배움의 장을 이용할 사람들 사이의 친밀한 관계, 건물에 대한 보살핌과 책임감을 강하게 느끼는 태도 같은 것이 확보된다면, 학생과 지역사회 전반이 이상적인 배움의 장을 이룰 수 있다.

애정과 아름다움이 구석구석에―공간 내부의 사물에, 공간 자체에, 그곳을 드나드는 사람들 속에―배어 있는 배움의 장을 보게 된다면 참으로 흐뭇해질 것이다.

자연

되도록이면 아이들이 자연과 가깝게 지낼 수 있도록 해주어야 하며 그것도 배움의 장을 통해 하는 것이 좋다. 과수원과 채소밭과 들판이 가까이 있을수록 좋다.

그룹별로 바깥 자연 세계로 나아가 탐험을 하면서 온갖 날씨와 계절 속에서 어떻게 하면 안전하고 행복할 수 있는지를 배우는 것이 좋다. 자연이 적이 아니라 알고보면 도움이 되는 잠재적인 친구라는 사실을 배울 수 있는 기회가 주어져야 한다. 토네이도나 눈사태에 너무 가까이 가려고 하는 것은 물론 현명하지 못한 행동이다. 대신 적절한 안내와 장비가 있으면 누구나 폭풍우나 극심한 더위나 추위에 대처하는 법을 배울 수 있으며 이런 도전을 즐길 수도 있다.

달빛은 햇빛만큼 배움에 유익할 수 있다. 달빛 속에서 나무를 관찰하다보면 대낮에는 흔히 지나치기 쉬운 모양이나 디자인이나 세부 모습이 더 잘 보이게 된다.

이토록 정서 불안이 만연한 사회에서 자연과의 친밀하고 개인적인 접촉은 심적

동요가 클 때 든든한 닻 역할을 할 수 있다.

지역사회

대부분의 학교에서는 주변 지역사회를 배움의 원천으로 삼는 경우가 아주 드물다. 지역 주민들은 가르침과 기술 시범과 그룹별 대화 등의 방법을 통해 교육 프로그램을 아주 풍요롭게 만들어줄 수 있다. 누구나 다 잠재적으로 배움의 원천이 된다. 여행을 많이 해본 사람, 장인, 주부, 엔지니어, 배 만드는 사람, 원예가, 간호사 등이 다 그런 사람들이다. 어떠한 지역사회든 요청만 하면 선보일 수 있는 전문 지식을 가진 사람들이 풍부하다. 뿐만 아니라 지역사회에 뿌리를 둔 진정한 배움의 장에서는 여러 프로그램 활동을 통해서 온갖 재능이 발굴되어 새로운 인적자원의 잠재력을 키울 수 있다.

이건 내 개인의 특질 같은데, 계속 드러내기 위해 꿈틀거리고 있는 것이다. 교육적인 탐험을 위해 특정 분야에 집중하는 것은 이 활동이 어떻게 더 나은 세상을 만드는 일과 관련이 있느냐에 기준을 두어야 한다. 이토록 아슬아슬한 시대에 다른 분야에도 초점을 돌릴 여유가 없다. 우리의 에너지를 집중할 만한 한 가지를 찾는 것이 절실하다. 우리가 저마다, 우리를 목적지로 인도하는 데 도움을 주는 일에 시간을 쏟는다면 더 나은 세상을 만들 수 있을 것이다.

누구일까?
- 물론 사람이겠지. / 좋아. 그럼 뭘 하는 사람이지?
- 살고 있는 사람이지. / 좋아. 그런데 일을 해야만 하나? / 일종의 일거리가 있어야만 하지.
- 왜 그렇지? / 분명 유한 계층은 아닌 모양이니까.
- 나도 몰라. 대신 여가는 많아서 / 꽤 멋들어진 의자를 만들기도 한다지. / 그럼 좋아. 의자 만드는 사람이겠구나.
- 아니 그건 아냐! / 일종의 목수나 가구장이라고 하지.
- 그것도 전혀 아냐. / 하지만 네가 그랬잖아?
- 내가 뭐랬지? / 의자를 만드니까 / 가구장이나 목수라고.
- 의자를 만든다고 했지 / 목수라고는 하지 않았어. / 좋아 그럼. 아마추어란 얘기구나.
- 아마도. 개똥지빠귀를 보고 / 직업 플루트 주자니 아마추어니 하고 말할 수 있을까? / 나라면 그냥 새라고 하지.
- 그러면 난 그를 그냥 사람이라고 하지. / 좋아! 넌 언제나 말장난이었으니까.

D. H. 로렌스Lawrence

'문명'을 재정의할 필요가 있다

지금 시대에는 전에 이루어진 적이 없는 독창적인 일을 하도록 격려받기 힘든 것 같다. 독창적인 프로젝트란, 현재의 교육 풍토에 시도해본 적이 없는 다양한 씨앗을 뿌리는 것처럼 단순할 수도 있고, 학교 건물을 유르트 디자인으로 짓는 것처럼 복잡할 수도 있다. 진정으로 독창적인 시도라면 그 실험이 성공할지 확실히 보장할 수가 없다. 하지만 그건 문제가 되지 않는다. 중요한 것은 '모험 정신'이며 학생들이 유익한 지식을 발굴해낼 수도 있다는 '가능성'이다.

학생들은 독창적인 일을 함으로써 자신이 유익하며 자신감 있는 존재라는 느낌을 가질 수 있을 것이다. '독창성'은 빵에 들어가는 효모처럼 맛과 자극을 더해줄 수 있다. 학교에서 독창성을 복돋우는 일이 주된 임무는 아니지만, 우리의 교육 프로그램에 독창적인 일을 위한 공간을 마련하는 것은 중요하다. 또 창조적인 사고를 높이 사고 권장함으로써 창조의 샘물이 마르지 않도록 해야 한다.

독창적인 일을 프로그램 속에 집어넣는 것 자체는 어렵지 않다. 대신 가르치는 쪽의 경험이 부족해서 불확실하고 새로운 탓에 일이 더디게 진행될 위험은 있다.

독창적인 사고를 북돋워주는 프로그램은 유치원생부터 대학원생에 이르기까지 긍정적인 영향을 줄 수 있다. 그런데 안타깝게도 많은 박사과정 학생들이 아직도 진부한 학사과정을 통과하느라 애를 먹고 있다. 학창 시절 내내 흥미롭고 창조적이고 인간성에도 도움이 되는 일을 맡아볼 기회가 없다는 것은 개인적으로나 사회적으로나 얼마나 큰 손실인가.

학교에 대한 문제 제기는 흔히 '어떻게' 배우느냐의 문제보다는 '무엇'을 배우느냐에 초점이 맞추어져 왔다. 즉, 우리가 배우는 태도, 지적인 풍토나 분위기, 실제 배움의 공간, 우리의 안내자가 되는 사람들의 질 같은 문제들을 무시해온 것이다.

이러한 '어떻게'의 문제는 배움이라는 방정식에서 가장 핵심적인 인수로 드러날 수 있다. 배움을 유발하는 분위기를 창출할 수 있다면 배우는 즐거움을 맛볼 수 있는 무대를 만들 수 있다. 이런 기쁨을 맛본 적이 있는 사람은 장차 어느 방향이

든 필요한 지식을 흡수할 기회를 얻게 된다.

이는 학생들이 달가워하지도 않는 지식을 주입식으로 채워 넣는 보통의 방식과는 반대되는 것이다. 보통의 방식은 배움 전반에 대한 부정적 과민반응을 일으키곤 한다. 이 과민반응은 한번 얻고 나면 꽤 오래 지속되는 병이니 얼마나 낭비인가.

인간의 정신은 가장 값진 보물이며 가장 훌륭한 소유물이다. 그런 만큼 정신의 성장과 발달은 우리가 극지방이나 달을 찾아 나선 것만큼의 열정과 근면성으로 추구해볼 가치가 있다. 이런 점을 인식하는 일이 우리에게 가장 시급한 문제다. 당면한 사회적·생태적 위기에서 헤어나오기 위해서는 가능하면 많은 인간의 정신들이 충분한 기능을 발휘할 수 있도록 해야 한다.

NONVIOLENCE: A GENTLE REVOLUTION

05 비폭력, 정중한 혁명

그대에게 해롭다고 해서,

다른 이에게도 꼭 해로운 건 아니다.

그것이 법칙의 전부다.

나머지는 주석에 불과하다.

힐렐(기원전 100년)

'비폭력' 이란 말이 세상에 널리 알려지게 된 것은 아마도 마하트마 간디가 외세의 통치로부터 인도를 해방시키기 위한 투쟁에서 보여준 글과 행동을 통해서일 것이다. 간디에게 있어서 '비폭력' 이란 말은 정치적으로 흔히 쓰일 때의 뜻보다 훨씬 넓은 의미를 담고 있다. 그는 비폭력을 인간관계의 기본 요소로 보았던 것이다.

'폭력' violence이라는 단어에는 누군가 또는 무엇인가의 기운이나 공간이나 영역을 '침해' violation한다는 뜻이 담겨 있다. 우리는 폭력을 물리적인 공격으로만 생각하는 경향이 있지만 이는 폭력의 속성 중 일부분일 뿐이다. 모든 침해의 뿌리에는 '불경' 不敬이라는 죄악이 있고 모든 악이 여기에서 비롯된다. 우리가 어떤 존재의 영靈이나 본성을 고려하지 않고 행동한다면 결국 그것을 침해하게 되는 것이다. 우리가 모든 존재의 본성이나 영에 주의를 기울이는 만큼 폭력도 사라지기 마련이다. 나는 만물의 영을 더욱 공경하고 싶다.

우리의 가장 중요한 임무는 알고 이해하기 위해 애쓰는 일이다. 그러기 위해서는 그만한 지식이 있어야 한다. 기본적으로 긍정적인 의도가 필요하긴 하지만 적절한 지식이 뒤따르지 않는다면 무지라는 암초에 걸려버리고 말 것이다.

가장 추하고 가증스러우며 폭력적인 '편견' 이란 것이 이 세상 불행의 원인이 되는 경우가 많다. 편견이란 행하는 자와 당하는 자 모두를 해치는 독이다. 남을 희생한 대가로 무언가를 취하는 삶의 방식을 버리고, 그 반대의 삶을 찾아나서는 일이 시급하다. 다른 사람을 착취하지 않으며 해를 끼치지 않는 삶의 방식을 찾아야만 한다. 내 자신이 너무 작고 두렵다는 느낌 때문에 자존심을 끌어올리기 위해 남을 깎아내려야만 하는 불안에서 벗어나 긍정적인 방식을 발견해야 한다.

스스로 행복과 정서적 안정을 느낄 때면 다른 사람을 깎아내릴 필요가 없어진다. 정서적으로 안정되어 있으며 지식까지 갖추게 되면 편견을 타파할 수 있다. 사람들이 밝고 건강해지면 편견이 설 자리가 없어지는 것이다.

자신에게 적대감을 갖고 있는 사람이 어떤 입장에서 말하고 있는지 배려하는 마음으로 주의 깊게 듣는다면 둘 사이의 관계에 변화가 생길 수 있으며, 때로는 배움의 기회를 얻기도 한다. 내가 배려한다는 사실을, 상대의 괴로움이 나의 괴로움이라고 내가 믿는다는 사실을, 우리가 하나이며 별개의 존재가 아니라는 사실을, 나 또한 상대의 견해를 구하고 있으며 그것이 나에게 필요하다는 사실을 상대방이 느낀다면 보다 비옥한 의사소통의 토양이 조성될 것이다.

지식과 자유

자유와 지식은 풀기 어려울 정도로 서로 얽혀 있다. 흔히 자유는 이웃의 눈에 띄는 지점에서 끝난다는 이야기를 한다. 무제한적인 자유는 상상 속에서만 존재할 뿐이므로, 우리에게는 경계를 알기 위해 지식―즉, 내 이웃의 코가 어디서 시작되는지 아는 것―이 필요하다. 내가 정원을 가꾸는 대신 제지 공장을 경영한다면 그만큼 이웃과의 거리는 훨씬 더 멀어질 것이다.

이웃과의 관계를 통해 우리는 특정한 경우에는 자유가 제한되어 있음을―예를 들어 한밤중에는 마음대로 종을 울릴 수 없다―알게 되지만, 그밖의 경우에는 상당히 확장된다는 것을 알 수 있다(책을 읽는 자유는 책을 쓴 사람에 의해 더 커진다).

책임 없는 자유는 방종이다. 우리 사회는 자유의 개념에 대해 아주 심하게 혼동하고 있다. 그런 만큼 자유와 방종의 차이점을 분명히 아는 것이 대단히 중요하다. 내 땅이므로 내 마음대로 할 수 있다고 생각하는 사람들이 있다. 그들은 자신들이 한 행위가 다른 장소나 시간에 있는 누군가를 해칠 수도 있다는 자각을 하지 못한다. 산지를 개척한답시고 나무를 다 잘라버리면 아랫마을에 사는 이웃이 홍수 피해를 입을 수도 있으며 내 땅까지 쓸려나가는 바람에 다음 세대의 타고난 권리를 침해하게 될 수도 있다. 양육하고 보살피는 데는 자유로워야 하지만 파괴하는 데 절대로 자유로워서는 안된다. 진정한 자유는 남에게 해를 끼치지 않는 것이다.

간디는 이렇게 말했다. "비폭력적으로 살기 위해서는 가장 비천하고 가장 열등

비웃음을 두려워하다보면 최악의 비겁한 짓을 저지르게 된다. 얼마나 많은 포부에 찬 젊은이들이 '유토피아'라는 단 한 단어에, 지각 있는 사람들의 눈에 공상가로 비춰질지 모른다는 두려움 때문에, 거품이 터지듯 포부를 잃어버리고 말았는가?

앙드레 지드André Gide

알고도 행하지 않는 것은 모르는 것이나 마찬가지다.　왕양명王陽明

한 사람들이 가질 수 없는 것은 절대 가지려고 해서는 안된다." 그는 우리 가운데 재산과 지식과 자유를 가진 사람들이 자발적으로 가장 가난한 사람들처럼 소박한 삶을 살고자 한다면, 천대받는 하층민이 사라질 것이며 사회 전체가 향상될 것이라고 믿었다. 간디는 엉망으로 뒤엉켜 있는 사회 문제의 핵심을 명쾌하게 꿰뚫어 볼 줄 아는 천재성을 지니고 있었던 것이다.

과거에는 편견과 증오와 국가주의와 전쟁을 위해 기울인 노력을 '교육'과 '비폭력'에 기울이도록 하는 운동이 필요하다.

최초의 작은 발걸음

오랜 세월 동안 비폭력의 삶을 살고자 한 사람들은 분노와 조롱의 대상이 되어왔다. 많은 사람들이 '유토피아주의자'나 '순수주의자' 혹은 '완벽주의자'나 '이상주의자'라는 딱지가 붙는 비웃음의 대상이 되는 것이 두려워서 더 큰 포부를 품지 못하곤 했다.

진정으로 필요한 것은 비폭력을 추구하는 사람들이 좌절하지 않도록 따뜻한 위로 한마디를 해주거나 다정하게 어깨에 손을 한번 얹어주는 일이다. 온전한 삶이란 것이 영원히 손에 닿지 않는다 하더라도 붙잡으려고 하는 시도 자체가 중요한 것이다.

우리의 유일한 목표가 완벽한 것인들 어떠한가? 완벽한 목표는 이루기 힘들다며 미리 포기하고 목표의 수준을 낮추는 것은 말이 되지 않는다. 내 경우에 완벽한 목표는 교육이 아니라 양육하는 태도를 발전시킴으로써 이룰 수 있는 것이다. 흙이나 물이나 햇빛이 꽃을 대하듯, 남에게 아무 요구도 하지 않고 아무 대가도 바라지 않으면서 유기체의 본질인 아름다움을 구현해낸다는 확신을 갖고서, 사랑스러

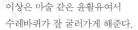

이상은 마술 같은 윤활유여서
수레바퀴가 잘 굴러가게 해준다.

에밀리 디킨슨

움이 꽃필 수 있도록 스스로 도움이 되면 그만이라는 자세를 말한다.

우리가 추구하는 사회가 단순한 '꿈' 이상의 것이 되게 하기 위해서 우리는 유토피아적인 사고를 허무는 편견에 맞서 남을 해치지 않으면서 정직하고도 비폭력적으로 살고자 노력해야 한다. 전체 사회의 변화는 각 개인의 내면의 변화로부터 시작된다. 부처는 어둠에서 빛으로 이르는 길이 멀지만 그 길을 따라 떠나는 최초의 작은 발걸음이 지극히 중요하다고 말했다. 행복한 사회를 위해 최선을 다하고자 한다면 저마다 그런 최초의 작은 발걸음을 내딛어야 한다.

숨어 있는 폭력

우리 주변의 폭력과 착취를 뿌리 뽑기 위해서, 우리는 언어와 일상생활에서 폭력을 조장하는 상징들을 찾아내어 그것에 대한 대안을 마련하도록 해야 한다.

예컨대 한 문화의 예술품들이 그 문화의 본질을 반영한다고 믿는다면, 전체주의적·가부장적·전제적·민주적인 사회들이 만들어낸 미술·음악·건축 등을 서로 비교해가며 살펴볼 필요가 있다.

사치는 각별히 유혹적인 것이다. 마약과 마찬가지로 습관적이며 사회적으로 위험한 것으로, 어떠한 영향을 끼치는지에 대한 충분한 인식이나 의심을 받지 않는 경우가 많다. 칼 마르크스Karl Marx는 종교를 민중의 아편이라고 했다. 그런데 우리는 아편이 민중의 종교가 된 세상에 살고 있다. 텔레비전이나 국가주의나 기술이나 소비주의가 모두 그런 아편이다.

우리는 호화로운 범선을 보고 감탄하면서 과연 그 배를 지배했던 전제적인 존재에 대해서는 인식하고 있는가? 정서적으로 안정되고 민주적인 사회였다면, 중세에 대성당 같은 것이 만들어졌을까? 그런 대건축물을 만들어내기 위해서 지옥에 대한 두려움이 필요했을까? 온갖 폭력을 휘두르는 '문명'이 이런저런 예술적 표현

J. Allen

의 근원이 되었다면, 우리 문명의 문화적 배경에도 폭력이라는 질병이 숨어 있어서 치료가 필요한지 살펴보아야 한다.

미술, 음악, 정부, 일, 건축, 디자인, 육아 등에 폭력적인 요소와 평화로운 요소가 상존하는 만큼 폭력적인 것보다는 평화로운 것들을 강화시킴으로써 문명의 성공을 가늠해야 하지 않을까? 진정으로 민주적인 사회의 건축은 어떤 모습이어야 할까. 음악, 그리고 그림은……

우리가 가르치는 것은 지금 우리의 모습이다

조지 폭스George Fox의 시대에는 일반 사람들이 대개 성직자의 성경 해석에 의존했다. 폭스는 이웃과 교구민들에게 혁명적인 질문을 던졌다. "그대는 대체 무엇을 생각하십니까?"

자신의 생각이 타당하며 고려할 만한 가치가 있는지 성찰할 것을 요구하는 놀랍고도 곤란한 질문이었다. 우리의 생각이 우리의 행동에 큰 영향을 끼치며, 다시 행동이 생각에 영향을 끼치기 때문에 "그대는 대체 무엇을 하십니까?"라는 질문 또한 마찬가지로 중요하다. 우리의 행위가 아름다울 수 있는가? 셰이커 교도인 마가렛 멜처Margaret Melcher는 이렇게 쓴 바 있다. "삶이 올바를 때에는 굳이 아름다움을 찾을 필요가 없다."

현대의 어법으로 말하자면 "우리가 가르치는 것은 우리의 모습이다." 삶의 예술은 모든 예술 가운데 가장 중요한 것이다. 다른 모든 것은 여기에서 비롯된다. 아름다운 삶의 비전이 없다면 나머지 예술은 다 불완전한 것이다.

아름다운 사물과 아름다운 삶 중 어느 것이 더 중요한가? 예컨대 아름다움에 대해 폭력적인 개념을 갖고 있으면서도 비폭력적인 삶을 살고자 하는 것처럼, 두 전망이 화해할 수 없는 것은 아닌지 면밀히 살펴볼 필요가 있다.

어느 유명한 대학의 멋진 정원이 생각난다. 햇볕을 가려주는 벽, 분수가 있는 움푹한 안마당, 이른 봄부터 늦가을까지 활짝 피어 있는 꽃들, 오래된 나무가 있는 아주 오붓한 곳이었다. 나는 이 정원에 나를 위한 작고 둥근 형태의 서재를 지을 기회를 얻게 되었다. 시간이 흐르자 나는 몇몇 정원사들이 이 정원을 관리하고 있다는 사실을 알게 되었다. 그들은 이용자가 아닌 단순한 일꾼의 입장에서 일하고 있었다. 그러자 나는 이 정원에 대한 호감이 많이 사라지고 말았다. 서로 힘을 모아 이 정원을 만든 다음 이용자들이 직접 돌보았다면 더 보기 좋았을 것이다.

더 나은 세상을 만들기 위해 노력하는 가운데 우리는 사회를 거스르는 주요한 문제점들을 비켜가는 부수적인 주제에 에너지를 빼앗기지 않도록 경계해야 한다. 적을 만들어 싸우는 것은 너무나 유혹적이고, 훨씬 더 쉬운 일이다. 다른 사람이 아니라 문제 자체와 싸우는 방법을 찾을 필요가 있다. 누군가와 싸우다보면 미움과 화에 휘말려-서로 편견을 주고받으며-다른 문제를 일으키기 십상이다. 이는 총이나 몽둥이가 그러하듯 해치고 죽이는 독약의 역할을 한다. 그러면서 흔히 더 깊고 풀기 어려운 문제를 만들어버린다.

일부 계층에서 추구하는 개별화되고 분리된 평등권은 얻고 나면 별 가치가 없는 것일 수도 있다. 평범한 것에 대해 평등권을 갖는 것이 무슨 가치가 있겠는가?

우리는 힘을 합쳐야 한다. 비폭력적인 사회를 만들기 위해서는 곳곳에 있는 양심 세력들의 에너지를 다 모을 필요가 있다. 이렇게 힘을 합치는 노력이 없다면 어떠한 사회적 결실도 얻기 어려울 것이다. 평등에 대한 더욱 상위 개념이 필요하다. 성별이나 나이나 종교나 피부색이나 국적 같은 것을 따지기보다는 지방색이나 당파성을 뛰어넘어 같은 마음과 이상을 가진 사람들과 연대해서 힘을 합쳐 온전하게 새로운 사회를 디자인하려는 모색을 해보자.

편견이라는 독약

보통 편견은 깊게 자리를 잡고는 좀처럼 변하지 않으려고 극렬한 저항을 한다. 치료법이 있다면 편견의 속성을 알아차리는 것, 변화의 욕구를 불러일으키는 것, 세상을 더 맑은 눈으로 볼 수 있도록 지식과 정서적 안정을 키우는 것이라 할 수 있다. 다른 민족이나 문화나 종교에 대한 편견은 개별적인 행위로 볼 때에는 별 문제가 되지 않는 것 같지만, 집단적으로 확장되면 우리 모두를 삼켜버리는 사악한 물결이 된다. 그리하여 더 지독한 세력을 키워가며 전쟁으로 치닫게 할 수도 있다.

비폭력의 본질은 태도에 있다. 이러한 태도의 중요성을 잘 이해한다면 더 나은 세상을 만들어갈 수 있을 것이다. 우리는 사람들의 필요와 사회 문제에 민감한 사람들, 그리고 지적으로 분석하고 실현 가능한 해법에 도달할 능력을 갖춘 사람들을 절실히 필요로 하고 있다. 우리 주변의 세계에 대한 기본적인 디자인―참 본질―을 알게 되는 것보다 더 나은 훈련이 어디 있겠는가?

더 단순하게 사는 방법을 찾을 때마다 자연스럽게 우리는 두 가지 점에서 남들을 돕게 된다. 하나는 우리 자신의 삶을 위해 세상의 자원을 덜 소비한다는 점, 다른 하나는 이웃의 풍족한 삶을 모방하기 위해 안간힘을 쓰는 사람들에게 올바른 역할 모델을 보여준다는 점이다. 풍족에 대한 갈망이 클수록 가난한 사람들은 더욱 비참해질 것이며, 가진 자와 못 가진 자 사이의 틈은 더 벌어질 것이다. 이렇게

내 영혼이-나를 비난했네-그러면 나는 움찔했네-
다이아몬드 혀들이 욕설을 퍼붓는 것 같았네
다른 모든 사람들이 나를 비난했네-그러면 나는 미소를 지었네-
내 영혼은-그날 아침-내 친구였네-

내 영혼의 선물은-최고의 경멸
시간의-아니면 사람들의-기교에 대한 경멸이라네-
그러나 내 영혼의 경멸은-차라리
법랑 입힌 불꽃의 손가락에 데는 것이 낫다네-

에밀리 디킨슨

되면 폭력은 불가피해질 것이다.

아이들에게 폭력을 가르치는 것

대중매체는 역사와 장난감과 군사 훈련을 통해 아이들에게 무자비함을 가르친다. 우리는 아이들이 가장 발달하는 시기에 꾸준히 그리고 무분별하게 폭력이라는 식단을 제공한다. 그러면서 정중하고 민감하면서도 정다운 어른이 되기를 기대한다. 한마디로 불가능하면서 모순되는 일이다.

어린아이들이 일상적으로 접할 수 있는 폭력의 정도에 비하면 전쟁이나 도시 소요의 폭력은 경미한 편이다. 우리는 아이들의 창의성과 자발성과 자신감을 파괴하고 있다. 또한 호기심과 민감성과 경이감을 억누르고 있다. 사랑을 죽이고 있는 것이다.

이렇게 아이들의 잠재력을 일상적으로 억압하고 왜곡하며 불구로 만들다보면 불안정하고 두렵고 불행하고 미움 가득한 사회가 될 뿐이다. 편견과 범죄와 전쟁이 가능할 뿐만 아니라 그저 예사로운 것이 되는 사회 말이다.

더 나은 사회를 디자인하기 위해 의식적으로 노력하고 창의성이 꽃피도록 격려하다보면 다면적인 효과가 나오기 마련이다. "창의성의 증대는 공격성을 승화시킨다"는 말이 사실이어서 사람들이 창의성을 발휘할 수 있도록 도와주다보면 공격성을 드러낼 필요가 줄어들기 때문이다.

많은 사람들이 자기 걱정거리에 대해 토로할 수 있는 자리를 마련해줄 필요가 있다. 학교의 학급당 학생 수가 적을수록 이 일이 더 원활해지는 것처럼 사회와 정치의 단위도 축소될 필요가 있다.

경계심, 자유의 대가

웬델 필립스Wendell Phillips가 "끊임없이 경계심을 갖게 되는 것은 자유의 대가다"

서민적인 건축

집이 정직하거나 부정직하다고 말하면 이상하게 들릴지도 모른다. 집은 중립적이고 물질적인 대상이 아닌가? 하지만 우리가 돌보기 힘들 정도로 집이 크다면, 그 집은 폭력적이고 착취적인 건축물이라고 볼 수 있다.

집을 더 크고 복잡하게 지을수록 그 집은 시간을 낭비하는 사치가 된다. 더 필요하고 가치 있는 일에 쏟아야 할 노력과 에너지를 빼앗기게 되는 것이나 다름없기 때문이다.

모든 일이 그러하듯 집 문제도 균형을 갖추기 위해서는 판단력이 필요하다. 어떤 사람은 머리를 손질하는 데 비정상적으로 많은 시간을 들이고, 어떤 사람은 차에 시간을 쏟고, 어떤 사람은 테니스에 푹 빠져 있고, 어떤 사람은 집을 가꾸는 데 너무 많은 시간을 보내기도 한다.

모든 사람들이 기본적인 필수품을 갖출 정도로 전 세계적으로 적절한 균형이 이루어질 때까지 우리는 부차적인 것에 시간과 에너지를 낭비하지 않도록 할 의무가 있다. 사람들이 직접 지을 수 있는 서민적인 건축을 만들기 위해 '유르트'를 현대식으로 디자인해보았다. '서민적인 건축'은 집의 구조가 단순해야 하며 짓는 데 시간이 상대적으로 적게 들어야 한다. 또 미적으로 만족스러우면서도 값이 싸고 청소와 관리가 쉬워야 한다.

모든 사람의 필요를 충족시키는 하나의 건축물은 없을 것이다. 다양한 기후와 직업과 미적 취향을 모두 만족시키는 보편적인 원리는 불가능하다. 대신 다양한 재료를 써서 여러 디자인을 실험해보는 것은 가능하다. 물질적인 이득을 취하기 위해서가 아니라 비폭력적인 건축이 가능하도록 디자인할 필요가 있는 것이다.

라고 했을 때 그는 정치보다는 언어에 대해 더 깊이 생각하고 있었는지도 모른다. 우리는 조작을 일삼는 사람들을 그대로 내버려 두는 부주의한 방관자가 되지 않기 위해 우리가 쓰는 언어에 대해 경계심을 가져야만 한다.

더 나은 사회를 디자인하려고 애쓰는 이 시점에, 권위에 대한 긍정적인 측면과 부정적인 측면에 민감해지는 것은 지극히 중요하다. 우리가 쓰고 있는 말들 중 상당 부분은 끊임없이 변하고 있다. 때로는 무의식적인 사회 변화에 의해, 때로는 의식적인 조작에 의해 변한다. 그러므로 우리는 경계심을 늦추지 말고 결정적인 단어들의 경우 꼼꼼히 분석해볼 필요가 있다.

'문명'과 '원시'라는 두 단어는 재고되어야 할 것이다. 문화와 관련하여 '원시' primitive라는 단어는 흔히 뒤떨어지고 미개발되고 비문명화되었다는 뜻인 반면에 '문명'이란 단어는 그 반대를 뜻한다. 즉, 문명은 더 뛰어난 생활방식으로서 한층 진보된 개념이라는 것이다.

우리는 보통 '원시'라는 표현을 비문명화된 것을 언급할 때나 폭력적이거나 잔인한 사람을 가리킬 때 쓴다. 하지만 이른바 일부 원시 문화라고 일컫는 대상들은-예컨대 라플란드나 에스키모나 타라우마라 인디언-대부분 폭력과는 거리가 멀다. 반면에 소위 문명이 발달했다고 하는 나라에서 절멸적인 전쟁을 일으키는 경우는 너무나도 흔하다. 옛 로마나 독일이나 미국 같은 제국을 생각해보라.

우리는 그 어느 때보다도 무기 개발에 많은 돈을 쓰면서도 스스로를 문명화되었다고 한다. 일종의 자기기만인 이 위선은 지극히 위험한 것이다. '위선'은 개인적으로나 사회적으로 성숙에 이르는 첫 단계인, 우리 스스로를 진정으로 파악하는 것을 방해한다. 그런 점에서 끊임없이 경계심을 갖는 것은 우리의 지속적인 성장과 성숙을 위한 대가이기도 하다.

특별한 영역을 두지 않는다는 것이 내 원칙이다. 대신 지금 같은 세상에서 위험에 빠진, 가치 있는 모든 것들에는 특별히 관심을 두고 있다. 나로서는 그런 것들이 험한 밤을 넘기며 계속 제대로 자라거나 열매를 맺어서 다시 꽃을 피울 수 있다면 내 과업은 전적으로 실패한 것은 아니라고 생각한다. 나 역시 관리인 아닌가. 그대는 몰랐는가?

J. R. R. 톨킨Tolkien

'시간 죽이기'는 우리의 잠재력을 일부 죽이는 것이다. 우리가 축적하고 낳을 수 있는 지혜의 양—이를테면 우리가 80세가 될 때까지 세상과 나누기 위해 긁어모을 수 있는 양—은 바로 우리가 죽인 시간의 양만큼 줄어든다.

언어에 대한 존경심

인류의 모든 아름다운 발명품 중에서 '언어'는 아마 우리 고대의 조상들이 가졌던 천재성 중에서 가장 뛰어나고 견고한 상징일 것이다. 우리는 이 유산을 나이 많은 친구를 대하듯 정중하고 상냥하게, 사랑과 애정을 가지고 존경과 감탄으로 대해야 한다.

요즘 우리는 위태로울 정도로 언어를 소홀히 대하고 몹시 오용誤用하는 시대에 살고 있다. 언어는 단순한 노리개가 아니라 우리의 존재와 행복의 중심이 되는, 우리 삶의 으뜸가는 요소다. 우리가 언어를 소홀히 대하고 불경스럽고 인색하게 대하는 만큼 언어가 이를 되받아 우리를 해칠 위험이 있다.

우리에게 언어란 것이 물고기에게 물과 같은 대상이라고 상상해보라. 항상 주변에 있지만 거의 눈에 띄지 않아 대개 주의를 기울이지 않지만, 섬세하고 쉽게 오염되는 것이어서 보살피지 않으면 손상되는 중요한 것이라고 생각해보라. 언어는 공기나 물처럼 우리 삶에서 필수불가결한 것일 수 있다. 만일 그렇다면 그것을 오염시킨다는 것은 스스로를 위태롭게 하는 일이다. 그래서 나는 이를테면 현재 쓰이고 있는 음담패설—삶의 품격을 떨어뜨리는 말들—때문에 마음이 불편해진다. 성性이나 배설과 관련된 표현이 분노나 조롱을 나타내는 감탄사로 쓰인다는 것이 괴롭다. 행동이나 말이나 태도에서 기본적인 생명 기능을 오용하는 정도에 따라 우리는 스스로 샘물을 더럽히는 것이다.

언어를 오용한다는 것은 언어를 침해하는 일이다. 몸이나 성을 업신여기는 말을 하면 그것들이 가지고 있는 놀라움과 아름다움을 깎아내리게 된다. 이 땅의 최고위직에 있다는 사람이 누군가를 헐뜯으며 '애스홀' asshole: 직역하면 '똥구멍'이라는

재치 없는 뜨개질의 모험

순록이 통나무집으로 다가갔다. 우리는 눈을 박차고 달려 들어갔다. 내 운전사는 창가에 앉아 있는 나이 든 여인에게 몇 마디를 건넸다. 그러더니 나에게 내가 찾던 장인이 곧 돌아올 것이니 기다려야 한다고 말했다. 이 여인은 집 안에 들어온 이 낯선 사람이 영 불편했던지 나를 무시하며 창밖만 바라보았다. 나 역시 그녀를 못 본 체하는 것이 그녀를 가장 편하게 해주는 일 같았다.

그래서 나는 방 반대편 벽에 붙어 있는 벤치에 앉아 내 '뜨개질' 감을 꺼냈다. 복잡한 '감침질'을 전수받은 사람의 경우 벙어리장갑이나 모자나 슬리퍼 등을 만들 수가 있다. 노르웨이 사람들은 뜨개질을 '날빈딩'이라 부르고 스웨덴 사람들은 '소마'라 부른다. 나는 '재치 없는 뜨개질' Witless Knitting이라고 부르기를 좋아한다.

나이 많은 라플란드 여인이 아는 것이 있다면 그것은 일종의 섬유 예술이다. 뜨개실로 하는 것이라면 더더군다나 잘 안다. 여기에 나와 있는 것은 그녀의 작품이다.

우리의 사교적 난국을 해결해줄 첫번째 치료책은 '웬 남자'가 뜨개실을 다루는 모습을 그녀가 보게 만드는 것이었다. "거 참 신기하네"라고 그녀가 생각하는 것이 들릴 정도였다. 다음으로 이것은 그녀가 처음 보는 새로운 기법이었다. 그녀는 내 손놀림만 보고도 새로운 뜨개질법이라는 사실을 금방 알아차렸다. 나는 모른 척 눈을 내리깔고 계속해서 벙어리장갑을 만들고 있었다.

세계 곳곳의 먼 지역으로 떠나다보면 반드시 비행기나 기차, 배, 개 썰매, 순록 '풀카'를 기다리게 될 때가 있는데, 이럴 때는 필기도구나 수공예 작업거리에 약간의 먹을거리와 침낭만 있으면 인생이 훨씬 더 느긋해진다는 것을 내 오랜 경험을 통해 잘 알고 있었다.

뜨개질 작업은 이 순진한 노부인의 호기심을 억누르기에는 너무 중요한 일이었다. 그녀는 내 어깨너머로 20분씩이나 지켜보고 있었다. 나는 개의치 않고 계속해서 작업에 열중했다. 그러다 고개를 들고는 미소를 지었다. 그녀도 따라 웃었다. 나는 그녀가 잘 볼 수 있도록 바느질 속도를 늦추었다. 그런 다음 그녀에게 해보라며 벙어리장갑을 건네주었다.

그녀는 이리저리 민첩하게 매만져보더니 금세 새 기법을 익혔다. 몇 시간이 지나 그녀의 아들이 돌아올 무렵, 우리는 마음이 꼭 맞는 친구가 되어 있었다. 단 한마디 말도 주고받지 않았는데도 말이다.

스웨덴의 라플란드족이 만든 뜨개질 작품.

뜻인데, 미국에서는 아주 심한 욕이다. 현 대통령인 조지 부시가 대선 캠페인 기간 중 어느 기자를 두고 이 욕을 하는 소리가 방송 마이크에 잡혀 망신을 당한 적이 있다.—옮긴이이라는 욕을 했는데, 우리가 그런 말을 사용하는 대통령에게 고개를 조아릴 수 있겠는가? 누군가를 깎아내리기 위해 신체의 일부를 지칭하는 말을 쓴다는 것은 자신의 미성숙을 드러내는 것이며 신체의 아름다움에 대한 민감성이 부족함을 보여주는 것이다. 신체의 어느 부분 하나 추한 것이 없다. 삶을 오용하는 것이야말로 정말 추한 행동이다. 모든 형태의 생명에 대한 존경만큼 언어에 대한 존경이 필요하다.

　인간의 품위를 떨어뜨리는 것도 모자라서 우리는 흔히 다른 생명까지도 깎아내린다. 우리는 남을 비하하는 뜻으로 '짐승'이나 '돼지'나 '쥐'나 '개'나 '암캐'라는 단어를 사용한다. 다른 생물을 깎아내려 우월감을 맛볼 만큼 우리는 불행하고 병들고 불안정한 존재인가? 이런 동물을 비롯하여 모든 생명에게 우리가 싫어하는 속성을 마구 갖다 붙일 정도로 홀대하는 것은 그들의 영혼을 침해하는 행위다.

　나는 우리가 다른 무언가의 영혼을 침해할 때마다 우리 자신의 영혼도 침해하는 것이라고 믿는다.

아름다움과 영혼에 대한 배려

'나'라고 하는 개인은 친구들로부터 받는 지지와 격려와 생각을 포함한 여러 원천에서 나온 것들이 모여 이루어진다. 이렇게 받은 것은 지금의 우리를 이루는 핵심적인 부분이 된다. 힘들 때마다 꺾이지 않도록 용기를 심어주는 친구의 격려가 삶을 변화시켰던 소중한 경험을 기억하지 못할 사람이 있을까? 그 순간 그 친구는 이미 여러분의 일부가 된 것이다.

　더 큰 의미에서 남의 생각—여러분이 읽고 듣고 본 것—을 통해 새로운 이해를

죽은 것들이 사랑을 한다면, 땅과 물이 친구와 적을 구별한다면, 나는 그것들의 사랑을 받고 싶다. 초록의 대지가 내 발걸음을 무거운 짐으로 느끼지 않도록 하고 싶다. 땅이 나 때문에 파헤쳐지는 고통을 당한 데 대해 용서해주고, 내 죽은 몸을 받아들이기 위해 기꺼이 열어주었으면 좋겠다. 내가 젓는 노 때문에 반짝이는 거울 같은 수면이 부서지는 물결이 나를 참아주면 좋겠다. 단아한 실크 드레스에도 아랑곳하지 않고 무릎 위로 마구 기어오르는 아이를 안아주는 엄마의 인내심을 갖고서 말이다.

셀마 라거로프Selma Lagerloff

얻게 되는 경험을 기억해보라. 많은 사람들은 이것이 자기가 생각해낸 아이디어라고 주장하려 한다. 그런데 과연 그게 전적으로 자기만의 것인가? 우리는 나무에 돋아난 꽃눈이 아닌가? 뿌리와 껍질과 수액과 잎을 통과한 모든 노력이 한순간 피워낸 꽃눈이 아닌가?

이 비유는 우리가 생각하고 자라고 움직이는 데 필요한 물과 공기와 햇빛과 영양분에 대한 귀속성과 의존성에도 적용될 수 있다. 이런 의미에서 우리의 친숙한 일부분인 사회적 몸을 넘어서는 또다른 몸이 있다. 그것은 우리 주변의 세계와 우주이다. 누군가가 언덕에서 쟁기질을 하다가 표토表土를 유실해버렸다면, 나의 일부 또한 상처가 나고 손상을 입는 것이다.

다른 생물을 그토록 염려하면서 나는 왜 채식주의자가 되지 않았는가? 어쨌든 나는 식물만 먹고 동물을 먹기 거부함으로써 식물의 생명보다 동물의 생명을 더

늙은 프레데릭은 "무덤마다 나무를 심어서 죽음의 독기를 빼고, 무덤이 산 사람을 압도하는 일이 없도록 하여 죽음을 두려워하기보다 기꺼이 맞이할 수 있게 되었으면 좋겠다"는 생각을 했다. 그밖에도 그는 삶이라는 은혜를 땅에게 돌려주는 것이 지당하다고 느꼈다. "그래서 사는 동안 안락함과 혜택을 받은 사람들이 저마다 죽어서는 더 이상 쓸모가 없어진 몸을 바친다면 땅이 더 비옥해지고 아름다워지는 데 도움이 될 것이다."

준 스프리그June Sprigg

멕시코 소녀와 우아라치 한 켤레

1950년대 중반의 어느 날 오후, 나는 멕시코 할리스코의 한 작은 마을 장터에서 '우아라치'를 찾아 헤매고 있었다. 우아라치는 딱히 구두도 샌들도 아닌, 천으로 짠 놀라운 신이다.

장터 뒤쪽에 있는 구멍가게에서 근사한 것들을 찾아냈을 때는 낮잠 자는 시에스타 시간이 다가 오고 있을 때였다.

가게를 보는 사람은 눈이 반짝반짝하고 명랑해 보이는 10살짜리 여자 아이였다. 이 유쾌한 아이 에게 너무 반한 나머지 나는 그녀가 달라는 대로 기꺼이 값을 쳐줄 생각이었다. 대신 장난삼아 흔 히들 하는 대로 먼저 흥정을 하기 시작했다.

"이 우아라치 얼마지요?"

"25페소에요."

"20페소에 주세요."

"18페소요."

나는 속으로 키들키들 웃기 시작했다.

"17페소."

"16페소."

"15페소."

"14페소."

이쯤 되자 나는 더 이상 참을 수가 없어 폭소를 터뜨리고 말았다. 여자 아이는 수줍은 듯 손으 로 입을 가리며 물건을 다 놔두고 뒤쪽으로 달려갔다. 그녀로서는 처음으로 파는 입장에 서본 것 이다.

잠시 뒤 아이의 엄마가 나타나 이 재미나는 상황을 한껏 즐겼다. 나는 근사한 우아라치 한 켤레 를 구하는 것 이상의 행복감을 느끼며 그녀가 요구한 값을 지불했다.

가치 있는 것처럼 보는 인간 중심의 입장을 지지할 수는 없었다. 그런 입장에 서다 보면 동물 중에서 인간을 최상위에 올려놓기가 쉬운데, 이는 위험한 발상이다. 우리는 우리 이외의 동물이나 식물이나 돌이나 물과 다르다. 그들보다 더 나은 것이 아니라 그들과 다를 뿐이다. 그것도 놀랍도록 다른 것이다.

식물이든 동물이든, 산 것이든 죽은 것이든, 무언가를 파괴하는 것은 고통스러운 일이다. 하지만 생명은 그런 파괴를 요구한다. 우리는—식물과 동물은—모두 서로 의존하고 있다. 우리는 빼앗기도 하고 돌려주기도 한다. 우리가 할 수 있는 최소한의 일은 방자하게 파괴하지 않는 것, 가능하면 적게 쓰는 것, 만물에 대한 존경심을 기르는 것이다. 그리하여 우리의 썩은 몸이 기꺼이 자연으로 되돌아가 순환될 수 있도록 하는 것이다.

인간중심주의는 그릇된 입장을 강화한다. 우리는 불안한 나머지 인간을 높은 자리로 끌어올림으로써 우리의 자아를 완고한 것으로 만들어버리고 말았다. 스스로를 진화의 계단 맨 꼭대기에 올려놓고 보려 한 것이다. 우리 주변의 다른 생물들과 우리가 일종의 친족이라는 연대감이나 귀속감을 가짐으로써 안정감을 얻는 것이 더 낫지 않겠는가? 그릇된 우월감은 서로에 대한, 생명에 대한, 자연에 대한 이해를 저해한다.

생명을 경외하라는 탄원은 시대를 거듭하여 내려온 이야기다. 알베르트 슈바이처는 이토록 절실하면서도 좀처럼 주목받지 못하는 권고에 자기 목소리를 강조하여 덧붙였다. 나는 우리가 이 오솔길—더 넓은 의미의 생명뿐만 아니라 만물에 대한 존경심—을 따라 더 나아가기를 바란다. 땅과 물과 공기를 찾아가는, 배려와 인내와 기술이 담긴 연장과 집과 그릇을 찾아가는 길로 계속 나아가기를 바란다.

에리히 프롬은 우리 인간들을 위한 '보살핌과 존경심과 책임감'의 필요성에 대해 말한 바 있다. 나는 이런 보살핌과 존경심과 책임감을 인간뿐만 아니라 만물에게까지 확장하는 법을 배우고 싶다. 사슴이나 자작나무뿐만 아니라 돌과 개울과 하늘에까지 확장하고 싶다. 돌을 쓰지도 말라는 것이 아니라 무엇을 쓰든 존경심을 갖고서, 그것의 본성과 아름다움과 영혼을 배려하면서 쓰라는 것이다.

　나는 우리가 프롬이 말한 '사적이고 친밀한 친족적 관계'를 이 세계와 맺어 발전시킬 것을 원한다.

평화로운 무덤

우리와 자연 사이의 친족관계를 제대로 인지하지 못하는 것은 우리의 매장 풍습만 봐도 알 수 있다. 우리는 시신에 약물 칠갑을 하고 육중한 관에 집어넣고 밀봉하여 흙으로 돌아가는 과정을 늦출 정도로 땅과 하나가 되기를 두려워한다. 우리의 본질을 이런 식으로 부정한다는 것은 근본적인 불안정성을, 그리고 생명과 그 순환에 대한 이해의 부족을 단적으로 입증해주는 일이다.

　몸이 썩어서 땅속의 영양분이 되는 과정을 자연스럽게 받아들여 땅의 초록 융단이 만발하도록 도와주는 것이 훨씬 더 아름다운 일 아닌가? 무덤 위에 나무를 심어 묘지를 공원이나 과수원이나 숲으로 만들자. 내가 나무의 영혼이 되지는 못한다 하더라도 나무의 영혼이 꽃피울 수 있도록 돕고 싶다. 피터 프로이첸Peter Freuchen은 자기 할머니의 무덤 위에 앉아 할머니의 지혜를 흡수하려고 한 어느 에스키모의 이야기를 한 적이 있다. 얼마나 멋진 아이디어인가! 할머니가 묻힌 그곳은, 할머니의 영혼을 흡수하기에 얼마나 좋은 곳인가!

06 자발적인 가난함

재물은 잃어버릴 수도 있는 것이니, 너무 바라지 말라.

미덕이야말로 참재산이며 가진 자에게 진정으로 보상이 되는 것이다.

그것은 잃을 수도 없으며, 생명이 먼저 우리를

떠나지 않는 한 우리를 저버리지도 않는다.

레오나르도 다 빈치Leonardo Da Vinci

어릴 적 크리스마스 선물이 들어 있는 양말에서 멋진 오렌지를 발견하던 기쁨이 아직도 생생하다. 너무 소중해서 먹기가 아까울 정도였다. 또 누가 집에 새 레코드를 가져오면 모두 모여 성심껏 듣곤 하던 기억이 난다. 이제는 과일이나 레코드가 흔해져버렸다. 나는 그렇듯 작은 선물이 소중한 의미를 갖는 그런 삶을 살고 싶다.

물질적인 부가 너무 과한 사회에서는 간단하면서도 필요한 선물을 발견하기가 점점 더 어려워진다. 나처럼 오지에 살면서 모든 것을 배낭이나 카누에 싣고 오다 보면 작은 것들이 더 큰 의미를 띠게 된다.

'부' wealth라는 단어가 너무 함부로 쓰여서 부라는 것이 보통 돈을 가리키거나 돈으로 살 수 있는 것, 즉 물질적 소유를 가리키게 된 것은 불행한 일이다. 성공한다는 것은 부를 많이 갖는다는 뜻이 되어버렸다. 하지만 성공은 충족되는 것이라고 생각하는 사람도 많이 있다.

물질적인 부를 지나치게 많이 가져서야 되겠는가? 지나치게 힘든 노동을 많이 하는 것이 위험한 일이듯이 지나치게 많은 여가를 누리는 삶 또한 그러하다.

모두 가난하게 사는 사회

1천 명의 사람들이 1년에 1천 달러씩만 벌면서 모두 가난하게 사는 사회를 상상해보라. 그리고 그 사회에서 평균 소득보다 열 배나 많은 소득을 올리는 사람이 하나 있다고 상상해보라. 이 돈을 고르게 나눈다면 한 사람당 한 해에 10달러밖에 돌아가지 않을 것이다. 이 1퍼센트의 소득 증가는 약간은 도움이 되겠지만 대수롭지 않을 정도다. 세계의 부를 더 고르게 나누는 일도 시급하게 필요하긴 하지만, 금전적인 부를 단순히 재분배하는 것은 삶의 질을 향상시키기 위해 필요한 지적이고 협력적인 행동에 비한다면 중요성이 훨씬 덜하다.

부자의 부를 고르게 나눈다고 한들 큰 의미는 없다. 대신 모든 사람들이 호화로

부와 명예가 마음을 차지하고 있는 한
그대의 모든 황금은 먼지에 지나지 않는다.

중국의 어느 시에서

운 생활을 추구하게 되면 그것은 시한폭탄이나 마찬가지다.

부자들이 끼치는 가장 큰 해악은 남들의 모방 욕구를 부추긴다는 점이다. 하지만 부자들의 힘은 아주 덧없는 것이다. 깨어 있는 대중들이 보기에 그들의 특권은 부질없는 것이다. 만일 우리가 그들을 위해 일하지 않겠다고 하면 그들이 모은 '부'가 무슨 소용이 있겠는가? 우리가 그들의 가치와 생활방식을 받아들이지 않겠다고 한다면 부자들은 더 이상 부러움의 대상이 되지 못한다.

우리는 부자들을 흉내내고 싶어하는 함정에 빠져 있다. 그들의 공장은 우리를 위해 생산을 한다. 즉, 우리는 그들 생산품의 구매자이자 소비자이다. 우리가 쓰레기 같은 것들을 사려고 하지 않는다면 그들은 질 좋은 것들만을 생산해야 할 것이다. 상품이 잘 팔리지 않으면 공장은 바로 빚더미가 되어버린다. 그들은 우리가 원하는 것이라면 무엇이든 다 생산해낼 것이다. 아직 잘 모르고 있지만, 우리가 책임을 지려고 한다면─즉, 경제적으로 생각하고 구매력을 행사할 때 좀 더 성숙하게

배고픈 사람에게 빵을 주는 것은 좋은 일이다. 하지만 아무도 배고프지 않아서 남에게 빵을 줄 일이 없어진다면, 그것은 더 좋은 일이다.

성 아우구스티누스

행동하면—통제력을 갖게 될 것이다. 부유한 사람들이 갖고 있는 금전적인 힘은 치료 가능한 사회적 질병이다. 대신 그 치료는 우리의 도움을 필요로 한다.

지금 우리 시대에는 지난 시대 군주들의 소비 패턴을 능가하며 유한한 지구의 자원을 급속도로 집어삼키고 있는 소비 패턴에 따라 살고 있는 계층이 있다. 몇 천 명 정도 되는 사람들이 그렇게 미성숙한 방식으로 행동한다면 물리적으로 큰 문제가 되지 않을지도 모른다. 하지만 수백만 명이 그렇게 한다면 엄청난 재앙을 불러일으킬 것이다. 부자들의 생활을 부러워하는 다른 수백만의 사람들이 마찬가지로 사치를 누리기 위해 매달리다보면 위험은 더 커질 것이다.

그것이 우리가 처한 가장 큰 위험이다. 이 위기는 거의 전염병처럼 퍼져나가고 있다. 이런 측면에서 볼 때 리처드 그레그가 말하는 '자발적인 소박함'은 그 어느 때보다 더 중요하다. 산업사회의 일원인 우리가, 지구를 파괴하는 일에 가히 경쟁적인 우리가, 긍정적인 방향으로 갈 수 있는 길을 닦을 수 있을 것인가? 그런 도전을 감당할 수 있을 것인가?

우리의 일거수일투족을 전 세계의 가난한 사람들이 면밀히 지켜보고 있다. 우리의 경제적 우위를 인류를 위해 쓸 것인가, 아니면 계속해서 약탈과 착취를 일삼을 것인가.

우리는 모든 사람들이 다 추구하기에 바람직한 삶의 방식을 찾아야 한다. 그런 점에서 부와 재물을 다시 정의하는 일은 가장 중요한 도전이다.

진정한 성공의 의미

내가 이웃을 희생시키면서까지 소유물을 쌓아둔다면 결과적으로 약탈을 저지르는 셈이 된다. 모두가 충분히 소유하기 전까지는, 잉여란 것이 충분히 가지지 못한 사람들의 것을 훔친 것이나 같기 때문이다. "나는 인류의 일원이다"라고 생각하며 내 주변의 사회적 몸에 대해 존경과 배려를 표현한다면 내가 정의하는 성공의 개념과 상충하게 된다. 금전적인 성공은 내 사회적 몸의 행복과 반대되는 것이기 때문이다.

우리는 '부'의 정의를 분명히 할 필요가 있다. 이 단어는 여러 사람들이 각자 다르게 받아들이고 있는 말이어서, 우리가 이 말을 쓸 때 흔히 아주 다양한 개념을 암시하기 때문이다.

내 경우에는 재산의 개념을 세 가지 범주로 나누어보니 도움이 되었다.

· 파괴적이고 폭력적이고 그릇된 부
· 중립적인 부
· 창의적이고 생산적이고 비폭력적인 부

파괴적이거나 폭력적인 부에는 남을 희생시켜 자신을 살찌우는 소유물이 포함된다. 여기에는 공급이 너무 제한적이어서 소유하는 만큼 남의 것을 빼앗는 셈이 되는 금전적 부나 물질적 소유물도 포함된다. 이는 착취적인 부로서 대개 경쟁이나 절도나 전쟁이나 상속을 통해 획득하며, 폭력이라는 위협을 가하는 법의 보호를 받는다. 이런 종류의 부는 대개 유한한 자원에 의존하는 것이다. '재물'이라는 허울을 쓰고 있지만 이런 종류의 부는 우리의 사회적 몸과 관련해볼 때 사실은 빈곤이나 마찬가지다. 착취를 일삼는 부자는 부를 창출하기보다는 귀한 것들의 흐름을 '가로막고' 있다.

중립적인 부는 다른 사람들을 돕지도 방해하지도 않는 소유물을 말한다. 이 범주에 드는 것으로는 사적인 배움(그 자체가 좋아서 하는 공부의 즐거움), 자신을 위해 만든 물건, 개인적으로 좋아서 연주하는 음악, 돌이나 조개껍질이나 민속 음악처럼 공급이 제한되어 있지 않은 것들을 수집하는 일 등이 있다.

창의적이거나 생산적인 부에는 남을 풍요롭게 해주는 모든 소유물이 다 포함되어 있다. 여기에는 공유할 수 있는 지식, 남을 이롭게 하는 데 쓰이는 재능이나 기술, 남에게 많이 퍼줄수록 곳간이 더 커지는 식의 독특하고 놀라운 부의 영역이 있다. 이 중에서도 으뜸가는 것이 사랑이나 우정, 그리고 친절이나 보살핌이나 열정,

건강, 기쁨과 같은 것이다. 함께 즐기는 음악은 두 배로 풍요로운 것이다.

창의적인 부는 비폭력적인 것으로, 나눔에 바탕을 두고 있다. 이런 유형의 부를 얻기 위해서는 아무도 남의 수고에 의지하여 살 필요가 없다.

우리는 저마다 "대체 '성공'이란 단어가 나에게 무슨 의미인가?"라는 질문을 던져볼 필요가 있다. 남을 착취하지 않는 삶을 살기 위해서는 이런 질문을 거듭해봐야 한다. 우리의 일상생활이 사회 전체의 성공을 돕는 정도에 따라 우리 각자의 개인적 성공이나 행복도 향상되는 셈이 된다. 오늘날의 겉만 번지르르하고 근시안적이고 파괴적인 '성공' ─이는 문화적인 자살이다─을 넘어설 필요가 있다.

최상의 선물

'부'처럼 심적으로 부담이 되는 주제에 간접적으로나마 접근하여 부가 일상생활에서 우리에게 개인적으로 어떤 영향을 미치는지 살펴보면 도움이 될 것이다.

여러분의 보물은 무엇인가? 여러분의 보석은 무엇인가? 여러분의 창의적인 부의 원천이 되는 것은 무엇인가? 이런 문제를 숙고해보는 것은 개인과 사회에 모두 중요한 일이다. 여러분의 보물을 찾아내어 여러분 마음의 응접실로 데려온다면 대단히 즐거워질 것이다. 또 세상으로부터 부에 대한 폭력적이고 파괴적인 개념을 없애주는 데 도움이 되기도 할 것이다.

부자가 되면 할 수 있는 것 중 하나는 선물을 줄 수 있다는 것이다. 많은 재산을 소유한 사람이라 하더라도 주는 것을 모르면 그는 가난한 사람이다.

비축할 필요가 없으며 남을 착취할 필요도 없는 선물은 어떤 것인가? 값은 얼마 안 하지만 주는 사람과 받는 사람을 모두 기쁘게 해주는 선물일 것이다. 기쁨을 가져다주는 시 한 수나 음악 한 곡이 그런 것이다. 나눠 먹는 음식, 멋진 샘물에 대한 정보, 간단하면서 아름답고 편안한 신발을 만드는 법이 그런 것이다. 사과나무를

지식이 재산보다 낫다는 것은 고대로부터 인간의 마음에 담겨 내려온 깊고 신성한 진실이다.

시드니 스미스Sidney Smith

테우아칸 장터에서 만난 바구니

멕시코 테우아칸의 장터는 북적이고 있었다. 나는 일찌감치 몰려든 인파 사이를 조금씩 헤쳐나가다가 한 여인이 등에 진 멋진 바구니에 반하고 말았다. 그녀는 작고 나이가 많았으며, 그 바구니의 짐은 무거워 보였다. 그녀는 짐을 바로잡고 긴장을 좀 늦추기 위해 짐과 관자놀이를 연결한 멜빵을 꼭 쥐고 있었다.

나는 그간 몇 년 동안 멕시코 공예품을 연구해온 덕에 이 바구니의 아름다움을 바로 알아볼 수 있었다. 이것은 내가 본 어떤 바구니보다 멋지게 짜여진 것이었다. 야자수 잎의 섬유로 만든 이 바구니는 가죽 못지않게 튼튼했으며, 아주 미묘한 패턴이 들어가 있어 정말 그런 문양이 있는지 확인하기 위해 다시 살펴야 할 정도였다.

물론 나는 그 여인을 따라갔다. 그녀는 장터에 늦게 도착하는 바람에 자기 자리로 서둘러 가서 올리브를 팔기 시작했다. 그녀가 자기 앞에 올리브 바구니를 놓고 팔 준비가 되었을 때 나는 다가가서 말을 붙여보려고 했다. 그 다음에 일어난 일은 내가 여지껏 멕시코 행상과 해본 대화 가운데 가장 특이하고 어리둥절한 경험이었다. 대개 그들은 손님의 눈을 들여다보며 붙임성 있고 아주 편안하게 대해준다. 그런데 이 늙은 여인은 무척 수줍어하면서 내 얼굴을 바로 보려고 하지 않았다. 말도 '예', '아니오' 정도로 짧게 끊어서 할 뿐이었다. 곤란하긴 했지만 상황이 도전적이었던 것만큼 나는 충분히 스스로 즐기기로 했다.

그때 나는 몇 번이나 그녀에게 다시 다가가 '대화'를 계속 시도했다. 그냥 양보하기에는 바구니가 너무 아름다웠던 것이다. 나는 어디서 만들었는지까지 알고 싶었다. 곁에 좌판을 벌이고 있던 여인들까지 그 광경을 상당히 즐기고 있었다. 그들은 웃으면서 악의 없이 이 여인을 놀려댔다. 내 어머니의 할머니뻘 정도는 되어 보이는 이 여인에게 남자친구가 생겼다는 둥 하면서 그녀를 점점 더 수줍어하게 만들었다.

"바구니를 직접 만드셨나요?"

"아니요."

"저한테 파시겠습니까?"

"아니요."

"왜요? 잘 쳐드릴게요."

그녀는 나를 무시하며 이렇게 말했다.

"내가 이걸 팔면 내 올리브를 넣을 데가 없잖아요."

"대신에 다른 바구니를 제가 하나 사드리고 지금 갖고 있는 것도 값을 쳐드리지요. 집에 돌아가서서 새것으로 근사한 걸 하나 사실 수 있도록 말이죠."

"안돼요!"

나는 올리브를 싫어함에도 불구하고 그녀의 올리브를 다 사겠다고까지 얘기했다.

"안돼요."

"아니 왜요?"

"올리브를 다 팔아버리면 하루 종일 할 일이 없어지잖아요."

옆에 있는 사람들이 우스워서 아우성을 쳤다.

결국 우리는 다른 방법에 합의를 했다. 그녀는 하루 종일 그 장소에서 올리브를 팔기로 했다. 나는 오후 5시에 돌아와서 남은 올리브와 바구니를 사기로 했다. 그 무렵 나는 그 멋진 바구니와 그녀가 칠락의 어느 마을—테우아칸보다 조금 더 아래쪽에 있는 더운 지역—에서 왔으며, 그곳에는 이런 바구니를 짤 만한 야자수가 많다는 사실을 알게 되었다.

장이 파할 무렵 도냐 할머니는 느긋해져서 미소를 짓고 있었다. 우리는 친구가 된 것이다.

심거나 샘을 하나 파거나 아이를 돌볼 시간을 주는 것도 그런 선물이 된다.

최상의 선물은 배려와 감수성과 지식과 돌봄에 달려 있는 것이지 주는 사람의 물질적 부에 달려 있는 것이 아니다. 근사한 사람을 이웃이나 친구로 받아들이는 것보다 더 멋진 선물이 또 있을까.

자기만의 옷을 입으라

부를 보다 관대하게 정의하려면 우리 삶의 여러 측면을 다시 생각해볼 필요가 있다. 우리의 옷, 집, 생활방식을 다시 되돌아봐야 한다. 우리 집을 귀한 그림이나 도자기 대신에 기쁨의 실재, 지혜를 추구한 흔적, 보살핌의 표시로 채우면 어떨까? 집을 꾸미는 최상의 장식은 우정과 사랑이 아닐까?

디자인과 가구가 단순하면 인간적 온기가 느껴지는 아름다운 배경이 된다. 반면에 패션은 바보들에게서 돈을 뜯어내는 장치이며, 상인과 제조자들을 살찌우기 위한 덫이다. 살면서 그렇게 많은 장식이 과연 필요한가? 이 세상이 그 비용을 다 감당할 수 있을까?

값비싼 패션의 추종자가 되느니 단순한 패션의 선도자가 되어보면 어떨까. 옷

은 목적에 분명히 맞게 입고, 이 세상의 물자 공급을 가장 잘 활용하는 방식으로 입어야 한다. 소로는 우리에게 "자신의 뱃속까지 제대로 알라"고 권고했다. 나는 그 말을 "자기만의 옷을 입으라"는 데까지 확장하고 싶다. 자신이 디자인해서 만든 옷이면 더욱 좋다. 직접 만들지는 못한다 하더라도 제일 좋아하는 것, 가장 의미 있는 것을 입으라. 우리 모두가 이렇게 한다면 우리는 더 큰 자유를 느끼게 될 것이며 더 편하게 걸어다닐 것이다.

지금의 사치스러운 패션을 폐기해버리는 대신 민속 의상이나 가구를 현대적으로 계승한 편안하고 다양한 방식을 따른다면 시각적 환경이 얼마나 더 풍요로워지겠는가?

우리가 가진 가장 값진 보물은 마음의 보석이다. 이는 철학이든 농사든 디자인이든 진실의 무수한 측면과 깊이를 발견할 수 있는 잠재력이다. 이것이 진실로 참보물인 것은, 계속해서 보람을 맛보게 해주면서 개인의 잠재력이 최대한 발휘되도록 북돋워주고, 개인과 사회를 모두 풍요롭게 해주기 때문이다.

새 옷이 필요할 만한 일을 삼가라.   헨리 데이비드 소로

탐낼 것인가 나눌 것인가

축재蓄財는 대개가 병이나 불안정의 결과이며, 다른 사람의 필요에 민감하지 못하다는 증거로 보인다. 우리 가운데 우리가 살고 있는 나라가 다른 나라들의 것을 엄청나게 빼앗고 있다는 사실을 제대로 직시하는 사람이 얼마나 될까? 미국인들은 대개 '만인을 위한 자유와 정의'를 수호한다는 자부심을 갖고 있다. 그런데 '만인'이라는 개념에 전 세계 모든 국민들이 포함되어 있지 않다면 그 말은 편협한 당파적 슬로건이 되어버린다. 동시에 오래전에 우리 조상들이 그토록 벗어나려고 했던 바로 그 대상과 별로 다를 바가 없는 억압적인 특권층을 지지하는 셈이 된다.

우리가 저마다 직접 쓸 수 있고 돌볼 수 있는 것—땅이든 옷이든 연장이든 장난감이든—이상은 소유하지 않겠다고 마음먹는다면 부는 더 평등하게 분배될 수 있을 것이다. 우리 소유물을 돌보기 위해 누군가를 고용해야 한다면, 그것은 우리가 너무 많이 가지고 있다는 걸 뜻한다.

사람들에게 '익숙해진 사치'를 포기하고 살라는 말은 자유를 제한하는 일이라고 반박하는 사람이 있을 것이다. 하지만 우리 자신뿐만 아니라 남까지도 너무 많은 일을 시켜야 하는 방식으로 식사를 하는 대신, 요리하고 서빙하는 데 그릇이 적게 필요한 음식을 먹는다는 상상을 해보라. 사치스러운 음식은 결코 자유가 아니다. 오히려 정반대다. 소박한 음식이 가장 아름다운 것일 수 있다.

소박함은 생활을 위한 단순히 사적이고 주관적인 접근이 아니다. 이는 오래전부터 더 고차원적인 삶의 수준에 도달하기를 열망해온 사람들이 필수적이라고 인식해온 덕목이다.

폭력이 불안정과 결핍에 뿌리를 두고 있다면, 소박함은 그 반대다. 우리는 주변에 있는 것들을 만들어가는 일에 관여함으로써 자신감과 지식을 키울 수 있으며, 그러면서 안정감도 커지기 마련이다. 우리 자신이 덜 씀으로써, 이 세상의 더 많은

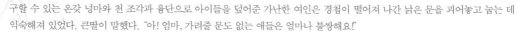

구할 수 있는 온갖 넝마와 천 조각과 융단으로 아이들을 덮어준 가난한 여인은 경첩이 떨어져 나간 낡은 문을 괴어놓고 눕는 데 익숙해져 있었다. 큰딸이 말했다. "아! 엄마, 가려줄 문도 없는 애들은 얼마나 불쌍해요!"

랠프 왈도 에머슨

물자들이 결핍을 느끼는 사람들의 손에 가게끔 할 수 있다. 남들도 쉽게 손에 넣을 수 있는 소박한 것들을 우리가 가지고 있으면 그만큼 탐욕이 줄어든다.

무언가를 더 소박하게 만들수록 그것을 대체하기도 더 쉬워지며 특별한 기술 혹은 물자나 시장에 대한 의존성도 줄어든다. 그러니 소박함은 단순히 덜 쓴다거나 세상의 자원을 덜 이용한다는 차원이 아니다. 그것은 자유의 문제다.

기본적인 삶이 어디서나 가능해지기 위해서는 우리 모두 인간의 성장을 촉진하는 데 우리의 시간과 지식과 자원을 쓸 의무가 있으리라. 한 가족에게 빵을 주면 우선 한동안은 배고픔을 면하게 할 수 있다. 그들에게 밀밭을 가꾸는 법을 가르쳐주면 계속해서 배고픔을 면하게 할 수 있고 자기를 존중하는 마음과 충족감까지 줄 수 있다. 거지에게 선물을 주는 사람이 있는가 하면 든든한 사회의 기초를 닦는 사람이 있다.

빈곤 없는 부유함

부에 대한 전통적인 정의 가운데 매우 불만스러운 것이 있다. 가난한 자 없이는 부자가 있을 수 없다는 말이다. 동전의 양면과 같이 하나가 있기 위해서는 다른 하나가 있어야 한다는 것이다. 부자들은 자신을 돋보이기 위해 혹은 신분의 기반으로서, 또 일을 시키기 위해 가난한 사람이 필요했다. 이러한 부는 아주 위험한 것이다. 그 속에 폭력과 전쟁을 담고 있기 때문이다.

부가 남을 더 가난하게 만들지 않는, 아무도 초라하게 만들지 않는 소유물과 활동이 되도록 정의하는 일이 절실하다. 모두가 최대한 성장하는 사회를 만들기 위해 우리는 '나' 보다는 '우리' 가 이룩한 것에서 기쁨을 맛보는, 공유된 성취감에서 만족을 누릴 줄 아는 법을 배워야 한다.

스스로를 쉽게 만족시킬 수 있을 정도로 필요한 것을 줄이라. 그리하여 영적인 삶을 살고자 하는 사람이 영적인 삶을 가꾸겠다는 생각 자체가 달아나버릴 정도로 남에게 부담을 주지 않도록 하라. 자신의 영적인 삶을 위해 남의 부담을 늘리고, 자신은 높아지는 만큼 남은 반대 방향으로 떨어뜨린다면 무슨 소용이 있겠는가? 단지 불평등과 불공정만 더 늘리는 셈이 될 것이다.

피에르 세레솔

집 짓는 데 드는 비용

여러분의 시간과 에너지와 돈을 투자하는 집은 여러분이 미적으로 선호하는 곳이어야 하며, 살면서 행복을 느낄 수 있는 곳이어야 한다. 곡선으로 이루어진 디자인이 여러분을 신나게 만들어준다면 나는 유르트를 지어보라고 권하고 싶다. 이 디자인이 정말 대단히 경제적인 것은 단순히 서까래나 모퉁이 기둥이 없다는 점 때문이 아니라, 디자인과 건축 일을 직접 할 수 있다는 점, 그리고 그냥 노출시킨 다음 왁스나 기름으로만 마무리해도 매력적으로 보일 수 있는 자재를 쓴다는 점 때문이다. 외벽에 페인트를 칠하지 않기 때문에 초기에 돈과 노동이 절약될 뿐더러, 추가 비용도 들지 않는다. 게다가 처음에 어렵사리 페인트칠을 한 뒤로 계속해서 일어나는 부분을 긁어내는 수고를 할 필요도 없다.

　유지하는 데 비용과 노고가 덜 드는 방법은 물론 유르트 말고 여러 유형의 집에서도 배울 수 있다. 단, 근본적으로 다른 유형의 집을 고를 때에는 건축비를 줄이는 계산보다는 미적인 고려—그 공간에 살면서 얻는 즐거움—를 우선시하라고 권하고 싶다.

　일반적인 좁은 유르트보다는 큰 구조를 원하는 사람들이 있어 나는 가정용 유르트를 고안하였다. 이 디자인은 일반 유르트보다 한 층을 더 올린 구조로서 지름이 53피트에 총면적이 2,700평방피트이다. 내 목표는 이 구조물이 단계적으로 지어질 수 있도록 디자인하는 것이었다. 즉, 한 가족이 매우 제한된 돈과 시간과 에너지만 가지고도 일단 시작할 수 있고 자원이 조달될 때마다 건축을 늘려가도록 하는 방법이었던 것이다. 내가 처음에 잡은 예산은 3천 달러였다. 이 정도 액수면 많은 사람들이 저당을 잡힐 필요가 없고 대부업자들에게 비싼 이자를 내야 하는 빚을 끌어다 쓰지 않아도 되며, 엉뚱한 사람들이 디자인과 일정에 거부권을 행사하여 필요 이상으로 비싼 집을 짓도록 강요를 하는 일이 없어질 것 같았다. 더 큰 디자인의 단계가 뚜렷하게 정해지면서 지름 16피트인 가운데 방을 1,500달러(1989년 기준)에 짓기 시작할 수 있는 데까지 이르렀다. 이 가운데 방은 사정이 허락할 때까지 우선 거주하기에 좋다.

2단계는 가운데 방 주변과 위로 유르트를 올리는 작업이다. 3단계는 바깥 원 둘레를 연결하는 커다란 가리개 지붕을 짓는 일이다. 바닥에 자갈돌 같은 것을 깔면 이곳은 베란다나 주차장 혹은 작업장이나 놀이터 역할을 할 수 있다. 그리고 방이 추가로 필요하면 이곳에 벽을 치고 바닥을 깔면 된다.

이사할 무렵까지 집을 완성하려고 하다보면 여러모로 중압감을 느끼게 된다. 이런 중압감의 대가는 결과적으로 사생활과 가정생활에서 일어나는 스트레스의 대가와 아울러 엄청난 것이다. 자기 집을 창조하는 데 몇 년 혹은 평생이 걸린들 어떠하랴? 가장 아름다운 집들의 경우 상당수가 몇십 년에 걸쳐 완성된 것이다. 농장의 경우에는 대부분 몇 세대가 걸렸다. 이런 점에서 우리는 조상들의 지혜로부터 한 가지 교훈을 얻을 수 있다. 아시아에는 "사람이 죽는 날은 자기 집이 완성되는 날이다"라는 속담도 있다.

W. Coperthwaite

우리가 전체의 일부분을 이루고 있는 사회적 몸에 더 민감해지면 우리 이웃의 결핍이 우리 자신의 빈곤이라는 사실을 분명히 볼 수 있게 된다.

루이자 메이 올컷Louisa May Alcott은 지독히도 가난한 집에서 자랐다. 그녀의 어머니는 생계를 잇기 위해 남의 집 빨래를 해주었다. 하지만 어린 시절을 되돌아보며 그녀는 이렇게 말하곤 했다. "우리는 언제나 가난한 사람들에게 무언가를 주었기 때문에 우리가 부자라고 생각했지요." 아이가 성장하기에 이 얼마나 훌륭한 환경인가!

지혜롭고 성숙하고 행복한 사람들이 우리의 가장 뛰어난 자원이다. 질병과 영양실조와 폭력과 어른들의 소홀함 때문에 다 크지도 못하고 죽어버리는 어린이들은 이 세계의 보고에서 유실되는 귀한 보물이다. 아무리 근시안적이고 냉담한 사람이라 하더라도, 현재 세계가 맞이한 문제들을 풀기 위해서는 구할 수 있는 온갖 지혜와 재능이 다 필요하다는 사실을 깨달아야 한다. 이웃에 있는 영양이 부실하고 불행하며 발육이 부진한 사람들을 그대로 내버려두는 것이 얼마나 어리석고 위험한 일인지 깨달아야 한다.

온 세상이 집을 짓고 식량을 기르고 사회를 효과적으로 조직하기 위한 방법을 갈구하는데도 우리는 가장 성숙한 정신의 소유자들을 방치해버리고 은퇴시켜버린다. 많은 분야에서 60대 이후의 사람들은 기술이나 식견이나 배려나 지혜가 가장 풍부하다. 우리는 자본을 낭비하는 사업가나 땅을 유실시켜버리는 농부를 보면 놀라게 된다. 그런데 우리는 가장 값진 자원인 인적자원을 낭비하는 데는 왜 민감하지 않은 것인가?

지는 것이 아니라 이기는 것이다

우리는 게임의 방식인 '이기느냐 지느냐'에 따라 상황을 판단하는 데 익숙해져 있다. 우리는 아무도 지지 않는 삶의 철학을, 모두가 이길 수 있는 세상을 만들어야 한다.

부는 우리가 원하는 것을 하도록, 더 온전하게 발달하도록 도울 수 있다. 하지만 흔히 금전적인 능력보다 가치 있는 것은 상대적으로 매우 중요한 것을 인식하는 능력이다. 예컨대 내 경우 샤워는 창조적인 생각을 하는 데 아주 중요한 도움이 되는 것으로, 거의 도서관과 같은 역할을 한다. 마찬가지로 어떤 사람들은 마음에 드는 도끼나 괭이를 구하는 것이 너무도 중요해서 쓸 만한 것을 하나 찾기 위해 상당한 시간을 들인다. 이는 최신형 자동차만을 찾는 사람들의 경우 못지않게 만족스러우면서도 비용이 훨씬 덜 드는 일이다.

'성공'이란 삶의 질을 향상시키는 것이고 '부'란 창의적이고 생산적인 능력을 얻는 것이다. 과거에 성공은 보통 상대적이고 경쟁적인 것으로서 남의 실패로 가늠할 수 있는 것이었다. 이제는 협동적인 성공을 기준으로 생각하며, 우리 주변의 사람들이 성공할 때 행복을 느낄 필요가 있다. 결국 망해가는 사회에서 '성공'한들, 또는 J. 골드스미스Goldsmith가 말하듯 타이타닉 호에서 포커 게임을 해서 이긴들 무슨 이득이 있겠는가.

판단하건대―굳이 등수를 매길 때―
일등―시인들―다음은 태양―
다음은 여름―다음은 하느님의 천국―
그러면―목록 끝―

하지만, 돌이켜보면 일등에겐
전체가 다 들어 있는 것 같아서―
나머지는 불필요한 구경거리 같아서―
그래서 나는 쓴다―시인들이―전부라고

에밀리 디킨슨

서민적인 의자 만들기

W. Coperthwaite

오늘날 우리가 보는 대부분의 좋은 의자의 경우, 손으로 만든 것이라면 배를 만드는 일 만큼의 많은 기술이 들어간다. 그리고 전동공구를 써서 만든 경우라면 장비를 사는 데 돈이 많이 들고, 필요한 기술을 배우는 데 많은 노력이 필요하다. 나는 이 글을 읽는 분들이 쉽게 발견할 수 있는 재료를 써서 가볍고 편안하면서도 튼튼하고 아름답고 소박한 직접 의자를 손으로 만드는 아이디어를 떠올릴 수 있는지 알아보고 싶다.

유토피아적이라 생각할지도 모르겠다. 아니면 평등주의적 의자를 만드는 것이 불가능하다고 할지도 모른다. 하지만 전혀 그렇지 않다. 사회 차원에서 한마디로 우리는 아직 이 문제에 집중해본 적이 없다. 그렇게 한다면 결과적으로 근사한 의자—아니면 의자든 집이든 손수레든—몇 개는 만들어질 것이다.

가장 서민적인 의자를 만들기 위한 내 나름의 아이디어는 다음과 같다. 이는 이상적인 경우를 소개하기 위한 것이 아니라 독자들이 훨씬 더 나은 디자인을 만들도록 자극하자는 의도에서이다.

서민적인 의자를 만드는 법

1. 두께가 7/8인치 정도 되는 스트로브잣나무 재목을 잘라서 그림에 보이는 목재 4개(다리용 2개)를 만든다.
2. 의자의 다리 역할을 할 목재 2개의 앞 모서리를 비스듬히 잘라서 그림과 같은 각도로 맞춘 다음 못질을 한다.
3. 앉을 부분을 맞춘 다음 나사못 4개를 조인다.
4. 등받침 부분과 다리 부분과 앉을 부분을 끼워 맞춘 다음 나사못으로 조인다.

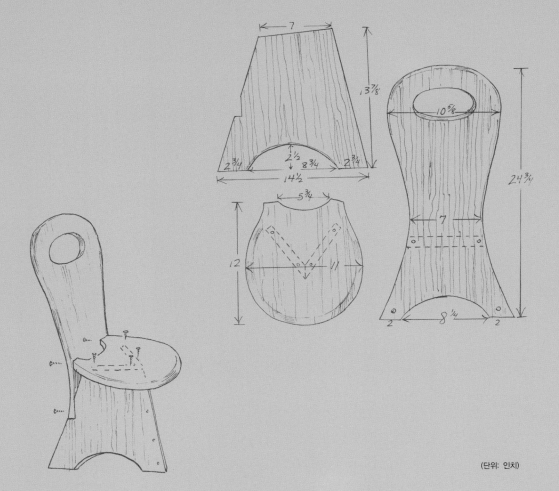

(단위: 인치)

07 자연을 닮은 소박한 삶

나는 전기 없이 지내왔고, 벽난로와 스토브를 직접 돌본다.

저녁이면 낡은 램프에 불을 붙인다. 흐르는 물이 없어 우물물을 퍼올린다.

장작을 패고 요리를 한다. 이렇게 소박한 행위는 인간을 소박하게 만든다.

하지만 소박해지는 것은 얼마나 힘든 일인가.

칼 융Carl Jung

어떤 사람들은 '소박함'을 조잡하거나 단조롭고 추한 것으로 생각한다. 끝 모르게 음산한 회색빛이나 카키색 세상으로 여긴다. 하지만 나에게 '소박함'이란 단어는 멜로디가 풍부한 말이어서, 내 발이 플루트 소리에 맞춰 도약이라도 할 것만 같은 느낌이 든다. 이 단어는 우아한—외형적·도덕적·철학적·미적으로—느낌을 주는 가을 단풍처럼 노랗고 붉은 빛으로 윤이 난다.

그러니 헛되나마 꿈 없는 사람들 속에 있는 나를 신뢰하지 말고 꿈꾸는 사람들 속에 있는 나를 신뢰하라. 모든 사람들을 위한 소박하면서도 아름다운 삶의 가능성을 꿈꾸는 사람들과 함께 있는 나를 말이다.

나는 불의 아름다움을 보며 탄복하곤 한다. 마찬가지로 잘 만들어진 시계나 한 곡의 음악에도 탄복한다. 그런 것들을 만들어내는 인간의 기술은 놀랍다. 간소하게 지내는 법, 가능하면 적게 쓰고 사는 법, 필요하지 않은 것을 버리는 법, 살아가는 동안 짐꾼이 필요 없을 정도로 짐을 가볍게 꾸리는 법을 배우는 데에도 대단한 아름다움이 존재한다. 모든 사람들에게 열려 있는 자세, 세상의 부富를 고르게 나누자는 운동의 일원이 되는 것, 자신이 사는 방식 때문에 고통받는 사람이 없도록 하는 것도 대단히 풍요로운 일이다.

간소하게 지내는 것은 한마디로 우아한 일일 수 있다. 소박한 식사는 화려한 연회보다 더 만족스러울 수 있다.

소박함과 디자인

모든 사람의 필요가 충족되는 사회를 디자인하려 한다면 반드시 소박한 삶을 지향하는 법을 배워야 할 것이다.

우리는 이 땅에서 점잖게 사는 방식을 디자인해야 한다. 자연의 창고에서 필요한 것을 빌리면서 이곳에서 한동안 머물 수 있는 특권을 받은 데 대한 고마움을 느끼고, 상냥함과 보살핌과 감사의 마음을 가져야 한다. 생존에 필요한 양 이상을 가 소박하게 살라 - 그래야 남들도 소박하게 살 수 있다.

엘리자베스 시튼 Elizabeth Seton

많이 버는 것보다는 적게 쓰는 것이 더 낫다.
많이 벌기 위해서는 노예가 되어야 하지만 적게 쓰고 지낼 수 있으면
그만큼 자유로워진다. 적게 쓰는 사람은 더 쉽게 자기 목적을 향해
매진할 수 있을 것이며, 필요한 게 많은 사람보다
대체로 더 풍요롭고 충실한 삶을 산다.

프리초프 난센 Fridtjof Nansen

져다 쓴다는 것은 충분히 갖지 못한 사람들의 것을 훔치는 일이다.

우리는 남에게 공손해야 하며 항상 배려하는 자세를 잊지 말아야 한다. 이런 지혜로운 태도를 가진 사람은 많이 있다. 새로운 관점에 대한 요구가 너무도 절박해서 어디서 발견하든, 옛 것이든 현대의 것이든, 유목민의 것이든 정착민의 것이든, 시골의 것이든 도시의 것이든, 지혜의 원천을 소홀히 할 여유가 없는 것이다. 인간의 필요와 생태에 꼭 맞는 기술을 창조하기 위해서는 가장 훌륭한 것들을 섞어야 한다. 또 하나 절박한 것이 지구에서 더 간소하게 사는 법을 배우는 일이기 때문이다.

이 장章의 시작 부분에 나와 있는 사진의 유르트 디자인은 그런 혼합의 상징이라 할 수 있다. 이 구조물의 기본 개념은 중앙아시아의 초원지대에 살던 고대 유목민의 삶에서 나온 것이다. 그러다 이 유목민들은 언젠가부터 원형 텐트를 낮은 벽 위에 올리고 줄로 단단히 당겨 지탱하면 공간을 넓힐 수 있다는 사실을 발견하게 되었다. 생가죽을 감은 가벼운 장대로 만든 이 구조물은 나중에 펠트 천을 덮었고 모직물 끈으로 이었다. 거친 자연 조건에 둘러싸여 살던 이 사람들에게 꼭 맞는 놀라운 구조물이었다.

이 사람들의 놀라운 기술에 감명받은 나머지 '유르트'라는 단어를 따서 '유르트 재단'이 만들어졌다. 현대식 유르트는 떠돌이 유목민들의 주거와 디자인 기술에, 다른 기후대에 적합한 현대식 자재—쇠줄, 유리, 목재 등—를 결합시킨 것이다. 그렇게 해서 만들어진 새 구조물은 다른 요구를 충족시키기 위해 디자인된 것으로, 더 낫다기보다는 다르다고 할 수 있다. 메인에 몽고식 유르트를 만든다면 건축비가 무척 비쌀 것이며—최근에 마다와스카의 모직 펠트 천이 얼마인지 알아본 적이 있는가?—처음 내린 비에 주저앉고 말 것이다. 몽고에 현대식 유르트를 세운다면 마찬가지로 돈이 무척 많이 들 것이며—울란바토르의 스트로브잣나무나 삼나무 널빤지가 얼마나 비싼지 아는가?—목재가 너무 무거워서 가축 떼를 몰고 다니기에는 실용성이 떨어질 것이다.

아무리 온갖 지식을 다 끌어모아 적용한다 해도 유목민들만 구할 수 있는 자재를 고집하다보면 전통적인 방식을 발전시키기가 너무 어려워진다. 이런 인식이 있었기에 나는 민속 문화에 깊이 담겨 있는 천재성과 기술과 민감성을 찾아내 디자인할 수 있었다. 우리는 비행기를 에스키모의 카약과 비교하여 우리가 우월하다는 아주 치우친 결론을 내리곤 한다. 하지만 만일 토마스 에디슨을 그린란드 해안에 떨어뜨려놓고 '일대에 있는 자재만을 써서' 더 나은 카약을 만들라고 해보라. 과연 에디슨이 태곳적에 에스키모인들이 만든 것보다 더 좋은 배를 만들 수 있을까? 심지어 숙련된 전통 카약 장인을 붙여 그를 돕게 한다고 쳐도 결과는 마찬가지일 것이다.

이 말은 지역 특유의 지혜를 향상시킬 수 없다는 뜻이 아니다. 우리는 기회만 있으면 기법을 향상시키는 노력을 해야 한다. 하지만 앞서 가면서 우리에게 길을 열어준 사람들에 대한 겸손과 존경을 갖고 해야 한다.

인간의 정신은 대단한 잠재력을 갖고 있다. 우리의 정신으로 인간의 필요에 맞는 문화를 디자인할 수 있다고 나는 믿는다.

최신 기술이 최상의 선택은 아니다

우리에겐 어떤 종류의 기술이 필요한가? 이 질문은 상대적으로 전례가 없는 것이다. 산업혁명 이전만 해도 사회는 사람들의 필요에 맞는 기술을 의식적으로 선택하지 않고, 새로운 기술을 무비판적으로 수용했다. 새로운 발명이 선보이면 대개 더 나은 것으로 여기곤 했다. 수세식 변기는 옥외 변소에 대한 진보였다. 식기 세척기가 나오자 손으로 하는 설거지보다 발전된 것이라 여겼다. 동력톱이 나오자 도끼보다 나은 것이라 생각했다.

새로운 것에 무비판적으로 열광하는 이런 태도에 대해 점점 더 많은 사람들이

황야의 고독 속에서 그는 나무, 탁 트인 하늘의 얼굴, 계절을 바꾸는 날씨, 그리고 혼자만의 사적인 도구인 도끼를 벗삼아 지냈다. 그를 만드는 데에는 이런 힘들이 크게 작용했다.

칼 샌드버그Carl Sandburg

의문을 제기하게 되었다. 자기 손으로 나무를 자르는 일은 구식으로 보이지만 도끼와 톱의 유형을 잘 알아본 다음 전 세계에서 자신에게 가장 잘 맞는 것을 골라낼 줄 안다면, 이런 경험을 통해 얻게 된 지식은 새로운 효율성을 낳게 될 것이다. 새로운 지식이 새로운 기술인 것이다.

그런 점에서 동력톱은 우리 삶의 전반적인 디자인에 역효과를 주는 현대 산업적 도구의 전형이라 할 수 있다. 짧은 시간에 엄청난 양의 나무를 자를 수 있는 생산 도구로서 동력톱은 놀라운 물건이다. 하지만 흔히 이러한 생산 도구가 집에서 사용하기에도 최고라고 생각하는데, 이는 오산이다. 동력톱이 나무를 자르는 더 발전된 도구라고 볼 만한 이유는 많다. 그 결과 위험과 공기 오염과 소음에 노출되고, 집에서 자주 쓰다보면 비용이 많이 드는 데도 아랑곳하지 않고 많은 사람들이 동력톱을 사용하고 있다.

제지용 목재를 자르는 데 있어 동력톱과 일반 활톱이나 도끼를 비교하는 것은 우스꽝스러운 일일 것이다. 그러나 집에서 쓸 장작을 구해올 때는 이야기가 다르다. 활톱과 도끼를 써서 1년 동안 쓸 장작을 패고 손수레에 싣고 오는 데에는 하루 평균 5분이 채 걸리지 않는다. 이는 운동도 되고 기분 전환도 되는 일이다. 동력톱의 소음과 매연 냄새 없이 내 집을 따뜻하게 만들 수 있다는 것은 대단한 즐거움이다. 위험도 훨씬 적을 뿐더러 화석 연료를 쓸 필요도 없는 것이다.

중요한 것은 동력톱은 도끼보다 나은 도구가 아니라, 그와 다른 도구일 뿐이라는 사실이다. 둘 다 유용한 도구이지만 효율성은 상황에 따라 달라지는 법이다.

동력을 이용하는 도구를 흔히들 집에서 사용하는데, 이는 그런 도구를 지나치게 과대평가한 탓이다. 많은 사람들은 그런 도구들이 사람의 힘을 이용하는 도구보다 더 효율적일 것이라는 생각으로 사들인다. 어떤 사람들은 힘과 소음이 주는 남성적인 멋이 있다며 사기도 한다. 단지 손을 쓰는 도구가 필요한지를 몰라서 조그만 일에 동력을 의지하는 사람들도 있다.

하지만 알고보면 도끼는 얼마나 놀라운 도구인가? 부속 때문에 공장에 의지하지 않아도 되고 대를 이어 물려 쓸 수도 있지 않은가. 조용하고, 쉽게 들고 다닐 수 있고, 매연을 뿜지도 않는다. 도끼를 쓰면서 얻는 만족감도 대단하다. 해가 바뀌어도 늘 같은 것을 쓰면서 깨닫게 되는 것은 역사가 시작되기 이전부터 이런 물건이 만들어졌다는 사실이다. 우리 조상들이 훌륭하게 디자인한 이 기본적인 도구는 옛날과 다름없이 지금도 멋지게 쓰이고 있다. 이런 연속성이 가져다주는 고대와의 교감은 매우 만족스러운 것이다. 우리 모두가 과거와 이어주는 이런 다리를 되도록 많이 발견하였으면 한다.

많은 사람들이 소박한 삶을 추구하는 것은 그러한 삶에 대한 필요성 때문이 아니라 그런 방식의 삶이 갖고 있는 아름다움 그 자체, 그리고 그런 삶이 우리 주변 세계에 가져다주는 친밀감 때문이다.

종교와 도덕
불교에서는 무엇에든 집착하지 말라고 가르친다. 이런 생각은 아마도 희소성 때문에 발전되었을 것이며, 탐하는 마음과 그로 인한 불행을 없애주기 위한 것이었으리라.

하지만 집착이란 것이 유익하거나 해로운 것인가? 그리고 무엇에 대한 집착이란 말인가? 물건, 사람, 장소? 집착하지 말라는 불교의 가르침이 본연의 삶을 살기 위한 훌륭한 방법으로서가 아니라 폭력적인 사회에 대한 편법이나 도피나 대응으로서 발전되어온 것일까? 우리 사회를 다시 디자인하며, 스스로 만들고 누구나 접할 수 있는 소박한 것에 최상의 가치를 두려고 한다면, 집착하지 않는 마음 때문에 그런 필요성까지 못 느끼게 되지 않을까?

종교에 대한 우리의 인식을 바꾸는 질문이 여기에 있다. "지혜란 무엇인가?"라고 특정한 믿음에 대해 묻는 대신 "이런 신념체계가 어떻게, 왜 생겨났는가? 이런 종교를 낳은 사회적 조건은 어떠한 것이었을까?"라고 묻기를 바란다.

위대한 종교 중 상당수는 극심한 빈곤과 고통과 폭력의 시대 상황에서 생겨났다. 또한 당대의 기술 수준에 따른 제약이 있었을 뿐더러 흔히 폭정이 난무하는 사회 분위기 때문에 제약을 받기도 했다. 그런 역사적 상황을 고려해볼 때 누구나 갖고 싶어하는 좋은 물건은 얻기 불가능한 경우가 많아 억제했던 것일까?

이 말이 부처와 예수와 간디를 모두 고려해서 하는 말처럼 들린다면 틀리지 않다. 덕을 지녔던 이들 성인들에게 응당한 존경심을 갖고 있긴 하지만, 나는 이들이 틀릴 수도 있다고 생각한다. 또한 나는 이들이 자신들의 가르침에 약점이 있는지 우리더러 찾아보라고 권했으리라 생각한다. 이들의 힘은 바로 의심을 받더라도 시험을 이겨낼 수 있다는 데 있다. 이들의 방식은 대부분 옳은 것이지만 전적으로 그런 것은 아니다. 적게나마 이들에게는 실수가 있을 수 있다. 그런데 그런 실수의 가능성을 인정하지 않는다면 우리는 히틀러나 은둔자 베드로─십자군 전쟁을 부추긴 사람 중 하나─옮긴이의 맹목적인 추종자나 다름없다. 존경심을 잃지 않는 의심은 두려

인간이 사적 소유물을 탐내기 시작하면서 폭력과 사기와 약탈이 시작되었다. 곧이어 자만과 질투가 세상에 얼굴을 들이밀더니 인간을 위한 새로운 부(富)의 기준을 들고 왔다. 그때까지만 해도 스스로 바랄 것이 없으면 부자인 줄 알았던 인간은 이제 자신들에게 필요한 것을 자연의 요구에 따라 매기지 않고 남들이 얼마나 가졌는지를 보고 따지기 시작했다. 그리하여 자기보다 남들이 가진 것이 많으면 스스로를 가난하다고 여기기 시작했다.

사무엘 존슨Samuel Johnson

위할 것이 아니라 얻을 점이 많은 것으로 보아야 한다. 더 나은 사회를 만들기 위해 우리는 지도자나 선생이나 영적 스승을 맹목적으로 따르는 일을 경계해야 한다. 의구심을 두려워할 필요는 없다.

데카르트는 알기 위해서 모든 것에 대해 의심하며 질문을 던졌다.

소박한 물건을 만드는 기쁨

물건에 대해 우리가 만약 잘못 알고 있다면? 물건을 바라고 갖는 것에 아무런 문제가 없다면? 이 말은, 잘못된 것은 물건과 우리 사이의 관계, 탐하는 마음, 소유에 대한 갈망 같은 것이라는 뜻이다. 아무에게서도 빼앗지 않은 물건이라면 거기에 무슨 잘못이 있겠는가? 손수 만들거나 친구가 만들어준 것이며, 내다 팔 목적이 아니라 누군가에게 기꺼이 주기 위해 만든 것이라면 무엇이 문제겠는가.

우리가 찾는 것이 소박한 물건이라면—비용이 적게 들거나 거의 모든 사람이 만들고 소유할 수 있는 것—그렇게 탐낼 필요도 없을 것이고, 물건도 적절한 존중과 품격을 얻을 수 있을 것이다

그런 과정에서 우리는 소박함에 대해 더 많이 배울 것이다. 물건을 얻기보다 기술을 얻는 것에 더 힘쓸 줄 안다면, 구하고자 하는 사람이면 누구나 얻을 수 있는 창의적인 부의 영역에 들어가게 될 것이다.

물건을 소유하는 것보다는 만드는 일에 더 힘쓰는 분위기가 되면 물건은 기쁨과 만족의 원천이 될 수 있다. 더욱이 이런 기준에 맞추어 디자인하는 것은 기쁜 일이다.

이런 기준에 맞으려면 물건은 다음과 같은 조건을 충족시켜야 한다.

· 값이 싸야 한다.
· 만들기 쉽고 바꾸기 쉬워야 한다.

- 관리하기 편해야 한다.
- 눈으로 보는 즐거움과 마음으로 느끼는 즐거움을 충족시켜야 한다.
- 쓰고 처분하는 데 어렵지 않아야 한다.
- 유리, 나무, 모직, 가죽, 구리, 도자기처럼 내구성이 있으면서 잘 닳기도 해야 한다.
- 보살핌과 애정을 갖고 만든 것이어야 한다.

소박함과 공정성

소박한 삶은 덜 폭력적이고 덜 착취적인 것이다. 복잡하게 살다보면 에너지와 물질적 재화가 너무 많이 필요해져서 남을 희생시켜가며 살 수밖에 없어진다. 우리의 의식주를 소박하게 재구성하면 필요한 것을 얻느라 일할 필요가 줄어들 뿐만 아니라 이전 삶의 방식을 유지하기 위해 애를 쓸 필요도 줄어든다.

전 세계적으로 현재 착취당하고 있는 사람들이 자신의 노동에 대한 공정한 대가를 받는다면 물가가 올라갈 것이다. 우리는 이를 예상하여 기꺼이 그 비용을 지불하려 해야 한다. 그렇지 않으면 우리는 세상 사람들이 다 잘 살기를 바란다면서 우리가 먹는 바나나 값만은 싸야 한다고 생각하는 위선에 빠지고 마는 것이다. 온두라스에서 바나나를 따는 사람이든 말레이시아에서 고무나무 즙을 받는 사람이든 볼리비아에서 주석을 캐는 사람이든 브라질에서 신발을 만드는 사람이든 노동에 대하여 같은 대가를 받는다면, 바나나든 장화든 타이어든 양철통이든 모두 같은 값을 받아야 할 것이다.

소박하게 사는 법을 배우면 이 세상에서 자기 몫을 다할 수 있게 될 것이다. 나는 내가 생산하는 것 이상을 가질 권리가 없다. 남들보다 경제적으로 유리한 입장에 있다는 것—내 나라, 내가 물려받은 재산, 내가 물려받은 지능과 체력 때문에 경제적으로 더 유리하게 되어 호화로운 물건으로 집을 가득 메우는 것—은 훔치며 사는 것이나 마찬가지다.

에머슨의 말처럼 세상을 우리가 보는 것보다 '좀 더 나은 곳이 되도록' 하려면,

우리가 소비하는 것이 이 세상의 '부' 라는 시각을 갖고서 쓰는 만큼 반드시 세상에 뭔가를 기여할 수 있도록 해야 하지 않을까?

앞서 말한 바와 같이 전기를 써서 물을 퍼 올리면서도 운동 삼아 조깅을 한다는 것은 참담할 정도로 모순된 일이다. 손으로 물을 긷는 것은 그리 힘든 일이 아니다. 또한 물을 이런 식으로 긷다보면 우리가 쓰는 물의 양에 대해 더 의식하게 되기 마련이다. 이곳 메인 주에 사는 내 가까운 이웃은 펌프를 자전거에 연결해서 쓴다.

소위 '문명' 이 발달한 사회에서는 수돗물이나 전기 없이 사는 사람들을 뒤처졌다고 보는 경향이 있다. 그러나 우리가 실제로 우리 주변 세계에 끼치는 영향을 직시한다면, 동네 식료품점에 가기 위해 화석 연료를 쓰면서도 운동을 해야 한다며 골프를 치는 것이 더 뒤처진 것으로 봐야 하지 않을까?

우리의 신념과 실제 삶이 조화를 이루는 방식에 더 민감해진다면 물을 긷거나 장작을 패는 일이 아름다운 삶의 한 부분으로 인식될 수 있을 것이다. 가능하면 적게 쓰면서, 소박하게, 더 적은 것으로 더 많이 누리면서 살 수 있다면, 그 삶은 무척 아름다울 것이다. 남북전쟁 당시에 남군의 존경받던 포레스트 장군─"우리는 가장 많이 들여서 가장 빨리 그곳에 당도했다"고 말한 것으로 유명한─의 견해와는 반대로 나는 가장 적게 들여서 가장 느리게 그곳에 도달하고 싶다.

결핍을 느끼는 사람들이 있는데도 필요 이상으로 소유하고 있다면 분명 훔친 것이나 마찬가지다. 더군다나 스스로를 노예로 만들어버리는 것과 같다. 가능하면 소박한 물건들을 더 적게 가지고 사는 법을 배운다면 사회적 격변이 있어도 상처를 덜 입을 것이다. 물건을 관리하느라 심적으로 육체적으로 헤매는 데 시간을 덜 쓰다보면 걱정할 일도 줄어들 것이다.

자주 웃고 많이 사랑하는 것, 지적인 사람들의 존경과 아이들의 호감을 받는 것, 정직한 비평가들의 인정을 받고 잘못된 친구들의 배신을 견디는 것, 아름다움을 제대로 감상할 줄 아는 것, 다른 사람들의 가장 훌륭한 점을 발견하는 것, 자신을 내어주는 것, 건강한 아이를 낳거나 정원 한 구석을 가꾸거나 사회 여건을 개선하여 세상을 좀 더 나은 곳으로 만드는 것, 열의를 갖고 놀고 웃으며 환희를 느끼며 노래할 줄 아는 것, 자기 때문에 단 한 사람이라도 더 행복해졌다는 사실을 아는 것, 이런 것들이 바로 '성공' 이다.
랠프 왈도 에머슨

더 나은 세상을 위한 선택

내가 가끔 종이 수건을 쓴다는 사실을 알면 놀랄 사람들이 있을 것이다. 그런데 '나무를 다 써버리는' 것에는 반대하는 사람들이 매일같이 받아보는 신문을 만드는 데 나무가 들어간다는 사실은 종종 망각한다. 우리는 저마다 나름의 선택을, 바라건대 지각 있는 선택을 해야 한다. 지금 내 수준에서 나는 종이 수건이 유용하다는 생각을 하고 있다. 나는 적은 양만, 그것도 낭비가 적으면서 더 쓰기 편한 크기가 되도록 반으로 잘라서—그러면 죄책감도 절반으로 줄 것 같은지—쓰고 있다. 내 경우에는 이렇게 하면 천으로 만든 수건을 빠는 데 드는 에너지를 줄일 수 있기 때문이다. 나는 마을과 전깃줄로부터 멀리 떨어져 살고 있어서 천 수건이 경제적으로나 생태적으로나 비용이 더 든다. 언젠가는 나도 종이 수건이 주는 특별한 편리성 없이 살게 될지도 모른다. 하지만 어쨌든 지금으로서는 나에게 필요한 것이라는 생각이 드는 것이다.

보다 소박한 선택으로서 또 하나의 사례가 있다. 손에 묻은 송진이나 타르나 엔진 기름때를 지우려면 깨끗한 식물성 기름이면 충분하다. 마가린이나 샐러드 기름을 살짝 찍어 바르기만 하면 그만이다. 그런 다음 잘 비벼서 닦아내고 비누를 묻혀 따뜻한 물로 씻으면 된다. 진한 타르가 묻었어도 이 과정을 반복하면 마술처럼 지워진다. 게다가 흔히 쓰는 등유나 휘발유나 페인트보다도 손에 덜 자극적이다.

우리는 오늘날 천연자원의 오용誤用을, 공기와 물의 오염을 몹시 염려하고 있다. 반면 내면의 오염에 대해서는 어떠한가. 우리 역시 환경의 일부이며, 보살핌이 필요한 특별한 종류의 생명이다. 그런데도 우리는 합법으로나 불법으로나 식품첨가제, 불량식품, 약물 등을 무분별하게 섭취하고 있다. 불량가공식품은 몸에 직접적으로 해로울 뿐만 아니라 에너지와 자원을 낭비하도록 생산되고 포장되고 운송되고 있다.

또한 우리는 너저분한 물건과 말과 생각으로 우리의 마음을 오염시키고 우리의 창의성을 짓밟고 있다. 이렇게 방탕하게 지내다보면 맹목적이 되고 황폐해지며, 어느새 아름다움은 감쪽같이 사라져버린다. 그리하여 성장과 활력에 필요한 시간과 에너지를 도둑맞게 되는 것이다. 마치 사원에 들어가듯 우리 안에 단정한 모습으로 조용히 들어가 우리 몸을 정성스럽게 대한다면 얼마나 아름다운 일이겠는가. 정원을 가꾸듯이 우리의 영혼이 자랄 수 있도록 돌보아준다면 얼마나 아름다울까.

우리는 각자 더 나은 세상을 만드는 일에 적은 양만을 투자할 수 있을 뿐이다. 그것은 바로 우리 자신이다. 그것은 적을지는 모르지만 우리가 가진 전부다. 그런 자신을 어떻게 돌보며 우리의 에너지를 어떻게 쓰느냐 하는 문제는 너무나 중요한 일이다. 우리 자신을 낭비하는 것이야말로 가장 경계해야 할 일이다. 먼저 자신의 본질에 대한 자각 없이 어떻게 남의 영혼에 진정으로 민감해질 수 있겠는가?

현재의 우리 사회는 위험할 정도로 남을 착취하거나 서로를 이용하는 일에 익숙해져 있다. 예컨대 대부분의 가게는 사람들의 필요를 채워주는 것보다는 단지 이익을 내기 위해 존재하고 있다. 이래서는 곤란하다. 문화를 근사하게 디자인하기 위해서는 우리가 사는 방식과 사업을 하는 방식을 근본적으로 바꾸어야 한다. 지역사회의 복리에 기여하며, 손님들이 필요한 물건을 살 때 좋은 것을 선택하도록 돕는 즐거움으로 가게를 운영할 줄도 알아야 한다.

흔히들 무언가를—가구든 옷이든 장난감이든 정원이든—만드는 제일 큰 이유가 돈을 벌기 위해서라는 생각을 한다. 그러나 그만큼 중요하거나 그보다 더 중요한 다른 요인들도 있다. 살면서 필요한 것을 만드는 일은 창의성을 발현하고 자신감을 얻기 위한 방편이기도 한 것이다. 사적이고 의미 있는 방식으로 생활의 필수품을 마련할 때, 그것도 자신이나 친구나 사랑하는 사람이 직접 손으로 만들어줄 때 비로소 정서적으로 안정을 느낄 수 있다. 물건이 어떻게 만들어지는지 배움으로써 얻을 수 있는 또 하나의 가치는, 그것이 어떻게 작용하는지 더 잘 이해하게 됨으로써 그것의 진가를 더 잘 알 수 있게 된다는 점이다. 우리 주변의 것들을 만들어가면서 얻는 지식은 세상과 한층 더 친밀한 관계를 이루도록 도와준다.

우리 모두 특정한 공예 기술을 배워 사람들이 육체노동을 업신여기는 일이 생기지 않았으면 좋겠다.　　　존 러스킨

목공木工 장인 스티븐 랜잘로타Stephen Lanzalotta

수작업에 대한 존경심

우리 모두가 어떤 식으로든 특정 공예술에 꽤 유능한 장인이 된다면 우리가 갖는 이해의 폭은 엄청나게 확대될 것이다. 그렇지 않으면 수작업 하는 사람들에 대한 존경과 가치를 어떻게 기업가나 학자나 사진가들이 받는 수준으로 끌어올릴 수 있겠는가? 이들은 장인의 멋진 작품을 즐기긴 하지만 그런 아름다운 물건을 손으로 만든 사람에 대한 존경심은 갖지 못하는 사람들 아닌가?

사람들이 훌륭한 바구니를 좋아하면서도 바구니를 만드는 사람에게는 낮은 지위를 주는 것은 세계적인 현상이다. 파나마 모자를 찾는 사람은 많지만 모자 만드는 사람은 최악의 대우를 받는다. 멋진 신발을 보고 탄복하는 사람은 많아도 신발을 만드는 사람에게는 탄복하지 않는다.

우리는 이런 부당함을 계속해서 지탱하면서 살아가고 있다. 개인적으로 가능하면 많은 계층을 경험해봄으로써 우리는 삶의 모든 계층에 관심을 가질 수 있으며 모든 일에 대한 존경심을 키울 수 있다. 우리 모두 자기 손으로 일하는 법을 배운다면 손을 써서 일하는 타인에 대한 존경심을 가질 수 있을 것이다.

사회적으로 무언가를 만들어내는 능력에 대해 사람들이 확신을 갖도록 돕지 못한다면 우리는 갑절로 낭비하는 셈이 된다. 첫째, 우리는 사회의 보물 창고에서 너무 많은 사람들의 창조적 잠재성을 잃게 된다. 둘째, 방치된 사람들은 안정감을 느끼지 못하고 불행해지고 만다. 개인이 겪는 좌절과 그에 따른 병리 현상의 대가는 너무나 크다.

삶의 밑바닥에서부터 모든 사람들이 자기 손을 충분히 활용하는 분위기가 조성된다면, 사회적으로 우리는 우리 주변을 둘러싸고 있는 디자인과 물건들의 수준이 계속해서 높아지는 경험을 하게 될 것이다.

장인의 공예술을 경험함으로써 얻을 수 있는 또 하나의 이득은 머리로 하는 일과 손으로 하는 일을 섞을 수 있다는 점이다. 가능하면 매일같이, 그리고 같은 활동을 하면 이상적이다.

내가 생활필수품을 하나라도 산다면 나는 그만큼 스스로를 속이는 셈이다.　　　　　헨리 데이비드 소로

　이런 지혜를 제대로 갖춘 교육자가 한 사람 있었으니, 그가 바로 모리스 미첼이다. 그는 1950년대 중반에 퍼트니 교육 대학원을 이끌었던 사람이다. 일상생활에서 육체적인 활동과 지적인 활동을 혼합할 줄 알았던 그는 텃밭을 가꾸고 돌담을 쌓았으며 가구 만들기를 좋아했다. 그의 사무실 한쪽에는 아버지에게서 물려받은 큼직하고 근사한 책상이 자리잡고 있으며 다른 한쪽에는 작업대가 놓여 있다. 그는 어느 순간에는 편지를 쓰다가도 잠시 뒤에는 의자의 팔걸이를 맞추는 일을 하곤 했다. 잉크와 대팻밥이 절묘하게 조화된 한 사례라고 할 수 있다.

　간디 역시 손으로 하는 노동과 머리로 하는 노동을 함께 하는 것에 대해 신뢰감을 갖고 있었다. 그는 육체적인 노동이 명상에 도움이 된다는 사실을 발견한 것이다.

수작업의 효율성

나는 학생 시절에 "우리는 생산 문제를 해결했다"는 이야기를 들은 기억이 난다. 이는 분명 우리가 세상이 필요로 하는 상품을 얼마든지 생산해낼 수 있는 방법을 알게 되었으며, 아직 풀지 못한 문제는 분배라는 뜻으로 이해하고 있었다.

　지금은 그런 생각이 근본적으로 잘못되었다고 믿는다. 지식과 기타 여러 유형의 자원을 공정하게 분배하는 것이 급선무인 것이다. 그에 비해 산업적인 대량생산으로 이 세상의 문제를 풀 수 있다는 가정은 파급효과가 큰 오류다. 어떻게 생산하느냐의 문제는 적어도 무엇을 생산하느냐의 문제만큼 중요하다. 감성적이고 교육적인 부분까지 중요한 요소로 고려되지 않는 한 우리는 생산의 문제를 해결한 것이 아니다.

　현대의 타이어 공장은 원재료를 쓸 만한 상품으로 변환시키는 방식으로 볼 때 아주 효율적으로 보일지도 모른다. 하지만 거푸집에서 타이어를 빼내는 일만 하느라 작업 시간을 다 쓰는 사람들에게 미치는 악영향을 생각해볼 때 그것은 끔찍이도 비효율적인 것이라 할 수 있다. 인생을 그런 단순 반복적이고 유해하고 마음을

삼나무로 만든 빗물 홈통

빗물 홈통은 농가에서 꼭 필요한 물건이다. 이곳에서는 삼나무 널빤지로 된 지붕 위로 물이 자유롭게 흐른다. 그런데 나무로 만든 홈통은 갈수록 구하기 힘들어지고, 그렇다고 플라스틱이나 쇠로 만든 것을 쓰기는 꺼림칙하다.

직접 만들어보면 어떨까? 통장이가 한번 되어보라. 그러나 통장이가 되기 위해서는 그만큼 높은 수준의 기술이 필요하다. 나는 통장이에게 요구되는 것보다는 난이도가 낮은 기술과 적은 규모의 장비로 만들 수 있는 방법을 찾고 있다.

속이 텅 빈 통나무가 있으면 좋을 것 같았다. 그것도 속이 빈 삼나무 통나무가 있으면 더할 나위 없을 것 같았다. 이 일대에는 하얀 삼나무가 많다. 이 나무의 줄기는 가운데가 텅 빈 경우가 많으므로 용기를 만드는 작업을 수월하게 해준다. 대신 갈라지지 않으면서 용기로 쓸 수 있을 정도로─직경 24인치─충분히 큰 나무를 구하려면 제법 찾아 뒤져야 한다. 나는 숲에서 일하는 몇몇 사람들에게 이 말을 한 적이 있으나 소용이 없었다. 2년이 지나도록 삼나무 통나무로 만든 빗물 홈통을 만들 수가 없었다.

어느 겨울 날, 나는 삼나무 습지에서 말코손바닥사슴 이동로를 찾아 돌아다니다가 높이가 8피트 정도 되는 커다란 삼나무 등걸을 발견하게 되었다. 나는 속으로 군침을 흘렸다. 사실이라 믿기에는 너무나 멋진 일이었다. 커다랗고 속이 텅 빈 삼나무 줄기 하나가 내 집에서 1/4마일도 떨어지지 않은 곳에 죽어 있었던 것이다. 더 자세히 살펴보니 목질이 매우 튼튼했다.

이 일을 하려면 두 사람이 필요했다. 친구 하나가 도와주겠다고 자청했고 나는 연장을 준비했다. 약속 날짜가 되었는데 정작 친구가 오지 않자 나는 홈통을 빨리 만들어보고 싶은 마음에 혼자서 작업할 수 있는 방법을 궁리하기 시작했다. '필요는 발명의 어머니'라는 말이 도시에서 처음 나온 것이 아니라는 생각이 들었다. 내가 사는 이곳에서는 일을 도와줄 사람을 구하지 못해서 혼자 문제를 해결하는 방법을 찾아야 하는 경우가 많기 때문이다.

젊었을 때 나는 2인용의 가로 켜는 톱을 혼자 쓰는 법을 익혔다. 단, 살아 있는 나무를 베어내는 것이 아니라 쓰러진 나무를 잘라내기 위해서였다. 나는 반대쪽 손잡이를 없애고 날이 수직이 되게 하면 혼자서도 톱질을 할 수 있다는 사실을 알게 되었다.

이렇게 하니 톱질이 잘 되었다. 1인용 활톱에 비해 이 톱이 불리한 점은 날이 두꺼워서 통나무에 자국을 넓게 팔수록 에너지가 더 든다는 것이었다.

게다가 이번에는 서 있는 나무를 수평으로, 그것도 혼자 잘라내야 하는 어려움이 있었다. 대개 반대편에서 다른 사람이 잡아주게끔 되어 있는 휘어 있는 부분을 맡아줄 사람이 없으니, 일 하는 즐거움이 다 달아나버릴 것만 같았다.

그후 하루 이틀 동안 몇 가지 방법이 더 떠올랐다. 하나는 톱의 반대편 끝에 커다란 가위를 매달아서 톱이 움직일 때 가위도 앞뒤로 움직이도록 하는 방법이었다. 이렇게 해도 될 것 같았지만 또 더 나은 방법이 떠올랐다.

나는 나무 반대편에 작은 단을 하나 만들고 여기에 왁스 칠한 참나무 선반을 못으로 고정시켰다. 그 위에서 톱의 반대쪽 끝이 미끄러져 움직이도록 한 것이다. 이렇게 하니 톱질이 신통하게 잘 되었다. 나무를 잘라놓고보니 나무가 엄청나게 무겁다는 사실을 알 수 있었다. 한가운데에 6인치 너비로 구멍이 나 있었고 그 둘레에는 나무가 꽤 얼어붙어 있었다. 옮길 수 있을 정도로 가벼워질 때까지는 숲에서 치수를 맞추는 일을 해야만 했다. 이것 역시 힘든 일이었다.

　가운데 구멍은 도끼로 파거나 까뀌로 깎기에는 너무 작았다. 배를 만들 때 쓰는 커다란 끌을 써서 구석을 좀 파보았지만 통하지가 않았다. 커다랗고 둥근 정 모양의 끌이 있으면 도움이 되었겠지만 구할 수가 없었다. 이 문제로 꽤나 골머리를 앓다가 이 작업에 맞는 새로운 연장 하나를 만들자는 생각이 들었다. 세게 찔러 넣을 수 있도록 묵직하고 길쭉한 둥근 정 모양의 연장이면 될 것 같았다.

　내 연장통에는 헝가리에서 발견한 오래된 홈통 까뀌가 있었다. 나는 이것을 삽 손잡이와 연결하여 나사못으로 죄었다. 날 끝을 날카롭게 만들었더니 찔러 넣을 때나 찍듯이 내려칠 때 훌륭하게 움직여주었다. 얼어붙은 호수에 구멍을 뚫을 때처럼 쉽게 느껴졌다. 틈날 때마다 이런 식으로 파내는 일을 일주일 동안 했더니 근사한 삼나무 홈통이 하나 만들어졌다. 두께 1인치에 지름이 24인치인 이 통은 어깨에 짊어지고 집으로 가져올 수 있을 만큼 가벼웠다.

　게다가 나는 원래 찾던 말코손바닥사슴이 다니는 길을 찾았으며, 어미 사슴과 갓 태어난 새끼 사슴까지 발견할 수 있었다.

무디게 만드는 활동에 투자함으로써 개인과 사회가 치르는 비용은 엄청난 것이다.

모직물 짜는 경우를 예로 들어보면 산업 생산이 인간에게 미치는 비효율성을 더 잘 이해할 수 있을 것이다. 손을 쓰는 방법에 비해 기계가 생산해낼 수 있는 물자의 양은 믿을 수 없을 정도로 방대하다. 주어진 시간에 가공한 재료의 양을 비교한다면 기계와 수작업자 사이의 경쟁은 우스꽝스러울 것이다. 그러나 '모든 비용을 다 고려할 때' 손으로 하는 뜨개질은 지금껏 개발된 생산 방법 중 가장 효율적인 것이다. "저 사람 미쳤군!"이라고 생각하겠지만 더 읽어보시기 바란다.

· 수작업에 드는 지출은 아주 적은 반면에 생산용 기계에는 엄청난 투자를 해야 한다. 그런 점에서 손뜨개질 도구는 모든 사람이 쉽게 구비할 수 있는 것이어서 뜨개질 자체는 진정으로 서민적인 기술이다.
· 수작업은 이동하면서도 할 수 있다. 이 일은 기차를 타고 다니면서도, 친구를 방문하면서도 할 수 있다. 작업자가 특정한 작업장에 묶이지 않는 것이다.
· 뜨개질은 조용히 할 수 있는 일이어서 대화를 방해하지 않는다. 느긋하게 반복되는 동작은 생각을 가로막지도 않는다.
· 뜨개질은 하루 중 아무 때나 손이 심심하여 무언가 활동이 필요한 순간에 할 수 있다.

뜨개질은 지극히 오래된 공예술이면서도 오늘날 생생하게 남아 있는 기술이다. 이러한 시간 초월성은 뜨개질이 갖고 있는 비교할 수 없고 개량할 수 없는 아름다움을 빛내주는 속성이다. 손으로 할 수 있는 일 가운데 오늘날에도 제대로 살아 있는 기술이 많이 있다. 펠트 만드는 기술(부츠용, 깔개용, 모자용)이나 가죽 만드는 기술(옷이나 비품용)이나 목공예(숟가락이나 그릇이나 노) 같은 기술이 그렇다. 그러나 그중에서도 뜨개질은 단연 최고다. 순전히 편견에 불과하다고 한들 어쩌랴?

디자인의 역할

디자인이 갖고 있는 최상의 의미에는 문제를 분석하여 최선의 해법을 찾는다는 뜻이 있다. 사용할 물건을 만드는 기쁨을 누리기 위해 더 많은 사람들이 참여할 수 있도록 모든 분야의 디자인은 소박할 필요가 있다. 소박한 모양이 더 아름다운 법이며, 물자와 시간과 에너지를 아끼는 데 더 효율적이기 때문이다.

교육에서 디자인이 갖는 역할은 중요함에 비해 너무 흔히 무시되어왔다. 마찬가지로 디자인은 너무 오랫동안 쉽게 다가갈 수 없는 영역이었다. 이는 마치 배타적인 모임을 만들기 위해 일종의 심리적 방어 기능을 하는 요금을 부과하는 것과 비슷해 보인다. 소박한 것보다는 까다로운 디자인을 더 중시하는 경우가 많다. 이는 삶에 대한 낭비적인 태도를 보여주는 또 하나의 사례다. 기술을 전수받은 사람들의 특권을 보호해주면서, 재능이란 것이 특별한 사람에게만 있다는 식으로 보게 만드는 것이다.

그러나 재능이란 것은 끊임없이 개발될 수 있는 것이다. 누구나 많든 적든 특정한 재능을 갖고 있기 마련이다. 내가 보기에 문명의 성패를 가르는 중요한 척도는 그 문명에 속한 모든 사람들의 재능을 얼마나 충분히 개발하느냐에 달려 있다. 이런 개발은 개인을 위해서도 그렇고 사회 전반의 풍요로움을 위해서도 필요한 것이다. 재능의 총합은 우리 세계의 가장 풍성한 자원 중 하나다.

내가 갖고 있는 디자인의 목표는 숙련된 기술이나 자신감이 없는 사람이라도 성공적으로 만들 수 있는 형태를 창조하는 것이다. 아름답고 소박하고 유용한 디자인, 정말 서민적인 디자인은 사람들이 기꺼이 자기 손을 써서 뭔가를 만드는 기쁨을 맛볼 수 있게 도와준다.

시골에서 이웃과 조촐히 치르는 집의 상량식은 이런 질문에 대해 생각해볼 수 있는 계기를 주는 좋은 예이다. 이 일은 함께 일하는 사람들의 자신감을 심어주기에는 딱 좋은 정도의 규모인 것이다. 게다가 우리는 대부분 집에 대하여, 그리고

수피교 전통에 따르면 장인이란 모름지기 자기 일을 통해 스스로 수양을 쌓는 사람이란 사실을 알게 되었다. 재료의 물리적 제약을 극복하면서 작업하는 동안, 자신의 정신도 연마하게 된다는 것이다.

나레르 아들란Narer Ardelan

집을 지을 수 있는 능력에 대하여 깊은 존경심을 갖고 있는 것 같다.

여러 공예품이 갖고 있는 복잡함에 대해서는 이미 잘 알아보았으니 더 이상 논할 필요를 느끼지 못한다. 반면에 누구나 쉽게 접할 수 있는 공예품을 만든다는 목적을 갖고서 소박함을 권장하는 일은 대체로 무시되어온 것이 사실이다.

너무 오랫동안 여러 분야의 지식들이 대다수 사람들에게 차단되어왔다. 거기에는 지식 장벽(입학시험 같은 것), 경제적 장벽(등록금), 계층 장벽(길드, 노조, 입학처장), 언어 장벽(내부적으로는 의사소통을 촉진할 목적으로 쓰이지만 모르는 사람들을 좌절하게 만드는 난해한 용어)이 있기 때문이다. 우리 모두 함께 물려받았기에 동일한 권리가 있는, '사회가 모은 지식'이라는 가장 큰 보물 창고에 개인들이 자유롭게 접근하지 못하도록 한다는 점에서 이런 장벽들은 민주적이지 못하다.

그런 장벽은 지식을 선점하는 엘리트 그룹과 지식에서 배제된 외부의 다수 대중을 가르는 결과를 낳는다. 예를 들어 초기에 성경은 라틴어나 그리스어로만 읽을 수 있어서 성직자와 학자들만 독점적으로 접근할 수 있는 것이었다. 이런 독점성은 오늘날 의료라는 전문 영역에도 적용된다.

사람들이 자기 손과 마음을 건설적으로 쓰는 방법을 자유롭게 모색하지 못하도록 억누르는 숨겨진 심리적·사회적 압박은 헤아릴 수 없이 많다. 누군가 아는 것에 대한 인공적인 제한을 가하기 때문에 사회는 모두가 참여함으로써 거둘 수 있는 지식과 생산성과 평화와 복리를 거두지 못하는 것이다. 아주 실질적인 의미에서 우리는 시장 최고의 블루칩 주식인 인간의 능력에 투자하기보다는 재산을 축적하는 데에만 정신이 팔려 있다.

자신감 키우기

특정한 대상이나 재료는 다른 것들보다 더 호소력이 있다. 어떤 형태의 일이 전수받지 않은 사람들에게도 확신과 목적의식을 심어주려면, 그것은 소박하고 매력적일 뿐만 아니라 어떤 마술적인 특성을 갖추어야만 한다.

나무 위에 지은 집이나 통나무집, 티피버팔로 등의 모피로 만든 북미 원주민의 원추형 천막집. 주로 유목을 하던 인디언이 사용하는 티피는 설치하기가 편리하며, 여름에는 시원하고 겨울에는 따뜻하다.—옮긴이, 유르트 같은 구조물과 마찬가지로 배 또한 이런 특성을 갖고 있다. 가장 성공하기 쉬운 프로젝트는 패턴이 아주 분명하고, 복잡한 디자인이 거의 들어가지 않는 경우이다. 창의성 문제는 일단 기본 기술을 익히고 난 다음에 거론할 문제이다.

우선 중요한 것은 만든 사람이 무척 기뻐하며 "내가 이걸 만들었어!"라는 탄성을 지를 만한 유용한 물건을 성공적으로 만드는 것이다.

그러기 위해서는 처음에 신발이나 스웨터처럼 몸에 잘 맞추어야 하는 것들은 시도하지 않는 것이 좋다. 뜨개질 초보자의 경우 영 맞지 않는 스웨터를 짜다보면 좌절하기 쉽기 때문이다. 우선 배우기 위해서라면 가죽가방을 만들어보는 것이 좋을 것이다. 가죽가방은 보기에도 좋고 디자인도 간단하며 만들기도 쉽기 때문이다. 벨트 만들기도 초보자들에게 적당하다.

이런 배움의 과정에 대한 나의 모색은 아직 초보 단계다. 그러니 비슷한 모색을 하는 분들과 교류할 기회가 있다면 감사할 일이다.

나는 카누의 노 만들기가 목공에 첫 프로젝트로 활용하기에 얼마나 좋은 것인지 경험한 적이 있다. 노에는 신비스러움과 아름다움이 있다. 노를 만들다보면 무언가 영혼을 사로잡는 듯한 잊을 수 없는 경험을 하게 된다. 필요한 것이라곤 날카로운 칼과 옹이가 별로 없는 두꺼운 전나무 판자뿐이다. 구할 수 있다면 노란 삼나무가 특히 좋다.

원치 않는 부분이 있으면 그저 잘라내버리면 된다. 어떤 모양이든 좋다. 손에 잘 잡히고 부드러운 느낌이 드는 것이 제일 중요한 기준이다. 얇은 판자만 가지고도 카누를 저을 수 있다는 사실을 명심하라. 노를 만드는 것은 더 가볍고 부드럽고 물에 잘 들어갈 수 있는 나무토막을 만드는 일일 뿐이다. 가장 흔히 하는 실수는 자루를 너무 가늘게 만드는 것이다. 이것만 피하면 여러분이 만든 노는 제대로 쓰일 것이다.

영역에 대한 비폭력적인 개념

영역 방어는 '자기네' 땅에 대한 위협을 느끼는 사람들이 보이는 보통의 반응이다. 영역이 중요한 것은 집이나 식량 조달 같은 물질적 행복뿐만 아니라 심리적인 행복 때문이기도 하다. 우리는 어떤 영역을 우리 자신의 것으로 생각함으로써 더 안정감을 느낀다.

누구나 일정 공간을 가질 수 있을 만큼 영역이 충분하다면 지속적인 평화가 가능하다. 그러나 인구에 비해 공간이 점점 줄어들면서 물리적이고 심리적인 폭력의 전제 조건이 늘어나고 있다. 사람들은 과거에 제한된 자원 때문에 서로 싸웠다. 흔히 그런 자원은 당장 쓰기 위해서라기보다는 어느 그룹이 남의 눈을 의식하여 갖추고자 한 위신과 존경을 끌어올리기 위해서였다. 어떤 때에는 전리품이 땅이나 돈이었고, 어떤 때에는 권력이나 지위였다.

공간 분배를 옹호하는 사람이면 별 어려움 없이 적당한 '영역'을 발견할 것이다. 하지만 여기서 우리는 "인간에게는 어느 정도의 땅이 필요한가"라는 톨스토이의 이야기가 적절하다는 것을 발견하게 된다. 그의 말에 따르면 한 사람에게 '필요한' 공간은 단지 6피트에 불과한 땅 한 뙈기일 뿐이다.

한때 부통령을 역임하기도 했던 국립정신보건연구소의 존 칼훈John Calhoun은 남의 욕구를 해치지 않으면서도 누구나 자기만의 영역을 가질 수 있는 방법을 제시한 바 있다. 그것은 정신적 영역, 지적 영역이었다. 생각과 디자인과 창의성의 세계는 모든 사람을 수용할 수 있을 만큼 충분히 넓은 공간이다. 칼훈은 정신적 영

유복하고 교육받은 계층인 우리의 현 위치는 가난한 사람의 등에 타고 있는 바다 노인과 같다. 대신 바다의 그 노인과 달리 우리는 가난한 사람에게 몹시 미안함을 느낀다는 점 하나만은 다르다. 그리고 우리는 그 가난한 사람을 위해서라면 무엇이든 할 것이다. 우리는 그가 계속 서 있을 수 있도록 충분한 음식을 제공해줄 뿐만 아니라, 그를 가르치고 안내하며 경치가 얼마나 아름다운지도 설명해줄 것이다. 감미로운 음악 얘기도 해줄 것이며 훌륭한 조언도 충분히 해줄 것이다. 그렇다. 우리는 그 가난한 사람에게 거의 모든 것을 다 해줄 것이다. 단, 그의 등에서 내려오는 것만 빼놓고 말이다.

톨스토이

역은 땅과 마찬가지로 동일한 가치를 가지면서도 제한되는 불리함이 없다고 믿었
다. 탐사할 만한 잠재력이 있는 지식 분야는 하도 광범위해서 자기만의 공간을 추
구하는 사람은 누구나 원하는 바를 얻을 수 있다. 영역에 대한 이러한 견해가 갖고
있는 또 하나의 장점은 두 사람이 서로 방해하지 않으면서 같은 공간을 동시에 차
지할 수 있다는 점이다.

   이는 영역에 대한 참으로 비폭력적인 개념이다. 남의 성공을 보면서 자신의 성
공을 발견하는 '성숙한 이기심'의 경지에 도달하지 못한 우리 같은 사람들에게는
특히나 의미 있는 개념이다.

   탐사는 어떠한 영역도 개인적으로 소유할 필요 없이 대단한 만족을 가져다줄
수 있다. 예컨대 대양의 일부분을 탐험하면서 커다란 보람을 맛볼 수 있다. 이런

그렇다! 자신을 탐험하라!
그런 자기 안에서
'미지의 대륙'을 발견할 것이니―
그 정신은 누구에게도 정복당한 적이 없었다.

에밀리 디킨슨

바다 여행자들은 아무런 흔적도 남기지 않는다. 어떤 사람은 특정 장소에 자신이 최초로 가보았다는 데 흥분을 느끼지만, 또 어떤 사람은 전에 같은 장소에 자기 같은 탐험가들이 잠시 머물다 갔다는 사실을 가슴에 담은 채 숲 속에서 오래된 돌담이나 지하 저장고 입구를 발견하기를 즐기기도 한다.

영역이 소유되고 방어될 필요가 있을까? 영역은 우리가 규정할 수 있는 것일까? 나는 우리 것이라고 느낄 만한 영역을 가져야 한다는 우리의 인식을 바꾸는 방법에 대해 고민하곤 한다. 할 필요는 있으나 아직 그런 일에 집중하는 사람들이 많지 않은 분야의 일을 자신이 떠맡음으로써 그런 욕구를 충족시킬 수도 있지 않을까? 예를 들어 바닷물에 땅이 침식되지 않도록 바닷가 모래땅에 해당화를 심는 것도 그런 일 중의 하나다. 이 장미과 식물은 만일의 사태를 막아줄 뿐만 아니라 멋진 열매를 선사하기도 한다.

메인 주의 내가 사는 일대에는 세 개의 길이 만나는 고립된 지점이 있다. 이 근처에 사는 한 가족은 해마다 이 지점의 한가운데에 삼각형으로 꽃밭을 가꾸어 지나가는 사람들을 즐겁게 해준다.

가장 멋진 경험 중 하나는 우리가 전에는 인식하지 못하던 생각의 상호 연관성을 발견하는 일이다. 우리 자신의 경험을 통해 새로운 아이디어, 새로운 해결법을 창조해낸다는 것은 기쁨을 배가시키는 일이다. 물리적 세계를 탐험하는 일도 흥미롭지만 정신의 세계를 탐험하는 일은 그에 못지않다. 우리는 아이들이 자기 내면의 잠재력에 대한 보다 원대한 비전을 갖고서 자라날 수 있도록 기회를 줘야 한다.

윌리엄 블레이크William Blake는 한 알의 모래에서 우주를 발견했다. 소로는 땅을 많이 소유한 사람들보다도 자신이 콩코드에 대해 주장할 것이 더 많다는 사실을 언급하면서 영역에 대한 또 하나의 접근을 제시한 바 있다. 숲과 들에 대하여

소박한 생활에 만족하며 사는 것, 사치보다는 우아함을 그리고 유행보다는 단정함을 추구하는 것, 존경받는 것보다는 가치 있으며 부유한 것보다는 유복한 것, 열심히 공부하고 조용히 생각하며 점잖게 말하고 정직하게 행동하며 별과 새의 노래를 듣고 열린 마음으로 어른뿐 아니라 아이의 소리에 귀를 기울이는 것, 모든 것을 달갑게 견디고 어떤 일이든 용감하게 하며, 때를 기다릴 줄 알고 절대 서두르지 않는 것, 그리하여 한마디로 평범한 것 속에서 영적이고 자발적인 것이 자라도록 내버려두자는 것이다.

윌리엄 채닝William Channing

잊혀진 나무깎기 받침대

예로부터 창고 한구석에 자리를 차지하며 대대로 전해 내려오던 가장 유용하면서도 소홀한 대접을 받는 것 중 하나가 나무를 깎을 때 걸터앉는 수수한 받침대다. 한 세기 전만 해도 그것은 벤치바이스보다 흔한 물건이었다. 당시 반쯤 휴대가 가능했던 이 받침대는 농장이나 농가에서 흔히 볼 수 있는 것이었다. 판자 만드는 사람이나 통장이에서부터 사다리 만드는 사람에 이르기까지 다양한 종류의 장인에게, 다양한 작업장에서 널리 쓰였음은 말할 것도 없다. 이 받침대에 앉아 당겨서 깎는 칼을 쓰면 놀라울 정도로 효율적인 결과가 나오곤 했다.

나무깎기 받침대는 도마와 마찬가지로 별로 시장성을 허용하지 않는 모양이다. 이 놀랍도록 간단하고 값싼 도구의 가장 큰 특징은 초보자라도 집에서 간단하게 만들 수 있으며 처음부터 잘 쓸 수 있다는 점이다.

또한 나무깎기 받침대는 구조와 기능의 간소함으로 볼 때 아주 독창적이다. 아직 제대로 평가를 받지 못한 민속적 지혜라 할 수 있다. 기본 구조는 발로 지탱하는 조임틀과 판자로 된 좌석으로 이루어져 있다. 작업자는 이 좌석에 앉아서 양쪽에 손잡이가 달린 당기는 톱으로 작업을 한다. 아주 오래전에 어느 독창적인 정신의 소유자는 발과 팔을 함께 사용하는 축 운동으로 내리 누르면 벤치 위에 큰 압력을 가할 수 있으며, 양손으로 절단면을 자유롭게 다룰 수도 있고 깎는 힘도 더 강해진다는 사실을 발견했다. 이 받침대를 타고 작업을 하다보면 톱을 당길 때 두 손으로 가하는 힘이 발의 힘과 합해져서 자연스럽게 대상을 더 다잡고 일을 하게 된다.

기계와 공장 시스템이 도입되면서 많은 장인 후보자들은 어쩔 수 없이 기계 조작자가 되어버리면서 나무깎기 받침대는 거의 잊혀지고 말았다. 그런데 이제는 점점 더 많은 장인들이 이 받침대의 아름다움을 재발견하면서 균형을 되찾아가고 있다. 지난 20년 동안 이 도구는 계속 진화하여 이제는 새로운 디자인이 개발되고 있는 것이다.

나는 40년 전에 처음으로 이 받침대에 매료된 뒤로 줄곧 그 다양함에 경탄하곤 했다. 묵직하고 무거운 것에서부터 어깨에 자기 받침대를 지고 다니는 이탈리아의 떠돌이 의자 장인의 것에 이르기까지 다양하다. 조잡한 것에서부터 격조 높은 것까지, 못생긴 것에서부터 아름다운 것에 이르기까지 다양하기도 하다. 만드는 데 몇 시간이면 족한 것이 있는가 하면 설치한 뒤 한 시간이 지나야 작동 가능한 것이 있다.

T. Gilmore

기본적으로 세 가지 유형이 있다.

첫째는 '표준' 나무깎기 받침대다. 여기에는 받침대에 작업 대상을 고정시키기 위해 3면이 트여 있는 가로막대가 달려 있다.

둘째는 열린 가로막대가 있는 받침대로서 넓은 나무를 깎기에는 좋으나 길다란 나무로 작업하기에는 좀 불편한 종류다. 대신 만들기는 가장 간단하다.

셋째는 이탈리아의 떠돌이 의자 장인의 '팡코 디 세겔라이오' 라는 것이다.

마지막 것은 특히 디자인이 아름답다. 나무깎기 받침대의 윈저체어라 할 만하다. 가벼우면서도 튼튼한 받침대를 선호하는 경향 때문에 재료가 절약되며 모양이 간단하면서도 효율적이고 아름다운 것들이 만들어졌다. 앞의 두 받침대처럼 작업 대상을 마찰에 의해 붙드는 것이 아니라 가운데 축에 있는 선반에 가로막대를 누르면서 작업하게 되어 있다. 그렇게 하면 나무를 붙드는 데 힘이 거의 들지 않는다. 작업할 나무가 크면 가로막대의 각도를 더 많이 기울이거나 발로 받치는 축을 더 멀리 뻗으면 된다. 이 받침대는 가장 특화된 것으로서 의자 다리와 가로대를 만들 때 가장 좋다. 내가 처음 '팡코 디 세겔라이오'를 본 이야기는 다음과 같다.

'오트 클레어'라는 프랑스의 작은 마을에는 벽걸이 융단을 만드는 장인이 3명 살고 있었다. 그들이 만든 작품은 매우 아름다워서 박물관이나 은행이나 대학의 벽을 장식하는 데 쓰이곤 했다. 1960년대 초반에 미술학교에서 만난 팻, 자클린, 미셸은 서로에게서 평화, 소박한 삶, 채식주의라는 공통의 관심사를 발견했다. 그들은 바라던 삶을 직접 살면서 옛 융단 장인들이 그러했듯 자신들이 갖고 있던 가치를 작품에 짜넣고 싶어했다. 그들은 버려진 작은 수도원을 하나 찾아 새롭게 꾸몄다. 1960년대 중반 그곳에서 나는 자신들의 철학을 일상생활에 실현하고 있던 세 사람의 아름다운 모범을 발견한 것이다.

그곳에 머무는 동안 나는 지금껏 본 것 중에서 가장 흥미로운 나무깎기 받침대를 보았다. 이탈리아에서 떠돌이 의자 장인인 '세겔라이오' 여러 명이 여행을 왔다. 그들은 자기들을 찾는 집에 가서 주변의 작은 나무를 필요한 만큼 잘라 의자 부속을 만들어주곤 했다. 그리고 의자를 짜맞추어준 다음 다시 길을 떠났던 것이다.

손으로 의자를 효율적으로 만들 수 있는 방법의 비밀은 나무깎기 받침대였다. 대개 받침대는 상당히 무겁다. 그런데 의자만큼이나 가벼운 받침대도 있었다. 정말 가벼워서 어깨에 짊어지고 다닐 수 있을 정도이며 나무를 붙드는 방법도 새로운 것이었다. 아주 기쁜 일이었다.

나이 많은 세겔라이오 한 사람이 의자를 만들어주기 위해 수도원으로 찾아왔다. 그는 그곳에서 병을 앓다 죽었다. 그의 성姓도 살던 마을도 알 수 없었다. 몇 년이 지난 후 가보았을 때도 그가 남긴 물건들은 그대로 보존되어 있었다. 앞서 언급한 바와 같이 이탈리아 사람들은 이 나무깎기 받침대를 '팡코 디 세겔라이오'라 부른다. 내 프랑스 친구들은 그것에 '의자 자전거'라는 재미난 이름을 붙여주었다.

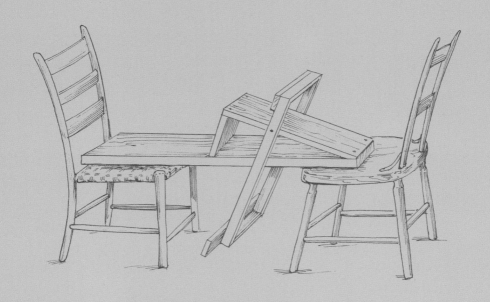

　아이들이 이 나무 깎는 장치에 느끼는 매력이 어느 정도인지를 보면 참 흐뭇해진다. 아이들은 날카로운 연장을 가지고 이렇게 안전하면서도 재미있게 놀 수 있는 기회를 좀처럼 갖기 힘들다. 당기는 톱을 잡는 데 두 손을 모두 써야 하기 때문에 날에 손가락을 다칠 위험이 없다. 게다가 정말 기막히게도 작업하는 동안 나무가 꿈쩍도 하지 않는다. 톱을 세게 당길수록 나무는 더 꽉 붙들려 있다.

　미네아폴리스 도심에 사는 친구가 12살 난 딸을 데리고 왔다. 이 아이는 같이 놀 친구가 없어서 따분해 하고 있었다. 내가 나무깎기 받침대를 보여주고 날카로운 당김 톱과 하얀 삼나무 토막을 하나 주었더니, 아이는 하루 종일 받침대에서 놀았다. 잠시 쉬다가도 다시 작업장으로 쫓아가는 아이의 모습이 참 예뻤다.

　나는 유럽 이외의 지역에서는 나무깎기 받침대를 쓰는 경우를 보지 못했다. 또한 직접적으로 파생된 것도 보지 못했다. 다른 디자인, 다른 이름, 있을 만한 다른 장소를 아는 분이 있다면 필자에게 알려주시면 좋겠다. 내 느낌으로는 발칸 반도와 코카서스 지방, 그리고 피레네 산맥 근처에 흥미로운 디자인들이 숨어 있을 것 같다.

　앞에 나오는 그림은 시간은 없고 받침대는 여러 개 서둘러서 만들어야 할 때 만들 만한 디자인이다. 이 받침대는 수작업으로 한 시간이면 만들 수 있다. 단순하게 만들기 위해 다리는 만들지 않았다. 밑에 받쳐줄 벤치나 의자는 흔하기 때문이다.

알게 되는 만큼 그것들은 독특한 방식으로 그의 것이 되었고, 땅의 법적 소유주들과 충돌하는 것은 아니었다. 우리 또한 소로와 블레이크가 했던 것처럼 우리 자신만의 영역을 발견할 수는 없을까? 강이나 숲지대나 도서관이나 사회 조건을 그런 영역으로 삼을 수는 없을까?

"농부로 하여금 집에 올 때는 반드시 손에 돌을 하나씩 들고 오게 하라"는 격언이 있다. 이렇게 해서 매번 사람이 지나갈 때마다 들에 있는 돌이 하나씩 없어지는 동시에 집 짓는 데 필요한 돌은 하나씩 느는 것이다. 이곳 메인의 오지에는 길을 따라 장작이 쌓여 있다. 그래서 집으로 돌아올 때마다 장작을 하나씩 들고 오기 쉽게 해놓았다. 우리가 하는 모든 일은 더 나은 세상을 만드는 데 도움이 되거나 방해가 되거나 둘 중 하나다. 우리는 문제를 해결하는 쪽의 일부가 되거나, 아니면 문제의 일부가 되는 길을 선택할 수 있다.

평생 작업을 찾아서

나는 신비한 환상을 보았네 신비한 환상이

사람들, 나무들, 강물들 속에서 '생명'으로 살아 흐르는 것을 보았네

환상에 빠진 나는 무엇이 '생명'의 꿈이고

무엇이 나의 꿈인지 더 이상 알 수가 없었네

A. E. 조지 러셀

전쟁과 폭력이 없는 사회를 디자인하려고 애쓰는 것만으로는 충분하지 않다. 폭력을 불러일으키는 여건을 없애는 것 또한 절실하다. 사람을 싸움으로 몰아넣기도 하지만 반대로 긍정적인 역할을 할 수도 있는 요소들을 사회 디자인에 포함시킬 필요가 있다. 신체 활동이나 자극, 단결심, 긴박감이나 동료의식, 소속감 같은 것들이 그런 요소다.

새로운 개척 정신으로 새로운 삶의 방식을 모색해야 할 것이다. 그것은 개개인의 필요를 충족시키는 사회, 사람들의 지적·신체적·창조적 잠재력을 최대한 개발하는 사회를 디자인하는 과정에서 비롯될 것이다. 지금 세상에는 그러한 잠재력이 제대로 개발된 사람들이 대단히 부족한 상태이며, 그런 사람이 있다 하더라도 우연의 결과일 뿐이다. 그것은 나쁜 심리학, 나쁜 사회학, 나쁜 경제학, 그리고 너무도 나쁜 경영학의 결과다.

우리는 전쟁을 몰아낼 수 있는 사회, 사람들이 전쟁을 통해 겪을 수 있는 것들—자극, 함께 겪는 고난, 공동의 대의大義의식—을 대체해줄 수 있는 사회를 필요로 한다. 미식축구 같은 게임도 그러한 역할에 대한 시도를 해왔다. 그러나 이런 게임은 경쟁과 폭력을 유발하는 한계를 가지고 있다. 게다가 사람들이 직접 게임을 하기보다 보는 것을 즐기도록 만든다는 데 문제가 있다. 암벽 타기나 급류에서의 카누 타기, 스카이다이빙 같은 것들도 서로 돕고 자극을 주고 자연을 가까이 하고 폭력을 추구하지 않는다는 점에서 건전한 활동이긴 하다. 하지만 이런 것들 역시 일상생활과는 거리가 있는 여가 활동에 불과하다.

그보다 더 긍정적인 예를 들자면, 따분해 하는 10대들을 데리고 산으로 가서 비상용 오두막을 지으면서 신체 활동을 유도하고 사회봉사를 곁들이는 일일 것이다. 오지 체험을 하면서 도구 사용법과 집 짓는 기술을 함께 배울 수 있다면 성장에 큰 도움이 될 것이다.

아니면 아이들을 지역의 은퇴자 거주지에 데리고 가서 정원도 함께 가꾸고 작업장도 함께 만들어보게 함으로써 원예와 건축과 사회봉사가 환상적으로 어우러지는 경험을 하게 해도 좋다. 원예에 대해서는 잘 알지만 허리가 아파 고생하는 사람이 있다면, 원예에 대해서는 잘 모르지만 땀을 흘리며 도와줄 수 있는 사람에게 안내를 해달라고 부탁할 수도 있다. 남들은 쓸모없는 땅이라고 생각한 곳에 농가를 짓거나 공동체를 일구는 일도 참여하는 사람들에게는 흥미로운 도전일 수 있다.

자연을 노래한 시인들은 많았다. 하지만 이들은 대개 일상생활에서 자연과 가까이 지낸 사람들은 아니었다. 우리에게는 직접 창조적이고 정직한 노동을 하면서 소박한 시골 삶의 아름다움을 발견하여 노래해주는 시인들이 필요하다.

전원생활의 철학

우리에게는 전원생활의 철학이 필요하다.

문명은 주로 도시의 중심에서 발달해왔다. 교제, 돈, 시장, 도서관 등이 갖는 자력은 엄청난 지성과 재능을 도시 중심으로 끌어모았다. 그 결과 우리는 도시적 관점에 바탕을 둔 철학을 발전시켜왔다. 그리하여 시골이나 덜 집중화된 지역사회에 대한 존경을 더 이상 찾아볼 수 없게 되었다. 통신과 여행이 급속도로 편리해지면서 도시의 삶을 지지하는 주장 중 상당수는 근거를 잃어버렸다. 우리는 이제 탈중심화되고 심신을 고르게 발달시킬 수 있으며 밥벌이 활동을 활발하게 할 수 있는 문화를 발전시킬, 역사상의 적절한 시기에 와 있다.

옛날에도 그런 시골 문화를 발전시키려는 시도가 있었으나 때가 무르익지 않았었다. 생계를 잇기조차 너무 힘들었기 때문에 창조적인 사고를 발전시켜나갈 만한 여유가 없었던 것이다. 우리에게는 그 무엇도 아쉬워할 필요가 없는 시골 문화를 발전시킬 수 있는 잠재력이 있다. 지식과 노동이 조화를 이루는 삶을 본보기로 보여주면서 심신이 창조적 조화를 이루는 삶을 가꿀 수 있다. 그러면서 자연과 밀접

자유 소농小農에게 필요한 것은 작은 농토가 전부였다. 왕국으로 불릴 정도로 큰 땅이 아니었던 것이다. 자기 일손이면 충분했지 부릴 만한 다른 사람들이 필요했던 것이 아니었다.

J. R. R. 톨킨

매우 예리한 자연주의자들은 매가 먹이를 낚아채는 놀라운 모습이나 표범이 어둠 속에서 갑자
기 뛰쳐나오는 광경에서 전율을 느낀다. 내 경우에는 그런 자극을 위해 열대지방의 정글로 여
행을 떠나지 않아도 된다. 나의 아프리카와 아시아는 바로 현관문 밖에 있다. 노란 게거미가
풀 속에서 다리 네 개를 쭉 뺀 채 여덟 개의 눈을 반짝이는 모습을 보면 되는 것이다.

프랭크 그레이엄 주니어 Frank Graham Jr.

하게 연결되어 있으며, 생각과 노동과 미술과 음악과 시가 세련되게 조화된 삶을 창조할 수 있다.

그런 점에서 우리에게 필요한 것은, 시골을 연상시켜주고 일상생활에 의미를 부여해주는 언어로 표현된 시골생활의 철학이다.

또 다른 기쁨의 원천

우리에게는 가족 모두가 가시적으로 유용한 역할을 담당할 수 있는 삶의 방식이 필요하다. 가장 어린 사람도, 가장 나이 든 사람도 가족에게 자신이 필요한 존재라는 사실을 바로 느낄 수 있는 삶의 방식 말이다.

우리는 아이들이 손을 써가며 배우는 즐거움을 발견할 기회를 박탈해버린다. 손으로 하는 일이 가져다줄 수 있는 생산적인 일, 창조적인 활동, 내면적 성장의 기회를 앗아 가버린다. 우리는 마약이나 텔레비전이나 스포츠 게임이나 범죄에서 재미를 찾는 김빠지고 무기력한 세상을 만들어버리고 말았다. 시시한 일에 너무 많은 아드레날린을 낭비하고 있다.

현재 우리 사회에서 아이들이 쉽게 할 수 있는 가장 자극적인 일은 직접적인 체험이나 텔레비전을 통한 간접 체험을 통해 범죄에 빠져드는 것이다. 긍정적인 대안이 필요하다. 스포츠도 어느 정도 대안이 되기는 하지만 다소 낮은 수준에 그치고 만다. 스포츠는 생산적인 방식으로 에너지를 사용하고 삶을 투자하는 문제를 해결해주지 못한다. 바람, 물, 눈보라, 서리를 가까이 느끼며 사는 것, '스포츠' 낚시가 아니라 먹을거리 해결을 위한 낚시, 흙을 만지며 사는 것, 자신에게 필요한 것을 스스로 책임지는 것, 이 모든 것들이 생산적이며 흥미로울 수 있다.

보트에는 그 자체의 독특한 매력이 있다. 그런 매력은 주말에 하는 보트 경주에 가서 아깝게 다 써버릴 수도 있고, 여행하고 탐사하고 집에서 먹을 식량을 가지러

나는 아이들이 가족의 생존과 행복에 기여하고 있다는 사실을 믿게 된다면 얼마나 큰 변화가 일어날까 하는 생각을 자주 해본다. 사회가 점차 도시화됨에 따라 아이들은 정말 책임 있는 일을 할 기회를 박탈당하고 있다.

드와이트 아이젠하워Dwight D. Eisenhower

가는 데 쓸 수도 있다. 전쟁과 마약과 범죄의 세상에서 자신이 필요한 공예품을 디자인하고 만드는 일은 의욕적으로 할 수 있는 잠재력을 내재한 일이다.

우리는 젊은 사람들의 주목을 끌 만한 활동을 찾아서 도심과 텔레비전이 주는 번쩍이는 세계와는 다른 역동적인 대안을 제시해야 한다. 우리 문화의 민간전승에는 깊이 뿌리내린 도끼와 카누와 산 이야기들이 있다. 대부분의 젊은이들은 소개받을 기회만 주어진다면, 오토바이나 로큰롤의 소음 말고도 자신들을 사로잡을 수 있는 시대 불변의 기쁨의 원천이 있다는 사실을 알게 될 것이다.

어떻게 하면 멋진 의자를 만들 수 있는지 오랫동안 면밀히 관찰하여 자기 것을 직접 만들어 써보면, 의자란 물건이 다시는 예전 같아 보이지 않을 것이다. 우리의 정신과 마음을 바쳐 무언가를 만드는 과정에 참여해보면 세상의 한 부분을 그만큼 더 잘 이해하게 된다.

소로에게 보내는 편지

"젊을 때는 달로 가는 다리를 만들기 위해 물자를 모은다. …… 그러다 중년이 되면 모아둔 물자로 보관 창고를 만들어야겠다고 마음이 바뀌어버린다"고 당신은 말했습니다.

그러나 헨리! 우리는 이미 달까지 가버리고 말았습니다. 우리에게 필요한 것은 더 좋은 창고였지만, 결국 엄청난 비용을 치르며 달에 가고 말았지요.

우리는 흔히 "땅으로 돌아가자"느니 "소박한 삶으로 돌아가자"는 말을 듣습니다. 그만큼 '그 옛날'에는 삶이 더 나았다는 뜻일 겁니다. 그런데 과연 살기에 더 좋았던 때가 있긴 했을까요? 어쨌든 돌이킬 수는 없으니 우리로서는 더 나은 세상을 디자인하는 책무에 매달리는 것이 최선일 것입니다.

제가 옹호하는 소박한 삶은 앞으로 나아가는 운동입니다. "땅으로 돌아가자"는

철학자가 된다는 것은 단지 미묘한 생각을 하는 것만을 뜻하지 않는다. …… 지혜의 가르침에 따라 소박하고 독립적이며 아량을 가져야 하고, 진실한 삶을 살 정도로 지혜를 사랑할 줄도 알아야 한다는 것이다.

헨리 데이비드 소로

우리 같은 영어권 민족들 가운데 누군가가 가난에 대한 찬가를 한번 더 대담하게 불러줄 필요가 있다. 우리는 한마디로 가난을 무서워하게 되었다. 우리는 자기 내면의 삶을 소박하게 가꾸기 위해 자발적으로 가난해지고자 하는 사람을 보면 비웃는다. 그가 보편적인 사회 속의 쟁탈전에 참여하지 않거나 돈을 벌러 거리에 나와 헐떡이며 뛰어다니지 않으면, 그를 얼빠졌으며 야심도 없는 사람이라고 생각한다. …… 소위 형편이 더 낫다는 현대 사람들이 인류 역사상 그 어느 때보다 물질적인 고난을 두려워할 때, 멋진 집이 생길 때까지는 결혼을 연기할 때, 은행에 모아둔 돈이 없으면 아이 가질 생각은 어림도 없다며 일에 파묻혀 지낼 때, 생각 있는 사람이라면 이토록 비인간적이고 불경한 심적 상태에 저항해야 한다. …… 나는 이 문제를 여러분이 심각하게 생각해보기를 권한다. 교육받은 계층이 현재 갖고 있는 가난에 대한 두려움은 우리 문명이 겪고 있는 최악의 도덕적 질병임이 확실하기 때문이다.

윌리엄 제임스

표현보다는 "흙으로 내려가자"는 표현이 더 적절한 것 같습니다. 우주선을 타고 달 주변을 돌아다니는 놀이보다는 지구의 흙 위에서 벌어지고 있는 삶의 문제를 해결하는 데 우리 에너지를 쓰는 것이 낫겠다는 결론입니다. 우리는 새로운 삶의 방식을 향해, 앞으로 나아가기 위해 우리가 가진 모든 기술을 한데 모을 필요가 있습니다.

'문명' 과 '기술' 의 왜곡된 의미

우리는 '교육' 이라는 단어가 '가르침' 이 아니라 학교 교육만을 뜻하는 세상에 살고 있다. '문명' 이란 것이 교양이나 문화를 뜻하는 것이 아닌, 전쟁 준비에 천문학적 수치의 물자를 쏟아 붓는 국가가 되어버렸다. '음식' 이란 것도 영양분을 뜻하는 것이 아니라 끝없이 쏟아져 나오고 있는 대용식품과 첨가제와 방부제와 성장호르몬이 되어버렸다. '신발' 은 발에 신는 것이 아니라 발 치장이 되어버렸다. '자유' 는 해방을 뜻하는 것이 아니라 복지제도와 노동에 몸을 파는 행위가 되어버렸다.

병을 하나 샀는데 그것이 샌다는 사실을 알게 되면, 이렇게 잘 깨어지는 부실한 병을 누가 팔았느냐며 합당한 불만을 제기할 수 있을 것이다. 철학도 마찬가지다. 철학의 임무는 삶의 의미와 방향을 제시해주는 것이다. 상아탑에 사는 사람들에게 지적 흥미와 수입을 보장해주는 것은 부차적인 문제다. 철학이 본연의 목적에 도달하지 못한다면, 그것은 불완전하고 그릇되고 어딘가가 새는 철학이므로 불만을 토로하면서 제조자에게 돌려보내야 한다.

'기술' 이란 단어에도 상당한 혼동이 있다. 흔히 이 단어는 무언가 새롭고 나은 것을 뜻하는 말이 되어버렸다. 기술이란 원래 새로운 것도 더 나은 것도 아니다. 기술은 땅 파는 막대만큼이나 오래된 것이며, 유익한 발명품 못지않게 무기를 디자인하는 데에도 자주 쓰여왔다.

우리는 기술을 선별하는 태도를 가져야 한다. 우리 필요에 꼭 맞는, 고대와 현

아이에게 장사를 가르치지 않는다면, 그것은 강도 짓을 가르치는 것이나 마찬가지다.

탈무드

대의 정신이 최상으로 혼합된 기술이 필요한 것이다.

고대의 정신이 뛰어났던 분야는 기술의 영역만이 아니다. 수천 년 전에 만들어 낸 행동 규율 중 일부는 놀랍게도 오늘날에도 적용할 만하다. 우리가 과거로부터 받은 선물 가운데 "남들이 내게 해주기 바라는 만큼 남들에게 해주어라"는 말보다 더 근사한 것이 또 있는가?

오늘날과 같은 인공위성과 우주 정거장의 시대에, UFO와 다른 별에서 온 방문객 이야기가 넘치는 시대에, 나로서는 지구를 헤매고 있을지도 모를 외계인의 존재에는 별 흥미를 느끼지 못한다. 내 흥미를 끄는 것은 내 속의 우주에서 온 작은 방문객들, 즉 아이디어이다.

웃어른 공경하기

한 사회가 얼마나 건강한가 하는 정도는 노인을 어떻게 대하는지를 보면 알 수 있다. 민감하고 사려 깊은 사회는 노년층이 나이를 더 먹을수록 명예와 존경을 받는 위치에 서도록 배려할 줄 안다. 그렇다고 나이순으로 서열이 정해지는 사회를 지지한다는 뜻이 아니다. 연장자들이 신체적으로나 심리적으로나 보살핌을 받는 사회, 그들의 의견을 구하고 존중해주는 사회를 지향하자는 것이다. 노인들의 기력이 떨어진다고 그들을 내칠 것이 아니라 더더욱 존경하는 것이 고귀하고 아름다운 일이다. 노년층을 소홀히 대접하는 것은 추한 행동일 뿐만 아니라, 우리를 안아 길러주고 우리가 딛고 일어서도록 어깨로 받쳐준 세대에 대한 감사를 모르는 태도이다. 이러한 태도가 극단적으로 근시안적인 것은, 우리가 부모와 조부모를 대하는 태도를 통해 우리 아이들이 그대로 따라할 것이기 때문이다.

소박한 삶에 대한 지식을 얻고자 하는 과정에서 나는 여러 문화권의 나이 많은 사람들과 가깝게 지낼 수 있었다. 그들은 아주 기꺼이 자기네 지식을 나눠주려 했다. 노인들의 정신과 능력을 돌보지 않는 삶의 방식을 디자인한다는 것은 범죄나

들판의 스트라디바리우스, 큰 낫

나는 건초나 잡초를 자를 때 주로 큰 낫을 쓴다. 이제 미국의 농장 풍경에서는 쉽게 볼 수 없는 이런 오래 묵은 연장을 나는 왜 일부러 쓰고 있는가? 폐물 더미에서 이 단순한 연장을 주워다가 무딘 날을 다시 세우는 이유는 무엇인가? 이유는 아주 간단하다. 한마디로 이 연장을 매우 좋아하기 때문이다.

첫째, 큰 낫은 조용한 연장이다. 이 연장은 이른 아침 이슬 속에서—풀이 가장 잘 베일 때다—일하면서 잡다한 생각을 마음껏 할 수 있도록 해준다. 게다가 바로 창가에서 일해도 누군가를 방해할 수 있는 소음을 내지 않는다.

둘째, 큰 낫질은 내가 보기에 가장 훌륭한 운동 중 하나이며, 큰 낫은 자연과도 훌륭한 조화를 이루는 '느리지만 확실한' 연장이다. 부드럽게 한번 휘두르며 앞으로 한발 나아가는 동안 잠시 날의 각도를 바로잡아서 다음 동작을 준비할 수 있다.

셋째, 일산화탄소 때문에 주위를 감싸고 있는 향기로운 풀 냄새를 더럽히는 일이 없다.

넷째, 나무나 바위 사이, 개울둑이나 가파른 비탈에 가져가서도 쓸 수 있는 가볍고 이동성 있는 연장이다.

다섯째, 큰 낫을 대체해버린 기계들보다 훨씬 값싸면서도 오래가고 손볼 일이 적다.

여섯째, 나는 이 연장의 역사를, 이 연장의 진화를 살펴보면서 만족을 느낀다. 고대에서부터 전해 내려오며 발전되어온 이 연장의 기품과 가벼움과 균형을 고려해볼 때 이것은 가히 들판의 스트라디바리우스가 아닌가 싶다.

다니엘 오헤이건Daniel O'hagan

마찬가지다.

인간 심리의 더없이 중요한 요소 중 하나는, 자신이 필요하며 가치 있는 존재라는 느낌을 갖는 것이다. 우리는 나이 많은 사람들이 기뻐할 만한 유용한 일을 제공함으로써 갑절이나 도움을 받을 수 있다. 우리가 갖고 있는 가장 귀한 문화적 보물은 인생 70이 넘은 사람들의 정신에서 나온 경우가 많다. 지혜가 무르익도록 여건을 만들어주지 못한다면 큰 낭비를 하는 셈이다.

내가 꿈꾸는 사회에서 '은퇴' 문제란 없을 것이다. 은퇴란 경제적 필요 때문에 원숙 단계에 이르지도 않은 일을 중도에 끝내버리는 것이라 할 수 있다. 사람들이 자기가 좋아하는 일을 한다면 우리가 지금 알고 있는 은퇴는 사라질 것이다. 그 대신 기력이 떨어져갈수록 점점 일을 줄여나가면 될 것이다. 90대 후반이 되어서도 매일같이 밭에서 일하고 부엌 식탁에서 글을 쓰고 장작을 패고 퇴비용 해초를 모아오던 스코트 니어링이 생각난다. 그와는 반대로 혼자 방에 가만히 앉아 텔레비전을 보며 마지막을 기다리는 사람들을 한번 생각해보라.

문화 혼합의 잠재력

다른 문화 속에서 더 나은 삶을 사는 데 도움이 되는 아이디어를 찾는 과정에서, 오랜 세월을 거쳐 내려온 것이지만 오늘날에도 유용한 무언가를 발견하는 것은 아주 즐거운 일이다.

예컨대 윈저체어영국 윈저 지방에서 처음 만들어진 나무 의자. 서민의 실용적인 의자로 상당히 유행했다—옮긴이를 만들 때 나무를 다루는 기술은 우리가 아는 가장 우아하면서도 간단하고 유용한 공예술이다. 그렇게 적은 재료를 써서 그토록 아름다운 결과물이 나오는 것이다. 게다가 오랜 세월 동안 기본적인 기법에는 거의 변화가 없었다. 또 하나의 사례는 손으로 짠 천으로서, 오늘날 우리 삶에서 여러모로 매우 중요한 것이면서도 옛날과 마찬가지로 여전히 유용하다. 마찬가지로 알래스카 에스키모들이 쓰는 커다란 가죽배인 '우미악'은 오래전부터 너무나 세련되게 다듬어져 있어

서 더 이상 디자인의 발전을 이룰 필요가 없다.

오래된 것이 좋다는 사실을 발견하면서 드는 이 만족감은 어디서 오는 것일까?

아마 내 만족감은 '삶의 어떤 단면들은 너무 간소해서 더 이상 향상시킬 필요가 없다' 는 점을 발견한 데서 오는 것일지도 모른다. 아마 나는 수천 년 전에 아시아의 어느 양치기가 최초로 발견한 펠트 천 만드는 방법이 놀랍도록 효율적이고 간단하며, 오늘까지도 기본적으로 바뀐 점 없이 전해 내려온 것을 보고서 과거에 대한 친밀감을 느끼며 좋아하는 것인지도 모른다. 집에서 만든 펠트 부츠를 신고 이렇게 글을 쓰고 있다보니 문화적인 조상에 대해 일종의 혈연적 유대감까지 느낀다. 과거와 연결된 그러한 끈은 아무런 의심도 허락하지 않는 급격한 변화의 소용돌이 속에 있는 우리에게 일종의 심정적인 닻의 역할을 해준다.

기법이나 아이디어가 오래되기만 하면 좋은 것이라고 주장하는 것은 결코 아니다. 민속의 지식과 민속의 무지, 양쪽 모두가 우리에게 전해 내려왔기 때문에, 당연히 그 둘을 구분할 필요가 있다. 후자의 일례를 하나 들자면 팔에 빨간 줄을 친 뒤 그 선 이상으로는 질병 감역을 막을 수 있다고 생각한 경우다.

디자인의 모험, 곡선

40년 전에 유르트에 처음 빠진 뒤 곡면曲面을 더 많이 만들어내고 싶다는 유혹이 내 안에서 꿈틀거리기 시작했다. 먼저 나는 이 아이디어를 지붕에 활용해보기로 했다. 곡면이 많은 지붕이 훨씬 더 매력적으로 보였던 것이다.

나를 강하게 사로잡은 유르트 재단의 로고는 벽과 지붕에 굴곡이 많은 모양이었다. 하지만 우리는 누구나 바깥으로 휘는 벽은 불가능하다는 사실을 알고 있지 않은가?

오랫동안 나는 그런 생각을 해왔다. 그러다 한밤중에 갑자기 새로운 디자인이 떠올랐다. 그러니 이건 내 디자인이라 할 수 없다는 점을 이해하시기 바란다. 내가 한 일은 거의 없다고 해야 할 것 같다. 내 오른쪽 귀 위층 어딘가에 살면서 나에게 조언을 해주는 재미있는 친구가 하나 있는데, 내가 그를 자유롭게 풀어주는 한 그는 아주 커다란 도움을 준다. 그가 요구한 것은 두 가지였다.

· 밤 9시가 되면 칼같이 잠자리에 들라.
· 자극적인 음식을 먹지 말라(특히 오후가 되어 커피 아이스크림을 먹지 말라는 뜻이었다).

그는 벽과 지붕에 쓸 나무로 3인치 두께의 삼나무를 써서 굴곡을 주는 디자인을 제안했다. 그는 모양이 어떤지는 보여주지 않았다.

하얀 삼나무로 둘러싸인 숲에서 사는 내 친구 팀은 얼마 전에 수평 날이 달린 띠톱을 샀다. 문제는 적절한 곡면을 얻기 위해서는 삼나무 판자를 이 기계 톱에 통과시켜야 한다는 점이었다.

팀은 몹시 의욕에 차 있었다. 게다가 이 일은 새 기계 톱의 첫번째 프로젝트였던 것이다. 우리는 나무판자를 공중에 매단 단壇에다가 올려놓기로 했다. 이 단은 판자를 톱으로 흔들어 밀어 넣을 수 있도록 고안한 커다란 추인 셈이었다. 기막힌 아이디어였다. 우리는 황홀해졌다.

그러다 계산을 해보니 우리에게 필요한 곡면의 반지름이 거의 30피트나 된다는 사실을 알게 되었다. 그런데 우리에겐 30피트나 매달 지주가 없었던 것이다! 게다가 지주에 매달아서 작업을 하다보면 어쩔 수 없이 탄성이 생겨 절단이 불규칙하게 되기 마련이다.

다른 방법을 찾아야 했다. 그러던 어느 날 밤 다시 그 조그만 친구가 나를 도우러 나섰다. 우리가 가진 나무판자의 두 배 길이가 되는 곡면을 만들기로 하고 각 판자를 톱에 통과시킨다는 아이디어였다. 우리는 그런 모양을 짜놓고 톱을 단단히 고정시킨 다음 첫번째 판자를 통과시켰다. 만세! 첫번째 판자를 자르는 데는 20초밖에 걸리지 않았다.

이 방법이 지닌 또 하나의 마술은 처음에는 쓸모없어진 나무같이 보였던 것이 사실은 반대편 벽면에 쓸 수 있다는 점이었다.

우리는 이 방법을 사용해서 여기 사진에 나와 있는 여름용 야외 부엌을 만들었다.

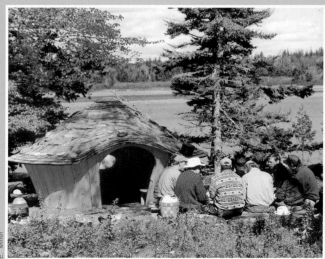

E. Miller

지혜란 너무 귀한 것이어서 어디서건 발견하는 족족 주워 담지 않을 수가 없다. 한 문화나 시기를 다른 것과 비교함으로써 새로운 형태의 지혜를 얻는 경우도 흔하다. 어떤 오래된 지식의 단편을 검증해본 다음 별 필요가 없다는 점을 발견하는 데서 오는 특별한 기쁨도 있다.

문화 혼합을 통해 발달하는 근사한 혼성물을 보고 흥분하는 경우도 있다. 그러한 사례 중 하나가 북미 북서 해안에 사는 틀링깃 인디언북미 서해안의 알래스카 근방에서 거주하며, 한때 연어 낚시가 주 수입원이었다.─옮긴이이 만든 굽은 칼이다(254쪽 그림 참조). 이 칼은 전통적 모양에다 현대 재료인 쇠와 에폭시에폭시 수지. 금속과 금속의 접합에 가장 알맞은 접착제.─옮긴이를 결합하여 만든 세계 최고의 목공예품이다. 이러한 문화 혼합물은 앞으로 얼마든지 다양하게 생겨날 수 있는 잠재력을 가지고 있다. 그리하여 아마 인간이 기울인 노력 가운데 가장 풍요로운 보물 창고를 세울 것이다.

인간에게 필요한 것

나는 우선적으로 인간의 요구를 충족시키기 위해 노력을 기울이지 않는 것은 윤리적으로나 경제적으로나 변명할 여지가 없다고 생각한다. 누구는 물에 빠져 죽을 판인데 앉아서 스웨터를 짜며 그 사람이 물에서 나오면 추울 거라고 말하는 것은 엄청난 기만이다. 지금 당장 필요한 것은 밧줄이며, 가능하다면 최대한 빨리 도와줄 사람을 찾기 위해서 온갖 노력을 기울여야 할 것이다.

우리가 텔레비전을 보고 테니스를 치고 매듭실 레이스를 만드는 동안 세상은 절박하게 우리의 도움을 바라고 있다.

사람이 즐거움과 아름다움을 찾을 수도 있지 않느냐고 반문한다면 나도 전적으로 동감한다고 말하겠다. 하지만 내가 동의할 수 없는 것은 즐거움과 아름다움이

사실 사람에게 정말 필요한 것은 임금보다 일 자체다. 일꾼들의 복지를 생각해주는 사람이라면 넉넉한 급여나 휴가나 연금을 주려고 하기보다는 좋은 일자리를 제공할 궁리를 해야 한다.

일의 역할 중에서는 무언가를 만드는 것보다 '사람'을 만드는 것이 더 중요하다. 사람은 무언가 유용한 일을 함으로써 자신을 만들어간다.

마하트마 간디

명주실은 당신을 심연에서 구해주지 않겠지만
동아줄은 구해줄 겁니다 -
그렇지만 동아줄이 장식용으로는
별로 예쁘지 않지요 -
그러나 제가 당신에게 말하고 싶은 것은, 한 발짝 걸을 때마다 구멍 -
멈춰 설 때마다 우물이라는 겁니다 -
자 이제 동아줄과 명주실 중 무엇을 드릴까요?
가격은 둘 다 비싸지 않아요 -

에밀리 디킨슨

문화 혼합의 한 예, 굽은 칼

굽은 칼에는 특별한 마술이 담겨 있다. 내가 어렸을 때 아버지는 그릇이나 숟가락을 만들기 위해 둥근 끌과 나무 방망이와 나무를 죄는 데 쓰는 바이스를 사용했다. 게다가 바이스를 붙들 벤치가 필요했고 벤치를 보관할 작업장도 필요했다. 그러나 굽은 칼만 있으면 이런 장비는 모두 필요 없고 화로 옆에 앉아 숟가락이나 그릇을 깎아내면 된다.

팀 스미스는 카약 만드는 사람이다. 우리는 알래스카의 후퍼 만에 있는 마을에서 만났다. 나로서는 에스키모 마을을 처음 방문하는 것이었기에 신이 나서 온갖 새로운 지식을 다 긁어모으고 있었다. 팀은 나를 데리고 다니며 내가 물어보는 카약 만들기, 우미악, 칼 만들기, 물개 사냥, 고래 작살 만들기 등등에 관한 비법을 죄다 알려주었다. 나는 꼭 좋은 게 아니더라도 후퍼 만의 카약을 하나 갖고 싶다고 했다. 그는 나를 위해 하나 찾아다 주던지 아니면 자기 것을 내게 팔겠다고 약속했다.

우리는 바다코끼리 가죽을 덮어 만든 그의 커다란 우미악을 타고 물개 사냥을 나갔다. 나는 이 배가 얼음판을 깨면서 나아가는 모습을 보고 탄복했다. 이 배는 앞으로 달려가고 뒤로 튕겨져 나오기를 반복하다가 얼음이 깨지는 족족 전진해나갔다. 나무배였다면 어딘가에 구멍이 났어도 여러 번 났을 것이다. 우미악에 구멍이 나서 물이 새기 시작하면 누군가가 헝겊을 밀어 넣으면 그만이었다. 가죽배에 대한 나의 사랑은 그렇게 시작되었다.

우리는 모두 도시락을 들고 왔다. 내 도시락은 일종의 채소 페미컨—쇠고기를 말린 후 과실과 지방을 섞어 빵처럼 굳게 한 휴대용 식량—으로 '그런치' 라는 농축 음식이었다. 귀리 반죽과 땅콩 잼과 꿀로 만든 그런치는 휴대하기가 아주 편했다. 이 근사한 배에 앉아 그런치를 한입 베어 먹고 있자니 같이 온 사람들이 음식에 대해 궁금해하기 시작했다.

"맛 좀 보실래요?"

"거 좋지요."

모두 한입씩 맛을 본 다음 나는 또 물었다.

"좀 더 드실래요?"

"좋지요."

그러자 내가 들고 있던 꽤 큰 덩어리는 금세 사라져버렸다.

에스키모 음식 중에 '아구툭'이란 것이 있다. 흔히 에스키모 아이스크림이라고 불리는 이 음식은 물개 기름과 버찌와 설탕을 넣어 만든다. 에스키모에게 아구툭은 '해시' 주로 고기 등을 다져 만든 요리—옮긴이 비슷한 것이다. 나는 이 음식에 '구수크 아구툭'이란 별명을 붙였는데, '백인의 해시'라는 뜻이다. 가끔 동료들은 내 집에 찾아와서 "'구수크 아구툭' 좀 더 있어요?"라고 묻곤 한다.

팀 이야기로 돌아가자. 그는 아주 영리한 장인으로 함께 어울리기에 즐거운 사람이었다. 그는 굽은 칼을 만들 때 주조를 하지 않았다. 가열하지 않고 망치로 때려서 만들었다. 먼저 그는 자신이 좋아하는 쇠로 만든 도살용 칼을 발견하고서 줄로 갈아 모양을 만들었다. 그런 다음 큰 쇠망치 대가리를 모루(받침) 삼아 대고서 다른 작은 망치로 만들어질 칼의 안쪽 곡면을 두들겼다. 한손으로는 칼에 압력을 가하면서 받침과 닿는 부분을 쇠망치로 계속해서 두들겼다. 그는 압축된 쇠가 20분이 지나서야 구부러지기 시작할 정도로 서서히 날을 다루었다. 그냥 매료되었다고 말하는 것은 빈약한 표현이다. 너무나 경이로웠다고 해야 할까. 가장 멋진 서민적 연장이 태어나는 순간이었다.

에스키모적인 모든 것에 푹 젖어 행복하게 지내던 이 기간 동안 나는 그가 만든 것이 에스키모의 발명품인 줄 알고 있었다. 그런데 몇 년이 지나서 나는 프랑스 브르타뉴의 플루가누라

후퍼 만 카약

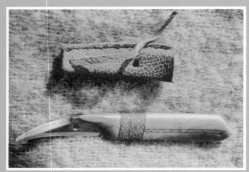

W. Coperthwaite

W. Coperthwaite

D. Porter

는 멋진 이름을 가진 마을을 방문할 기회가 있었다. 이 곳의 한 장인은 달구지 않은 쇠와 망치와 모루만 가지고 모양을 만드는 같은 기법을 보여주었다. 이 기법은 아주 오래된 것으로서 베링 해를 지나다니던 초기의 포경선에 타고 있던 대장장이들이 전파한 것이 아닌가 하는 생각이 들었다. 아마 에스키모들은 이런 작업방식의 가치를 재빨리 알아차리고서 응용했을지 모른다.

나는 팀의 카약을 샀고, 팀은 내가 마을을 떠날 때 자신의 굽은 칼을 선물로 주었다. 몇 년 동안 나는 이 카약을 타고서 메인의 해안을 돌아다니곤 했다. 그가 준 칼은 내 소장품 중에 가장 훌륭한 것인데, 나는 그것을 매일같이 사용하고 있다.

전적으로 여가와 치장의 영역에 속해 있다는 점이다. 특히나 밧줄이란 것도 한 생명이 거기에 달려 있을 경우에는 아름다운 것이 된다. 빈곤과 폭력은 추한 것이며, 아름다움은 조각이나 그림이나 음악뿐만 아니라 그런 추함을 반대하는 데서도 찾을 수 있다.

나는 아름다움이 우리 주변에 가득하기를 바란다. 일상생활에서 우리 주변에 있는 것들 속에서뿐만 아니라 그런 것들이 만들어지는 과정에서도, 그런 것들에 대한 값을 지불하는 방법에서도, 이 땅에 사는 동료 거주자들을 대할 때 어떤 존경의 마음을 가질 것이냐 하는 문제에서도 아름다움이 가득하기를 바란다.

내가 하는 조깅을 예로 들어보자. 조깅은 몸에도 마음에도 좋은 것이며, 창조적인 생각을 하는 데도 자극이 될 수 있다. 그러나 지금 세상은 에너지 위기에 처해 있다. 만일 조깅을 하는 사람들에게서 생겨난 정신력을 한군데로 모을 수 있다면, 달리기가 줄 수 있는 심신의 모든 유익을 얻으면서도 그런 에너지를 이용할 수 있도록 저장하게 하는 활동을 디자인할 수 있다. 하지만 우리는 에너지 위기 속에 살고 있다는 사실을 받아들이지 않고 있다.

나는 달리기를 좋아하며 몇 년 동안 조깅을 해오고 있다. 하지만 나는 이제 보다 만족스러운 에너지의 출구를 찾고 있는 중이다. 내 몸뿐만 아니라 양심에도 도움이 되는 해방구를 찾고 있다. 예를 들어 장작을 패는 일이 그렇다. 이 일은 생산적인 동시에 심적으로 유익한 시간을 제공하기도 한다.

최근에 나는 쇠망치에 대해서도 재발견을 했다. 이곳의 해변 한가운데에는 카누를 내리기 어렵게 만드는 바위가 있다. 그래서 좀 망설여지기는 했지만 16파운드짜리 망치를 쓰지 않을 수 없었다. 바위를 망치로 두들기다보면 내 심장과 허파가 바라는 모든 운동을 하고 있다는 느낌이 든다. 게다가 내가 들어본 록 음악 중에 최고이기도 하다.

바위도 해변도 없는 사람은 어떻게 하느냐고 물으신다면? 집에서 손절구나 맷돌로 곡물을 직접 갈아보면 어떨까? 훌륭한 운동이 되기도 할 뿐더러 신선하게 간 밀가루는 영양에도 도움이 되고, 집에서 만든 빵과 시리얼에 맛을 더해줄 것이다.

여기에다 에너지를 낭비하지 않으면서 무언가 유쾌하고 생산적인 일을 한다는 즐거운 느낌을 맛볼 수 있다. 울타리 기둥을 세우고 나무 등걸을 치우고 돌담을 쌓는 등, 우리의 마음을 쏟으면 비슷한 효과를 얻을 수 있는 방법은 수없이 많다. 근사한 큰 낫을 들고 잔디를 깎거나 소나 염소에게 줄 건초를 잘라보라. 잔디 깎는 기계가 내는 소음과 매연이 사라질 것이며 운동이 되고 만족감이 절로 찾아올 것이다.

나는 사람들이 무언가를 만드는 기쁨에 취해 있는 사회에서 살고 싶다.

개척자가 절실하게 필요한 시대

오늘날 개척자의 존재는 과거 어느 때보다 더욱 절실하다. 바다 깊은 곳이나 산꼭대기나 광대한 미지의 우주를 탐험하기 위해서가 아니다. 더 나은 세상을 만드는 새로운 방법을 찾기 위해서다.

우리에겐 모든 사람들이 무한히 발전할 수 있는 온전한 사회를 만들 개척자들이 필요하다. 이것이 바로 우리에게 닥친 가장 큰 도전이다. 이에 비한다면 에베레스트 산 등정은 일요일 오후의 산책에 불과할 것이다.

보다 밝은 미래에의 전망은 광물자원을 추구하는 것이 아니며, 보물을 발견하거나 금이나 루비를 지니는 일 역시 아니다. 그보다는 훨씬 더 드문 재화를 추구하는 것이다. 그것은 누구나 단정하게 입고 부족하지 않게 먹고 살 집을 가지며, 충분히 창조적인 사람으로 성숙할 기회를 가질 수 있는 사회를 창조하는 지식이다.

우리에게는 이 모든 것들을 이룩할 수 있는 지식과 자원이 있다. 퍼즐의 조각은 이미 다 가지고 있다. 다만 그것들을 어떻게 맞추느냐의 문제가 우리에게 닥친 도전인 것이다.

인생은, 누구나 스스로 값지다고 여기는 것들을 찾아나서는 대단한 보물찾기 같은 것이 될 수 있다. 돈, 명예, 승리와 같이 우리가 찾는 것들의 공급이 제한되어 있다면 그만큼의 투쟁은 불가피하다. 하지만 지혜·건강·기술처럼 우리가 찾는 보

진정한 발견이 있는 여행은 새로운 장소를 찾아가는 것이 아니라
새로운 눈으로 찾아가는 것이다.

마르셀 프루스트

물이 무한히 샘솟을 수 있는 것이라면, 또는 사랑·우정·정의처럼 남들을 돕는 보물이라면, 이미 우리는 더 나은 세상을 만드는 일에 동참하고 있는 셈이다.

우리는 더 나은 세상을 추구하는 행위를 탐험으로 볼 수 있다. 우리는 그런 탐험 자체가 더 나은 세상을 위한 일이며, 탐험을 더 활성화시키는 방법을 모색하는—남들도 동참하게 하여 그런 모색을 돕도록 하는—가운데 우리에게 가장 중요한 발견을 할 수 있다는 사실을 알게 될 것이다.

　나로서는 어떻게 하면 지금 이곳에서 더 나은 세상을 만들 수 있느냐 하는 질문에 대한 해답은 갖고 있지 않다. 남들에게 피해를 주지 않으면서, 세계의 자원을 지나치게 쓰지도 않으면서, 그런 세상을 어떻게 만들 수 있는지 나는 알지 못한다. 그런 문제의 해답을 발견하는 것이 궁극적인 도전이며, 그만큼 개척해볼 필요가 있는 분야다.

　이렇게 더 나은 세상을 창조하는 방법을 추구하는 것은 가장 흥미롭고 도전적인 일이며, 신체적으로나 지적으로 절실한 탐색이기도 하다. 실제로 우리가 문제를 해결하는 데 필요한 기본 지식을 가지고 있을 정도로 인간이 진보를 이루었다는 사실은 유쾌한 일이다. 이런 목적을 위해 힘쓰는 것은 가장 흥미로운 놀이이며, 가장 해볼 만한 가치가 있는 게임이기도 하다.

　사람들은 흔히 이런 말을 한다. "하늘 아래 새로운 것은 아무것도 없다." 하지만 결코 그렇지는 않다. 예를 들어 새의 집에다 바퀴를 달아주는 것 같은 새로운 일을 하는 것은 어렵지 않다. 그러니 새로우면서도 유용한 일을 하는 것이 어려운 것이다. 새롭고 유용하면서도 더 나은 일을 하는 것은 정말 어렵다. 대신 거기에 도전이 있는 것이다.

　모든 사람들이 이 일에 도전하도록 격려해준다면, 그전에 보지 못하던 재능이 한곳으로 모여드는 광경을 보게 될 것이다. 새로운 해법을 위한 여러 아이디어를 갖게 될 것이며, 더 나은 것을 더 자주 볼 수 있을 것이다. 건강하고 성숙하고 창조적인 사회에서는 사람들이 자신의 발전에 가치를 두어서 그것이 이끄는 곳으로 따라간다. 소로의 말처럼 말이다. "자신이 사랑하는 일을 하라. 자기 자신을 뼛속까지 제대로 알라. 뼈 하나까지 남김없이 갉아먹으라. 그리고 묻으라. 그런 다음 파내서 다시 갉아먹으라."

자신이 대단하다고 여기는 목적을 위해 자신을 소진하는 것, 이것이 진정한 삶의 기쁨이다. 세상이 자신을 행복하게 해주지 않는다고 불평만 하면서 고통과 슬픔으로 가득 찬 사납고 이기적인 작은 살덩어리로 존재하는 것이 아니라, 자연의 일부가 되는 것이 또한 삶의 기쁨이다.

살아가는 동안 내가 속한 공동체를 위해 할 수 있는 모든 일을 다 하는 것이 내 특권이라고 나는 생각한다. 나는 내 모든 에너지를 다 태워버리고 죽기를 바란다. 더 열심히 일할수록 더 많이 사는 셈이기 때문이다.

나에게 인생이란 '짧게 타버리는 초'가 아니다. 삶이란 내가 잠시 붙잡은 훨훨 타오르는 횃불 같은 것이다. 그러니 나로서는 이 횃불을 다음 세대에게 넘겨주기 전에 가능하면 환히 타오르도록 하고 싶다.

조지 버나드 쇼 George Bernard Shaw

옮긴이의 글
내 손으로 만드는 인생

이한중

이 책의 영어판 제목은 '핸드메이드 라이프' 다. '내 손으로 만드는 인생' 이란 말일 텐데, 처음에는 얼핏 이해가 될 듯하면서도 간단치 않은 뜻이 담겨 있는 것 같았다. 책을 계속 읽다보니 저자가 자기 삶의 주인이 누구인가를 묻고 있다는 생각이 들었다. 바꾸어 말하면 삶의 주체성 문제를 제기하고 있는 것이었다.

자신의 삶을 결정하는 것은 과연 무엇(누구)인가? 단순화하자면, 저자는 자기 손으로 무언가를 많이 만들어낼수록 자기 삶의 주인이 되리라고 말하고 있다. 저자의 원리를 적용하자면, 대량생산과 대량의 소비를 미덕으로 삼는 오늘의 경제 지상주의 사회에서 경쟁 논리에 따라 사는 우리는 자기 삶의 주인이 될 수 없다. 차라리 돈(자본)이 지배하는 삶에서 꼭두각시놀음을 하고 있다고 해야 할지도 모르겠다. 많은 사람들은 돈이 전부는 아니라고 말하면서도 어김없이 돈에 지배당하는 삶을 스스로 선택하려 한다. 그것이 치열한 경쟁에서 손해 보지 않는 방법이라고 생각한다. 이 책은 그런 껍데기 삶을 구체적인 표현을 통해 거부하는 하나의 생활방식을 제시하고 있다.

어찌 보면 이 책에 그려진 이상적인 삶은 그리 낯설고 어려운 것이 아닌 듯하다. 산업주의 이전 시대에만 해도 신분이 특별히 높지 않은 대부분의 사람들은 자기 손으로 온갖 물건들을 만들고 사는 삶을 살았다. 하지만 불과 이삼백 년 사이에 그런 유구한 전통을 지닌 생활방식의 토대 자체가 허물어진 지금, 손과 몸으로 하는 일의 가치를 몸소 실천하기는 지극히 어려운 일일 것이다. 그런가 하면 그만큼 그런 시도의 보람 또한 큰 것 같다. 하나하나에 역사와 땀과 애정이 깃든 물건을 쓴다는 것, 동력에 의존하지 않으면서 땔감을 만들고 풀을 베는 것, 배를 저어 가서 장을 보아 오는 것, 사계절을 버틸 집을 손수 짓는다는 것은 그 자체로 눈먼 문명에 대한 저항이면서 지극한 자기 구제의 행위라 할 것이다.

이 책은 자기 손으로 만드는 유형의 물건 못지않게 '교육'과 '민주주의' 같은 무형의 시스템에 대한 관심 또한 비상하다. 저자의 말대로 소박하고 민주적인 사회를 '디자인' 하기 위해서는 행복한 아이들을 길러내는 것이 중요한 일이다. 그러기 위해서 아이들은 일에 자신의 몸을 팔지 않는 행복한 부모 곁에서 자기 손과 몸을 써가며 자연과 사회를 배워가는 생활을 할 필요가 있다. 날이 갈수록 자연과 우주에 대한 감각을 잃고 학원과 학교를 오가는 쳇바퀴 같은 생활 속에서 희생당하고 있는 우리 사회의 아이들을 생각하면, 우리 사회의 미래는 암담하게만 보인다. 행복하지 못한 어른들의 강압적이고 이기적인 교육방식은 행복한 아이를 길러낼 수도, 행복한 사회를 창조해내지도 못하리란 성찰을 귀하게 배워야 할 것이다.

자연과 인간에 대한 착취가 상식이 되다시피 한 지금의 세상에서, 시스템을 벗어난 실험적인 삶을 추구하는 성향이 이렇게 종종 눈에 띄는 것은 반가운 일이다. 그중에서도 이 경우처럼 손과 몸을 써서 우리의 마음과 정신을 구제하려는 시도는 더없이 귀한 일이다. 이 책을 보면서 우리의 머리를 쉬게 하는 만큼 이 세상의 생태적·사회적 파국을 면할 기회도 많아진다는 희망을 발견하게 되리라 믿는다.